我為愛而生，我為愛而寫

文字裡度過多少春夏秋冬

文字裡留下多少青春浪漫

人世間雖然沒有天長地久

故事裡火花燃燒愛也依舊

瓊瑤

瓊瑤經典作品全集

①

窗外

（六十周年紀念典藏精裝版）

寫在《窗外六十周年紀念典藏精裝版》出版之前

星移斗轉，滄海桑田；突然間，我第一本小說《窗外》，出版到今年，竟然滿六十年了！我居然能夠親眼看到《窗外》六十歲的生日！何其不易。春光出版社，為了慶祝，告訴我要特別出版一本《窗外六十周年紀念典藏精裝版》給讀者們收藏紀念，希望我能為這個特別的版本寫幾句話！

說實話，從來不曾想過，自己能夠在有生之年，見到這一天；心中有十年磨劍的慨然，有「行到水窮處，坐看雲起時」的豁然，有千山已過的恬然，有世事漫隨流水的坦然，有天地一沙鷗的怡然；這些，是我此生的必然。

《窗外》，是我第一部出版的作品，字裡行間中，有著太多的追尋、太多的痛苦、太多的徬徨、太多的無奈；那份感情，對我而言，是驚心動魄、是轟轟烈烈、是刻骨銘心；如今，這段「塵封」的往事，也忽忽然六十年了。

我這一生，為愛而生；《窗外》、《我的故事》、《雪花飄落之前》，這幾本有自傳成分的書，代表著、見證著我的寫作生涯的各個階段，從《窗外》開始，到《雪花飄落之前》終結，我的寫作生涯，算是畫上了我認為完整的句點。不料，在《窗外》出版後的這六十年裡，我還完成了一部八十萬字的《梅花英雄夢》，是因為打抄襲官司而產生的「意外之作」。這樣，我寫作的一生，起於《窗外》，終於《梅花英雄夢》，起於兒女私情，終於家國大愛，像是上蒼給我排列好的寫作之旅。

《窗外》是我的第一部小說，是青霞的第一部電影。所以，這本小說，是我們兩個生命裡的第一，春光特地印出這紀念版，不止為我，也為青霞。我和青霞，更因為這本書，成為忘年之交。人生有愛，人生有緣，人生有寫不完的故事！

感謝我所有海內外的讀者們，在某種意義上，是你們創造了「瓊瑤」，沒有你們的閱讀、鞭策、支持與鼓勵，伴隨著我一路走來，就不會有今天的我！寫作的過程是孤獨的、多少個夜晚，在一燈照隅之外，就只有讀者們對我的期望，引領著我進入內心那廣闊無涯而變化萬千的文字世界，在這裡，我可以忘卻所有的身心痛苦、放下一切的糾結牽掛，隨著沙沙的筆聲（後來是滴滴答答的鍵盤聲）寫出愛的形象、愛的面貌、愛的神奇、愛的力量。

感謝你們！

感謝千千萬萬個妳和你，與我一路同行。

六十年前，窗外的世界，向我召喚；

六十年後，窗外的天空，向我微笑！

讓我再次把這本書，呈獻給你們！並祝福你們，每個人都能擁有人生的「真愛」！

瓊瑤 寫於雙映樓

二〇二三年三月二十八日

1

九月的一個早晨。

天氣晴朗清新，太陽斜斜的射在街道上，路邊的樹枝上還留著隔夜露珠，微風柔和涼爽的輕拂著，天空藍得澄清，藍得透明，是個十分美好的早上。

在新生南路上，江雁容正踽踽獨行。她是個纖細瘦小的女孩子，穿著培人女中的校服；白襯衫、黑裙子、白鞋、白襪。背著一個對她而言似乎太大了一些的書包。齊耳的短髮整齊的向後梳，使她那張小小的臉龐整個露在外面。兩道清朗的眉毛，一對如夢如霧的眼睛，小巧的鼻梁瘦得可憐，薄薄的嘴唇緊閉著，帶著幾分早熟的憂鬱。從她的外表看，她似乎只有十五、六歲，但是，她制服上繡的學號，卻表明她已經是個高三的學生了。

她不疾不徐的走著，顯然並不在趕時間。她那兩條露在短袖白襯衫下的胳膊蒼白瘦小，看起來是可憐兮兮的。但她那對眼睛卻朦朧得可愛，若有所思的，柔和的從路邊每一樣東西上悄悄的掠過。她在凝思著什麼，心不在焉的緩緩邁著步子。顯然，她正沉浸在一個她自己的世界裡，一個不為外人所知的世界。公共汽車從她身邊飛馳過，一個騎自行車的男學生在她耳邊留下一聲尖銳的口哨，她卻渾然不覺，只陶醉在自己的思想中，好像這個世界與她毫無關聯。

走到新生南路底，她向右轉，走過排水溝上的橋，走過工業專科學校的大門。街道熱鬧起來了，兩邊都是些三層樓的房子，一些光著屁股的孩子們在街道上追逐奔跑，大部分的商店已經開了門。江雁容仍然緩緩的走著，抬起頭來，她望望那些樓房上的窗子，對自己做了個安靜的微笑。

「**有房子就有窗子，**」她微笑的想：「**有窗子就有人，人生活在窗子裡面，可是窗外的世界比窗子裡美麗。**」她仰頭看了看天，眼睛裡閃過一絲生動的光彩。拉了拉書包的帶子，她懶洋洋向前走，臉上始終帶著那個安靜的笑。經過一家腳踏車修理店的門口，她看到一個同班的同學在給車子打氣，那同學招呼了她一聲：

「嗨！江雁容，妳真早！」

江雁容笑笑說：「妳也很早。」

那同學打完了氣，扶著車子，對江雁容神祕的笑了笑，報告大新聞似的說：

「告訴妳一個好消息，昨天我到學校去玩，知道這學期我們班的導師已經決定是康南了！」

「是嗎？」江雁容不在意的問，她一點都不覺得這消息有什麼了不起。那同學得意的點點頭，跨上車子先走了。江雁容繼續走她的路，暗中奇怪這些同學們，對於導師啦，書本啦，會如此關心！她對於這一切，卻是厭倦的。誰做導師，對她又有什麼關係呢？拋開了這個問題，她又回到她被打斷的冥想中去了。她深深的思索著，微蹙著眉，直到一個聲音在她後面喊：

「嗨！江雁容！」

她站住，回過頭來，一個高個子寬肩膀的女同學正對她走過來，臉上帶著愉快的笑。

「我以為沒有人會比我更早到學校了，」那同學笑著說：「偏偏妳比我更早！」

「妳走哪條路來的？周雅安？我怎麼沒在新生南路碰到妳？」江雁容問，臉上浮起一個驚喜的表情。

「我坐公共汽車來的，妳怎麼不坐車？」周雅安走上來，挽住江雁容的胳膊，她幾乎比江雁容高了半個頭，黝黑的皮膚和江雁容的白成了個鮮明的對比。

「反正時間早，坐車幹什麼？慢慢的散散步。走走，想想，呼吸點新鮮空氣，不是挺美嗎？」江雁容說，靠緊了周雅安，笑了笑。「別以為我們到得早，還有比我們到得更早的呢！」

「誰？」周雅安問，她是個長得很「帥」的女孩子，有兩道濃而英挺的眉毛，和一對稍嫌嚴肅的眼睛，嘴唇很豐滿，有點像電影明星安白蘭絲的嘴。「何淇，」江雁容聳聳肩。「我剛才碰到她，她告訴我一個大消息，康南做了我們的導師。看她說話那個神氣，我還以為是第三次世界大戰要爆發了呢！」她拍拍周雅安的手。「妳昨天怎麼回事？我在家裡等了妳一個下午，說好了來又不來，是不是又和小徐約會去了？」

「別提他吧！」周雅安說，轉了個彎，和江雁容向校門口走去。

這所中學矗立在臺北市區的邊緣上，三年前，這兒只能算是郊區，附近還都是一片片稻田。可是，現在，一棟棟的高樓建築起來了，商店、飯館，接二連三的開張。與這些高樓同時建起來的，也有許多亂七八糟的木板房子，掛著些零亂的招牌，許多專做學生生意，什麼文具店、腳踏車店、冷飲店……這些使這條馬路顯得並不整齊，違章建築更多過了合法房子。但，無論如何，這條可直通臺北市中心的街道現在是相當繁榮了，有五路不同的公共汽車在這裡有停車站，每天早上把一些年輕的女孩子從臺北各個角落裡送到這學校裡來，黃昏，又把她們從學校裡送回到家裡去。

校門口，「培人女中」的名字被雕刻在水泥柱子上。校舍占地很廣，一棟三層樓的大建築物是學校的主體。一個小樹林和林內的荷花池是校園的精華所在，池邊栽滿了茶花、玫瑰、菊花，和春天開起來就燦爛一片的杜鵑花。池上架著一個十分美麗的朱紅色小木橋。除了三層樓的建築之外，還有單獨的兩棟房子，一棟是圖書館，一棟是教員單身宿舍。這些房子中間，就是一片廣闊的大操場。

江雁容和周雅安走進校門，出乎她們意料之外的，校園裡早已散布著三三兩兩的女學生。江雁容看看周雅安，笑了。周雅安說：

「真沒想到，大家都來得這麼早！」

「因為這是開學第一天，」江雁容說：「一個漫長的暑假使大家都膩了，又希望開學了，人是矛盾的動物。三天之後，又該盼望放假了！」

「妳的哲學思想又要出來了！」周雅安說。

「上樓吧！」江雁容說：「我要看看程心雯來了沒有？好久沒看到她了！」

她們手攜著手，向三樓上跑去。

在這開學的第一天，校園裡，操場上，圖書館中，大樓的走廊上，到處都是學生。這些從十二歲到二十歲的女孩子們似乎都有說不完的話，一個暑假沒有見面，現在又聚在一塊兒，無論學校的哪個角落裡都可以聽到叫鬧和笑語聲。不管走到哪兒都可以看到一張張年輕的，明朗的，和歡笑的臉龐。教務處成了最忙的地方，學生們川流不息的跑來領課表，詢問部分沒發的教科書何時到齊，對排課不滿的教員們要求調課……那胖胖的教務主任徐老師像走馬燈似的跑來跑去，額上的汗始終沒有乾過。訓導處比較好得多，訓導主任黃老師是去年新來的，是個女老師，有著白皙的臉和銳利精明的眼睛。她正和李教官商量著開學式上要報告的問題。校長室中，張校長坐在椅子裡等開學式，她是個成功的女校長，頭髮整齊的梳著一個髮髻，端正的五官，挺直的鼻子，看起來就是一副清爽幹練的樣子。

大樓的三樓，是高二和高三的教室，現在，走廊上全是三三兩兩談論著的學生。班級是以忠、孝、仁、愛、信、義、和、平，八個字來排的，在高三孝班門口，江雁容正坐在走廊的窗臺上，雙手抱著膝，靜靜的微笑著。周雅安坐在她的身邊，熱切的談著一個問題。她們兩個在一起是有趣的，一個黑，一個白，周雅安像二十世紀漫畫裡的哥樂美女郎，江雁容卻像中國古畫裡倚著芭蕉扶著丫鬟的古代少女。周雅安說完話，江雁容皺皺眉說：

「康南？康南到底有什麼了不起嘛！今天一個早上，就聽到大家談康南！只要不是地震當導師，我對於誰做我們導師根本不在乎，康南也好，張子明也好，江乃也好，還不都是一樣？我才不相信導師對我們有多大的幫助！」地震是她們一位老師的外號。

「妳才不知道呢，」周雅安說：「聽說我們班的導師本來是張子明，忠班的是康南，後來訓導處說我們這班學生調皮難管，教務處才把康南換到我們班來，把張子明調到忠班做導師。現在忠班的同學正在大鬧，要上書教務處，請求仍然把康南調過去。我也不懂，又沒上過康南的課，曉得他是怎麼樣的，就大家一個勁兒的搶他，說不定是第二個地震，那才慘呢！」

說完，她望著江雁容一直笑，然後又說：

「不過不要緊，江雁容，如果是第二個地震，妳再弄首詩來難難他，上學期的地震真給妳整慘了！」

「算了，葉小蓁才會和他搗蛋呢，在黑板上畫蠟燭寫上祭地震，氣得他臉色發青，我現在還記得他那副哭笑不得的樣子！」江雁容微笑的說。

「嗨！」另一個女學生從教室裡跑了出來，大叫著說：「江雁容，訓導處有請！」

江雁容嚇了一跳，噘著嘴說：「準沒好事，開學第一天就要找我麻煩，」她望望周雅安說：「周雅安，妳陪我去一趟吧，自從換了訓導主任，對我就是不吉利……」

「哈哈，」那個剛出來的同學大笑了起來。「江雁容，開開妳的玩笑而已。」

「好啊，程心雯，妳小心點，等會兒碰到老教官，我頭一個檢舉妳服裝不整。」江雁容對剛出來的那個同學說，一面跳到窗臺上去坐著，把身子俯在周雅安的肩膀上。

程心雯也靠在窗臺上，眨著靈活的大眼睛，一臉聰明調皮相。

「我怎麼服裝不整了？」她問。

「妳的襯衫上沒繡學號。」

「這個嗎？」程心雯滿不在乎的看了自己的襯衫一眼。「等會兒用藍墨水描一個就好了，老教官又不會爬在我身上看是繡的還是寫的。」

「妳別欺侮老教官是近視眼，」周雅安說：「小教官不會放過妳的！」

「小教官更沒關係了，」程心雯說：「她和我的感情最好，她如果找我麻煩，我就告訴她昨天看到她跟一個男的看電影，保管把她嚇回去！」

「小教官是不是真的有男朋友？」周雅安問。

「聽說快訂婚了。」程心雯說：「小教官長得真漂亮，那身軍裝一點沒辦法影響她，不像老教官，滿身線條突出，東一塊肉西一塊肉，胖得……」

「喂，描寫得雅一點好不好？」江雁容說。

「雅？我就不懂得什麼叫雅？只有妳江雁容才懂得雅。一天到晚詩呀，詞呀，月亮呀，星星呀，花呀，鳥呀，山呀，水呀……」

「好了，好了，妳有完沒有？」江雁容皺著眉說。

「不過，妳儘管雅去吧，這學期碰到康南做導師，也是個酸不溜丟的雅人，一定會欣賞妳！喂，妳們知不知道地震被解聘了，訓導處說就是被江雁容趕走的！」

「這又關我什麼事，我只不過指出了幾個他唸錯的字而已，誰叫他惱羞成怒罵我！」江雁容委屈的說。

「大家都說康南好，康南到底怎麼個好法？」周雅安問。

「去年他班上的學生全考上了大學，他就名氣大了，」程心雯說：「不過，他教書真的教得好，這次為了導師問題，鬧得好不愉快。張子明氣壞了，曹老頭也生氣，因為仁班不要曹老頭做導師，說憑什麼康南該教孝班，她們就該輪到曹老頭。氣得曹老頭用手杖敲地板，說想當年，他是什麼什麼大人物，統帥過兵，打過仗，做過軍事顧問，現在來受女娃娃的氣！」程心雯邊說邊比畫，江雁容笑著打了她一下。

「別學樣子了，看妳裙子上都是灰！」

「這個嗎？」程心雯看看裙子說：「剛剛擦桌子擦的！桌子上全是灰，只好用裙子，反正是黑裙子，沒關係！」說著，她像突然想起一件大事似的叫了起來：「哎呀，差點忘了，我是來找妳們陪我到二號去，今天早上忘記吃早飯，肚子裡在奏交響樂，非要吃點東西不可！走！江雁容！」在學校裡，不知從何時起，學生們用「一號」代替了廁所，「二號」代替了福利社，下了課，全校最忙的兩個地方就是一號二號。程心雯說著就迫不及待的拉了江雁容一把。

「我不去，我又不要吃東西！」江雁容懶洋洋的說，仍然坐在窗臺上不動。

「妳走不走？」程心雯一把把江雁容拖了下來。「如果是周雅安要妳陪，妳就會去了！」

「好吧，妳別拉，算我怕了妳！」江雁容整了整衣服，問周雅安：「要不要一起去？」

「不，妳們去吧！」周雅安說。

程心雯拉著江雁容向樓梯口走，福利社在樓下，兩人下了三層樓，迎面一個同學走了上來，一面走，一面拿著本英文文法在看，戴著副近視眼鏡，瘦瘦長長的像根竹竿，目不斜視的向樓梯上走。程心雯等她走近了，突然在她身邊「哇！」的大叫了一聲，那位同學嚇得跳了起來，差點摔到樓梯下面去，她看了程心雯一眼，抱怨的說：

「又是妳，專門嚇唬人！」

「李燕，我勸妳別這麼用功，再這樣下去，妳的眼鏡又要不合用了！等明年畢了業，大概就和瞎子差不多了！」程心雯用一副悲天憫人的口吻說。

「走吧，程心雯，哪有這樣說話的！」江雁容和程心雯下了樓，李燕又把眼光調回到書本上，繼續目不斜視的向樓上走。

「我真奇怪，怎麼李燕她們就能那麼用功，要我拿著書上樓梯，我一定會滾到樓下去，把原來會的生字都滾忘了！」程心雯說，又加了一句：「我看，明年我準考不上大學！」

「妳一定考得上，因為妳的聰明夠，成問題的是我，那個該死的數學，我真不知道怎麼辦好！」江雁容說，皺起了眉毛，眼睛變得憂鬱而深沉。「而我又絕不能考不上大學，我媽一再說，我們江家不能有考不上大學的女兒，我弟弟他們功課都好，就是我頂糟，年年補考，媽已經認為丟死人了，再要考不上大學，我就只好鑽到地下去了。」

「算了，江雁容，不要談考大學，我一聽就頭痛，還有一年才考呢，去他的吧！我現在要吃個熱狗，妳要什麼？」

福利社裡擠滿了人，程心雯衝鋒陷陣的鑽到櫃檯前面，買了兩個熱狗出來，和江雁容站在福利社門外的走廊上吃。江雁容只撕了半個，把另外半個也給了程心雯。程心雯一面大口大口的吃，一面歪著頭望了江雁容一眼說：

「妳又在發愁了，妳這個人真不會自尋快樂。我就怕妳這股愁眉苦臉的樣子。妳高起興來是世界上最可愛的人，發起愁來就成了最討厭的了。告訴妳，學學我的樣子，有天大的事，都放到明天再說。我最欣賞《飄》裡郝思嘉那句話：『我明天再來想，反正明天又是另外一天了。』妳什麼都好，就是這個愛發愁的脾氣不好！」

江雁容望著校園裡一株扶桑花發呆，程心雯的話她根本就沒聽進去，她仍然在想著考大學的問題。一對黑色大蝴蝶飛了過來，繞著那株扶桑花上下翻飛，彼此追逐，江雁容看呆了，熱狗也忘了吃。一忽兒，那對彩蝶就飛到牆外去了，留下了滿園耀眼的陽光和花香。

「如果沒有這麼沉重的功課壓著我，我會喜愛這個世界，」她想：「可是，現在煩惱卻太多了。」

上課號「嗚——」的響了起來，江雁容把手中剩餘的熱狗放進嘴裡說：

「走，到大禮堂去吧，開學式開始了。」

程心雯一面把熱狗三口兩口的往嘴裡亂塞，一面跟著江雁容向禮堂走。禮堂門口，被學生稱作老教官的李教官和稱作小教官的魏教官正分守在兩個門口，拿著小冊子，在登記陸續走進禮堂的學生是不是衣服、鞋襪、頭髮都合規定。程心雯已經快走到門口了，忽然「哇呀」一聲大叫，回頭就向樓梯跑，江雁容叫著說：

「妳到哪裡去？」

「忘了用藍墨水描學號！」程心雯一面跑一面大聲說，但是因為喊得太大聲了，站在禮堂門口的老教官聽得清清楚楚，她高聲叫著：

「程心雯，站住！」

程心雯仍然跑她的，回過頭來對老教官做個鬼臉說：

「不行，我要上一號，太急了，等會兒再來站！」說完，就跑得沒影子了。

老教官瞪了程心雯的背影一眼，轉過頭對另一個門口的小教官說：

「全校裡就是她最調皮！」

小教官也看著程心雯的背影，但她的眼睛裡和嘴角邊都帶著笑，為了掩飾這份笑容，她對緩緩走來的江雁容說：

「江雁容，走快一點，跑都跑不動似的！」

江雁容回報了她一個文文靜靜的微笑，依舊慢步走進了禮堂。那笑容那麼寧靜，小教官覺得無法收回自己臉上的笑，她永遠沒辦法像老教官那樣嚴肅，她喜歡這些女孩子。事實上，她自己比這些女孩子也大不了多少，她在她們的身上很容易就會發現自己，學生時代的她可能比程心雯更調皮些。

開學式，正和每年的開學式一樣，冗長、乏味，而枯燥。校長、教務主任、訓導主任、事務主任每人都有一篇老生常談，尤其訓導主任，那些話是每個學生都可以代她背出來的：在校內該如何如何，在校外該如何如何，服裝要整齊，要力求身心雙方面的健康……最後，開學式總算結束了，學生們像潮水般湧出禮堂。立即，大呼小叫聲、高談闊論聲、歡笑聲，鬧成一片。彼此要好的同學一定結著伴走，江雁容和周雅安走在一塊兒，周雅安在說著什麼，江雁容只靜靜的聽，兩人慢慢的向樓上走。這時，一個清瘦而修長的同學從後面趕了上來，拍拍江雁容的肩膀說：

「江雁容，妳們班的運氣真不錯！」

江雁容回頭看，是仁班的魏若蘭，就詫異的說：

「什麼運氣不錯？」

「妳難道不知道這次的康南風波呀？」魏若蘭說，聳了聳鼻子。「曹老頭教我們班真氣人，他只會背他過去的光榮史，現在我們班正在鬧呢，教務主任也一點主見都沒有，去年高三就為了各班搶康南、江乃兩個人，大鬧了一番，今年又是！」

「依我哦，」江雁容說：「最好導師跟著學生走，從高一到高三都別換導師，又減少問題，師生間也容易瞭解！」

「那才不行呢！」周雅安說：「妳想，像康南、江乃這種老師肯教高一嗎？」

「教育學生難道還要搭架子，為什麼就不教高一？」

「我們學校就是這樣不好，」魏若蘭說：「教高一好像就沒出息似的，大家拚命搶高三，似乎只有教高三才算真正有學問。別看那些老師們外表和和氣氣，事實上大家全像仇人一樣，暗中競爭得才激烈呢！康南剛到我們學校的時候，校長讓他教初二，教了一學期，馬上調去教高三，許多高三的老師都氣壞了。不過他教書確實有一手，我們校長也算是慧眼識英雄。」

「嗨！」一陣風一樣，程心雯從樓下衝了上來。「江雁容，妳都不等我！」她手中提著個剛蒸好的便當，不住從左手換到右手，又從右手換到左手，嘴裡唏哩呼嚕的，因為太燙了。「妳們沒帶便當呀？」她問，又加了一句：「今天可沒有值日生提便當！」

「帶了，」江雁容說：「我根本沒蒸。」

「噢，我忘記去拿了，我還以為有人提便當呢，」周雅安說：「不過，沒關係，現在才十一點，吃飯還太早，等要吃的時候再去拿吧！」

按照學校的規定，學生中午是不許回家吃飯的，據說這是避免女學生利用時間和男校學生約會而訂的規則。但，有男朋友的學生仍然有男朋友，並沒有因為這項規定而有什麼影響。平常，學生們大多數都帶飯盒，學校為了使學生不至於吃冷飯，在廚房生了大灶幫學生蒸飯。通常都由學生早上自己把飯盒送到廚房屬於自己那班的大蒸籠裡，中午再由值日生用籃子提到各個班上來。

「哼，我是最會節省時間和體力的，」程心雯得意洋洋的說：「早一點拿來，既可馬上果腹，又免得等會兒再跑一次樓梯！一舉數得，豈不妙哉！」

「妳又餓了呀？」江雁容挑了挑眉毛，微笑的望著她。「剛才那一個半熱狗不知道餵到哪裡去了！」

「餵到狗肚子裡去了。」周雅安笑著說。

「好啊，周雅安，妳也學會罵人了，都是江雁容把妳教壞了，看我來收拾妳！」程心雯說著，對周雅安衝了過來，周雅安個子雖然大，身手卻極端敏捷，只輕輕的一閃，程心雯就撲了一個空，一時收不住腳，身子撞到樓梯的扶手上。不提防那個滾燙的便當燙了自己的手，她「哇呀！」的大叫了一聲，手一鬆，便當就滴溜溜的從樓梯扶手外面一直掉到三層樓下面去了。周雅安大笑了起來，在一邊的魏若蘭也笑彎了腰。江雁容一面笑，一面推著程心雯說：

「再跑一次樓梯吧，看樣子妳的體力是沒辦法節省了，趕快下去看看，如果綁便當的繩子摔散了，妳就連果腹都沒辦法果了！」

程心雯跺著腳嘆了口長氣，一面無精打采的向樓下走，一面回過頭來，狠狠的盯了江雁容一眼說：

「江雁容，妳等著我吧，等會兒跟妳算帳！」

「又不是我弄的。」江雁容說。

「反正妳們都有份！」說著，她加快了速度，兩級並作一級的向樓下衝，江雁容俯在樓梯扶手上喊：

「慢一點啊，別連人也滾下去了！」

周雅安又笑了起來，程心雯已跑得沒影子了。

2

還差五分鐘吹上課號，康南已經站在高三孝班門外的走廊上了。他倚窗而立，靜靜的望著窗外的白雲青天，手中拿著一支菸，不住的對窗外吐著菸圈，然後凝視著煙霧在微風中擴散。從他整潔的服裝和挺直的背脊上看，他顯然並不像一般單身漢那樣疏忽小節。他襯衫的領子潔白硬挺，褲腳管上的褶痕清楚而筆直。他不是個大個子，中等身材但略嫌瘦削，皮膚是黝黑的，眉毛清晰卻不濃密，眼睛深邃憂鬱，有個稍稍嫌大的鼻子和嘴。像一般過了四十歲的人一樣，他的眼角已布滿皺紋，而他似乎更顯得深沉些，因為他總是習慣性的微蹙著眉頭。

因為是開學的第一天，這天下午是不上課的，改為班會，由導師領導學生排位子，然後選舉班長和各股股長。康南站在那兒等上課號，近乎漠然的聽著他身後那些學生們在教室中穿出穿進。有學生在議論他，他知道。因為他清楚的聽到「康南」兩個字。還好，學生們用名字稱呼他，並沒有給他取什麼外號。他也知道這次為了導師問題，學生們鬧了一陣，而老師們也都不高興。「做人是難的，」他想，他無心於做一個「名教員」，但他卻成了個名教員。他也無心得罪同事們，但他卻成了同事們的眼中釘。

❖

「管他呢？我做我自己！」他想，事實上，他一直在做他自己，按他的興趣講書，按他的怪脾氣對待學生，他不明白學生為什麼崇拜他，歡迎他，他從沒有想去討好過學生。同事們說他傲慢，因為他懶得與人周旋，也懶得做虛偽的應酬，全校老師中，竟無一人是他的朋友。「一個怪人」，許多人這麼稱呼他，他置之不理。但他明白自己在這學校中的地位，他並不清高到漠視學生的崇拜的地步，在那些年輕孩子的身上，他也享受到一份滿足虛榮心的愉快。「康南是個好老師」，教書二十年，這句話是他唯一的安慰。因此，這成了一種癖好，他可以漠視全世界，卻從不漠視學生，不單指學生的功課，也包括學生的苦與樂。

上課號響了，康南掉轉身子，望著學生都走進了教室，然後把菸蒂熄滅，大踏步的跨進了教室。這又是一班新學生，他被派定了教高三，每年都要換一次學生，也為學生的升大學捏一把汗。教高三並不輕鬆，他倒寧願教高二，可是，卻有許多老師願意教高三呢！站在講臺上，面對一群有所期待的面孔，他感到一陣親切感，他願意和學生在一起，這可以使他忘掉許多東西，包括寂寞和過去。除了學生，就只有酒可以讓他沉醉了。

排位子足足排了半小時，這些女孩子們不住掉過來換過去，好朋友都認定要排在一起。最後，總算排定了。剛要按秩序坐下，一個學生又跑到前面來，並且嚷著說：

「江雁容，我一定要和妳坐在一起，我們本來一樣高嘛，我保證上課不和妳說話，好不好？」說著，就插進了隊伍裡。

康南望著這個學生，一對大而明亮的眼睛，高高的額角。他也望了那個江雁容一眼，是個秀氣而沉靜的女孩子，這時正低而清晰的說：

「程心雯，別大呼小叫好不好？我又沒有說不和妳坐！」

「江雁容和程心雯」，康南默默的想著這兩個名字，這就是訓導處特別對他談起的兩個人。據說，江雁容上學期不滿意她們的國文老師（她們叫這位老師『地震』，據說因為這老師上課喜歡跺腳），曾經在課室中連續指出三個老師唸錯的字，然後又弄出一首頗難解釋的詩讓老師解釋。結果那老師惱羞成怒罵了她，她竟大發牛脾氣，一直鬧到訓導處，然後又一狀告到校長面前，這事竟弄得全校皆知，地震只好掛冠而去。現在，他望著這沉靜而蒼白的小女孩（小女孩，是的，她看起來不會超過十七歲），實在不大相信她會大鬧訓導處，那對柔和如夢的眼睛看起來是動人的。程心雯，這名字是早就出了名的調皮搗蛋、刁鑽古怪，全校沒有一個老師對她不頭痛，據說，她從沒有安安靜靜上過一節課。

位子既然排定，就開始選舉了，選舉之前，康南對學生輕鬆的說：

「我相信妳們都認識我，但是我卻不認識妳們，我希望，在一星期之內，我可以叫出妳們每一個人的名字。妳們彼此同學已經兩年了，一定互相清楚，選舉必須負責，不要開玩笑，選舉之後，妳們有什麼意見，可以告訴我，我不願意做一個道貌岸然的老師，願意做妳們的一個老朋友，但願我能夠對妳們真正有所幫助。」他底下還有一句心裡的話：「以報答妳們歡迎我的熱忱。」不過沒說出口。

選舉是由學生提名，再舉手表決。一開始頗順利，正副班長都產生了，正班長是李燕，副班長是蔡秀華，兩個人都一目瞭然是最標準的「好學生」。接著，就選舉學術股長，這是管班上出壁報，填課室日記……等文書工作的。江雁容的名字立即被提出來了，康南把名字寫在黑板上，下意識的看了江雁容一眼，她緊閉著嘴坐在那兒，臉色顯得嚴肅而不快。然後又有三個人被提名，表決時，康南詫異的發現全班五十二人，竟有五十人投了贊成江雁容的票，江雁容那張小小的臉顯得更嚴肅了。表決結果，江雁容是正學術股長，胡美紋是副學術股長。康南正預備再選下一股的時候，江雁容舉手發言了，她從位子上站起來，堅決的說：

「老師，請改選一個學術股長，我實在不能勝任。」

「我希望被選舉的同學不推卸責任，」康南說，微微有點不快。「妳是大家選出來的，同學們一定知道妳能不能勝任。」

「可是，老師，」江雁容的睫毛垂下了，然後又抬起眼睛來，眼光有點徬徨無助。「我有我的苦衷，每位同學都知道我不是個功課很好的學生，我把全部時間用到功課上都無法應付，如果再讓我當學術股長，我一定又耽誤了功課，又不能好好的為班上服務，而且，我已經連任三學期的學術股長了，也該換換人了。」

康南不喜歡有這種「辭職」的事發生，但江雁容那對無助而迷茫的眼睛，和那懇摯的語調使他出奇的感動，他猶豫了一下，說：

「這樣吧，問問同學贊不贊成妳辭職？」

「贊成也沒有用，」一個坐在前排，圓圓臉，胖胖的身材的同學說話了：「就是江雁容不當學術股長，將來壁報的工作還是會落在她身上的，沒有人能代替江雁容！」

全班都不說話，顯然是默認了這位同學的話，江雁容站在那兒，默默的掃了全班一眼，然後一語不發的坐下了，垂著眼簾對著桌子發呆，修長而白的手指無意識的玩弄著一個做鎮尺用的銅質松鼠。康南咳了一聲，繼續選下一股的股長，這是風紀股，是維持全班秩序，檢查每人服裝的股長，這是責任最重也最難做的一股。那個圓臉胖身材的同學舉手提了名，是出乎康南意料的一個名字：

「程心雯！」

康南還來不及把名字寫到黑板上，程心雯像地雷爆炸似的大叫了起來：

「活見鬼！」

全班同學都把眼光調到程心雯身上，程心雯才猛悟到這聲詛咒的失態，但她來不及彌補這份失態，她手忙腳亂的站起來，嘴裡亂七八糟的說：

「老師，你不能寫我的名字，你不要聽葉小蓁的提名，我和葉小蓁有仇，所以她設計來陷害我，叫我當風紀股長，好像叫流氓當法官，那、那、那怎麼成？簡直是開玩笑！我連自己都管不好，等我學會了管自己，再來當風紀股長！好吧？」

這幾句話使同學們都笑了起來，連悶悶不樂的江雁容也抿著嘴角笑了。康南微笑的說：

「妳別忙，還沒有表決呢，妳也未見得會當選！」

「哎呀，老師，不能表決……這個……」程心雯抓耳撓腮的亂鬧了一陣，看看沒辦法，只好坐下來等待表決，一面對著葉小蓁背影低聲的做了一番驚人的詛咒。

表決結果，竟然全班舉手贊成程心雯，程心雯管不了別人，只拚命抓著身邊的江雁容，嚷著說：

「妳不許舉手，妳舉手我就和妳絕交！」

江雁容看看班上那些舉著的手，知道大勢已定，就放下手來。結果程心雯以五十票當選。程心雯又跳了起來，因為跳得太猛，差點帶翻了桌子，桌板掉到地下，發出一陣乒零乓啷的巨響，程心雯也顧不得去拾桌板，只是指手畫腳的叫著說：

「老師，全班都跟我作對，你千萬不能讓我當風紀股長，要不然全班都完蛋了。哎呀，這……這……根本是活見鬼！我怎麼能當風紀股長嘛！」

「既然同學們選了妳，」康南說：「妳就勉為其難的去做吧，先從自己下手，未嘗不是好辦法，我想妳可以做一個好風紀股長！」

程心雯無可奈何的坐下來，一臉哭笑不得的尷尬相，江雁容一直望著她微笑，程心雯沒好氣的說：

「妳笑什麼？」

「我笑一隻野猴子被風紀股長的名義給拴住了，看以後再怎麼瘋法？」江雁容說。下面是選康樂股長，總算沒出問題，周雅安和何淇當選。再下面是選服務股長，程心雯迫不及待的舉手，還沒等到康南叫她提名，她就在位子上大叫：

「葉小蓁！」

這次輪到葉小蓁發急了，那張圓圓的臉上嵌著一對圓圓的大眼睛，顯然也是個精明的孩子。她在位子上抗議的大喊：

「不行，老師，這是報復主義，這種提名不能算數的！」

「哦，妳提的名就算數，別人提的就不算！」程心雯說。

康南一語不發的把葉小蓁的名字寫在黑板上，程心雯得意的對葉小蓁做了個鬼臉，似乎連自己當選為風紀股長的事都忘記了。葉小蓁終於當選為服務股長，接下去，事務股長也順利產生。康南長長的吐了口氣，要新當選的學術股長江雁容把選舉結果記錄在班會紀錄上，江雁容接過了紀錄本，按照黑板上的名字填了下去。

班會結束後，康南走出教室，下了三層樓，回到單身宿舍裡。這是間約六個榻榻米大的小房間，放了一張床，一張書桌，一個書架，幾把椅子，剩下的空地就沒有多少了。有時，學生們到這兒來問問題或談話，一來五、六個，這房子就會被擠得水洩不通。泡上一杯香片，他在桌前的籐椅裡坐下來，燃起一支菸，開始靜靜的吐著煙霧，凝視著窗簾上的圖案沉思。

這不是個容易對付的班級，他已經領略到了。這些女孩子似乎都不簡單，那個大眼睛，坦率而無所畏懼的程心雯，那小圓臉，表情豐富的葉小蓁，還有那個沉靜而憂鬱的江雁容……這班上的學生是複雜的。但，誰知道這裡面有多少人才？程心雯的繪畫是全校聞名的，周雅安曾經在去年的歡送畢業同學晚會裡表演過彈吉他，那低沉而柔美的音符至今還印在他腦中。江雁容更是聞名，在她讀高一那年，就有一位國文老師拿了篇她的作文給他看，使他既驚且喜，而今，這有對夢似的眼睛的女孩竟做了他的學生！他是教國文的，將不難發掘出她的文學天才。可能在若干年後，這些女孩子都成為有名的音樂家、畫家和作家，那時，他不知有何感想？當然，那時他已經老耄，這些孩子也不會再記得他了。

教書已經二十年了，不是嗎？二十年前，他在湖南省×中做校長，一個最年輕的校長，但是學生歡迎他。直到三十八年，共產黨揚言要殺他，他才連夜出奔。臨行，他的妻子若素遞給他一個五錢重的金手鐲，他就靠這個手鐲逃到香港，原期不日就能恢復故土，誰知這次竟成了和若素的永別。若素死於三年後，他得到輾轉傳來的消息已是五年後了。若素，那個沉默而平庸的女人，卻在被迫改嫁的前夜投水而死。他欠若素的債太多了，許多許多深夜，回憶起他和若素有過的爭執，他就覺得刺心的劇痛。現在，若素留給他的只有一張已經發黃的照片，照片上的人影也模糊了，再過幾年，這張照片大概就該看不清楚了。但，那個心上的影子是抹不掉的，那份歉疚和懷念也是抹不掉的。若素死了，跟著若素的兩個孩子呢？他走的那年，他們一個是七歲，一個四歲，現在，這兩個孩子流落在何方？國家多難，無辜的孩子也跟著受罪，孩子有什麼錯，該失去父親又失去母親？

一支菸快燒完了，康南望著菸蒂上那點火光和那繚繞著的一縷輕煙出神。每次想到了家和若素，他就有喝兩口酒的衝動，離家這麼多年，菸和酒成了他不能離身的兩樣東西，也是他唯一的兩個知己。

「你瞭解我！」他喃喃的對那菸蒂說，發現自己的自語，他又失笑的站起身來，在那小斗室中踱著步子。近來，他總是逃避回憶，逃避去想若素和孩子。可是，回憶是個賊，它窺探著每一個空隙，偷偷的鑽進他的心靈和腦海裡，拋不掉，也逃不了。

有人敲門，康南走到門邊去開門，幾乎是高興的，因為他渴望有人來打斷他的思潮。門開了，外面站著是高高大大的周雅安和小小巧巧的江雁容。這兩個女孩並立在一塊兒是引人注目的，他感到造物的神奇，同樣的兩個眼睛一個鼻子一張嘴，會造出這樣兩副完全不同的面貌。同樣的兩隻胳膊一個身子兩條腿，會造出如此差異的兩個身材。江雁容手裡捧著班會紀錄本，說：

「老師，請你簽一下名。」

「進來吧！」康南說。

江雁容和周雅安走了進來，康南接過紀錄本，大致的看了看，導師訓話及開會經過都簡單而扼要的填好了，筆跡清秀整齊，文字雅潔可喜。康南在導師簽名那一欄裡簽上了名字，再把本子交給江雁容，這本子是要由學術股長交到教務處去的。江雁容接過本子，對康南點了個頭，就拉著周雅安退出了房間。康南望著她們手挽手的走開，竟微微的感到有點失望，他原以為她們會談一點什麼的。關上了房門，他回到桌前坐下，重新燃起了一支菸。

❖

江雁容和周雅安走出了單身宿舍，周雅安說：

「康南是個怪人，他的房間收拾得真整齊，妳記不記得行屍走肉的房間？」行屍走肉是另一個老師的外號，這缺德的外號是程心雯取的，但是十分切合實際，因為這老師走路時身體筆直，手臂不動，而且面部從無表情，恍如一具殭屍。這老師還有個特點，就是懶。

「還說呢！」江雁容笑著說：「那次送本子的事真讓人不好意思，誰知道中午十二點鐘他會睡覺，而且房裡那麼亂！」

「誰叫妳們不敲門就進去？」周雅安說。

「都是程心雯嘛，她說要突擊檢查一下，後來連程心雯都紅了臉。」

她們走到單身宿舍邊的小樹林裡，周雅安在一塊石頭上坐下來，說：

「我們在這裡坐一下吧，免得去參加大掃除。」

「等會兒葉小蓁要把我們罵死，程心雯也缺德，選葉小蓁做服務股長，這下真要了葉小蓁的命！」

「葉小蓁還不是缺德，怎麼想得出來選程心雯做風紀股長！」周雅安說。

「這下好了，全班最頑皮的人做了風紀股長，最偷懶的人做了服務股長！」

「我包管這學期有好戲看！」周雅安說。

江雁容在一個石桌前坐下，把紀錄本放在一邊，談話一停止，兩人就都沉默了下去。江雁容把手放在石桌上，下巴又放在手背上，靜靜的望著荷花池畔的一棵薔薇花，她那對夢似的眼睛放著柔和的光彩，使那張蒼白的小臉顯得脫俗的秀氣，她並不很美麗，但是沉思中的她是吸引人的。她的思想顯然在變幻著，只一會兒，那對柔和的眼睛就變得沉鬱了，眼光也從燦爛的花瓣上移到泥地上，地上有零亂的小草，被踐踏成枯黃一片。

「唉！」她嘆了口氣。

「唉！」在她旁邊的周雅安也嘆了口氣。

江雁容抬起頭來，注視著周雅安。周雅安有一對冷靜的眼睛和喜怒都不形於色的臉龐。程心雯總說周雅安是難以接近的，冷冰冰的。只有江雁容瞭解這冷靜的外表下，藏著一顆多麼炙熱的心。她望了周雅安一會兒，問：

「妳怎麼了？」

「妳怎麼了？」周雅安反問。

「我在想，高三了，功課更重了，我一定應付不好，媽媽爸爸又不諒解我，弟弟妹妹只會嘲笑我，我怎麼辦呢？周雅安，我不知道該怎麼做人，真的不知道！我總是想往好裡做，總是失敗，在家裡不能做好女兒，在學校不能做好學生，我是個標準的失敗者！周雅安，我討厭現在的這種生活，讀書！讀書！讀書！又不為了興趣讀，只是為了考大學讀，我但願山呀水呀，任我遨遊，花呀草呀，任我喜愛，不被這些書本束縛住，尤其不被那些XY、硝酸、硫酸，什麼的弄得頭昏腦脹。讓我自在的生活，唸唸詩詞，寫寫自己願意寫的文章，那才能算是真正的生活。現在只能叫受罪，如果人不能按照自己所希望的生活，我們又為什麼要活著？連自己的生命都無法自由安排，人哪，多麼可憐！」她搖搖頭，薄薄的嘴唇閉緊了。

「妳想得太多，」周雅安說，對於江雁容那個小腦袋中裝的許多思想，她往往都只能瞭解一部分。「妳的問題很簡單，大學畢業之後妳就可以按妳所希望的過日子了！」

「妳以為行嗎？」江雁容說：「好不容易讀到大學畢業，然後無所事事的整天唸詩填詞，與花草山水為伍，妳以為我父母會讓我那樣做嗎？哈，人生的事才沒那樣簡單呢！到時候，新的麻煩可能又來了。我初中畢業後，想讀護士學校，學一點謀生的技術，然後就去體驗生命，再從事寫作。可是，我爸爸一定要我讀高中，他是為我的前途著想，認為進高中比護士學校有出息，而我呢，也只能按他給我安排的路去走，這生命好像不屬於我的。」

「本來妳的生命也屬於妳父母的嘛！」周雅安說。

「如果我的生命屬於父母的，那麼為什麼又有『我』的觀念呢？為什麼這個『我』的思想、感情、意識、興趣都和父母不一樣呢？為什麼『我』不是一具木偶呢？為什麼這個『我』又有獨立的性格和獨自的欲望呢？」

「妳越說越玄了，」周雅安說：「再說下去妳就連生命都要懷疑了！」

「我本來就對生命懷疑嘛！」江雁容把背靠在身後的樹幹上。沉默了一會兒，低聲的說：「想想看，每個生命的產生是多麼偶然！如果我媽媽不和爸爸結婚，不會有我，如果媽媽和爸爸晚一年或早一年結婚，都沒有我，如果……」

「好了，」周雅安說：「別再如果下去了，這樣推下去就太玄了！妳將來乾脆念哲學系吧！」

「好吧，」江雁容振作了一下，說：「不談我，談談妳的事吧，好好的嘆什麼氣？不要告訴我是為了小徐，我最討厭妳那個小徐！」

周雅安抬抬眉毛，默然不語。

「說話呀！怎麼又不說了？」江雁容說。

「妳還叫我說什麼！」周雅安愣愣的說。

江雁容看了周雅安幾秒鐘，嘆口氣說：

「唉，我看妳是沒辦法的了，妳難道不能把自己解脫出來嗎？小徐那個人根本靠不住……」

「妳不講我也知道，可是我沒辦法！」周雅安無可奈何的說，那對冷靜的眼睛也顯得不冷靜了！

「妳又和他吵架了？」江雁容問。

「是這樣，他上次給我一封信，橫楣上有一行小字，我沒有看到，他現在就一口咬定我的感情不夠，說我連他的信都看不下，準是另外有了男朋友，我怎麼解釋他都不信。妳看，叫我怎麼辦？」

「他簡直是故意找碴嘛！」江雁容說：「我是妳的話，就根本不理他，由他去胡鬧！」

「那不行，江雁容，妳幫我想個辦法，我怕會失去他，真的我怕失去他！」周雅安無助的說。

「真奇怪，妳這麼個大個子，什麼事都怪有主見的，怎麼在感情上就這樣脆弱！」

「妳不懂，江雁容，妳沒有戀愛過！」周雅安低聲說。

「我真的不懂，」江雁容看了看天，然後說：「周雅安，妳太順從他了，我看他有點神經不健全，他大概就喜歡看妳著急的樣子，所以亂七八糟找些事來和妳吵，上次吵的那一架不是也毫無道理嗎？我告訴妳，治他這種無中生有病的最好辦法，就是置之不理！」

「江雁容，我不能不理，我怕這樣會吹了，江雁容，妳幫個忙好不好？再用妳的名義寫封信給他，告訴他我除了他沒有第二個男朋友，要他不要這樣待我，他會相信妳的話，上次也虧妳那封信，他才和我講和的！」

「我實在不高興寫這種信！」江雁容噘著嘴說：「除非他是大傻瓜，才會不知道妳沒有別的男朋友，他明明是故意找麻煩！我還沒寫信就一肚子氣了，如果一定要我寫，這封信裡準都是骨頭和刺！」

「妳就少一點骨頭和刺吧，好嗎？江雁容，算妳幫我的忙嘛！」周雅安近乎懇求的說。

「好吧，我就幫妳寫，不過，我還是不贊成妳這樣做，妳最聰明的辦法是根本和小徐絕交！他不值得妳愛！」

「別這樣說，好不好？」周雅安說。

「周雅安，」江雁容又把下巴放在手背上，仰望著周雅安的臉說：「妳到底愛小徐些什麼地方？」

「我不知道，」周雅安茫然的說：「我真的不知道，我只曉得愛他，失去他我寧願不活！」

「噢，我真不明白他怎麼會讓妳這樣傾心的！」

「有一天，等妳戀愛了，妳就會懂的。我也知道和他在一起不會幸福，我也嘗試過絕交，可是……」她聳聳肩，代替了下面的話。

「我想我永不會這樣愛一個人！」江雁容說：「不過，我倒希望有人能這樣愛我！」

「多自私的話！」周雅安說：「不過，不是也有人這樣愛妳嗎？像那個永不缺席的張先生，那個每天在巷口等妳的附中學生……」

「得了，別再說了，噁心！」

「別人喜歡妳，妳就說噁心，因為妳不喜歡他們！有一天，等妳碰到一個妳也愛的人，我打賭妳也是個熱情得不顧一切的女孩子，那時候妳就不會笑我了！」

「告訴妳，周雅安，」江雁容微笑著，靦腆的說：「我也曾經幻想過戀愛，我夢裡的男人太完美了，我相信全世界都不會找出這樣的男人，所以我一定不會戀愛！我的愛人又要有英雄氣概，又要溫柔體貼，要漂亮瀟灑，又要忠實可靠，哈，妳想這不都是矛盾的個性嗎？這樣的男人大概不會有的，就是有，也不會喜歡我這個渺小的、不美的江雁容！」

「可能有一天，當愛情來的時候，妳會一點也不管妳的幻想了！」

「妳的話太情感主義，那種愛情會到我身上來嗎？太不可思議了。不過，我也希望能好好的戀一次愛。我願愛人，也願被人愛，這兩句話不知道是那本書裡的，大概不是我自己的話，但可以代表我的心情。現在我的感情是睡著的，最使我在感情上受傷的，就是爸爸媽媽不愛我，假如我戀愛了，恐怕就不會這樣重視爸爸媽媽的愛了。妳知道我一直希望他們能像愛小弟小妹一樣來愛我，但是他們不愛我。奇怪，都是他們生的，就因為我功課不好，他們就不喜歡我，這太不公平！當然，我也不好，我不會討好，個性強，是個反叛性太大的女兒。周雅安，我這條生命不多餘嗎？誰都不喜歡我！」

「我喜歡妳！」周雅安說，摸了摸江雁容的頭髮。

江雁容把頭靠在手腕上，用一隻手拉住了周雅安的手，她們默默的坐著，好久都不說話。半天之後，江雁容低聲的說：

「好周雅安，我真想聽妳彈吉他，彈那首我們的歌。我突然間煩惱起來了。」

「妳別煩惱，妳一煩惱我也要跟著煩起來了！」周雅安說。

江雁容跳了起來，甩了甩頭，似乎想把那些纏繞著她的煩惱都甩掉，她拿起班會紀錄本，大聲說：

「走吧，周雅安，把這個先交到教務處去。該上樓了，她們大概已經掃除好了，去找程心雯聊聊，煩惱就都沒有了，走！」

周雅安站起身來，她們一面向教務處走，江雁容一面說：

「暑假我看了一本小說，是蘇德曼的《憂愁夫人》。它說憂愁夫人有一對灰色的翅膀，故事中的主角常常會在歡樂中，感到憂愁夫人用那對灰色的翅膀輕輕觸到他的額角，於是他就陷入憂愁裡。我現在也常常感到憂愁夫人在我的身邊，不時用她灰色的翅膀來碰我。」

交了紀錄本，她們走上三層樓，才上了樓梯，江雁容又轉頭對周雅安說：「我剛剛談到憂愁夫人，我想，我有個憂愁夫人，程心雯大概有個快樂夫人，妳看，她好像從來不會憂愁的！」

在走廊上，程心雯正提著一桶水，追著葉小蓁潑灑，嘴裡亂七八糟的笑罵著，裙子上已被水濕透了。葉小蓁手上拿著個雞毛撣，一面逃一面嚷，教室門口亂糟糟的擠著人看她們「表演」，還有許多手裡拿著抹布掃把的同學在吶喊助威。周雅安嘆口氣說：

「看樣子，我們還是沒有把大掃除躲過去，她們好像還沒開始掃除呢！」

「葉小蓁的服務股長，還有什麼話好說？」江雁容說：「不過，我真喜歡葉小蓁，她天真得可愛！」望著那追逐的兩個人，她笑著和周雅安加入了人群裡。

3

這條新生南路是直而長的，最近才翻修成柏油路面，靠排水溝那邊種了一排柏樹，還安放了一些水泥凳子供行人休息，不過很少有人會在這路邊休息的。這是江雁容周雅安上學和放學時必走的路。每天黃昏，她們總是手攜手的走回家去，因為放學後不需要趕時間，她們兩人都寧可走路而不願擠公共汽車。黃昏的景致是迷人的，灼熱的太陽已下山了，晚霞使整個天空紅成一片，映得人的臉和衣服也都成了粉紅色。從工業專科學校的圍牆起，就是一片水田，一次，江雁容看到一隻白色的鷺鷥從水田中飛起來，彩霞把那白鷺的翅膀都染紅了，不禁衝口而出：

「落霞與孤鶩齊飛！」

從此，她們稱這條街作「落霞道」，江雁容有時戲呼周雅安為「落霞道上的朋友」。事實上，她們也只有這落霞道上的一段時間是比較輕鬆的，在這段時間內，她們總是自然而然的避免談到功課和考大學，而找些輕鬆的題目談談。

「江雁容，妳知不知道有很多人在議論我們？」周雅安說，一面挽著江雁容的手。這是開學一星期後的一個黃昏。

「妳是指那些亂七八糟的話，說我們在鬧同性戀？」江雁容問。

「嗯。」

「別提了，真無聊！」

「可是，」周雅安笑嘻嘻的望著江雁容的臉。「如果我是個男人，我一定會愛上妳！」

「我是男人，我也會愛上妳！」江雁容說，臉微微的紅了，映著霞光，紅色顯得更加深，那張本來蒼白的小臉也變得健康而生動了。

「那麼，我們真該有一個做男人，」周雅安笑著說，欣賞的望著江雁容臉上那片紅暈。「妳是非常女性的，大概只好做女人，下輩子讓我來做妳的男朋友，好不好？」

「不好，」江雁容搖搖頭。「下輩子妳應該變男人，讓小徐變女人，然後妳也找些古裡古怪的問題來折磨他，這樣才算公平。」

「那我和小徐不是要做幾輩子的冤家了？」周雅安說，話一出口，又猛悟到說得太那個了，不禁也漲紅了臉。江雁容笑著說：

「世世代代，都做冤家好不好？周雅安，不害臊啊！」

「又該給妳話柄來笑我了。」

「只要沒有話柄落在程心雯手裡就好了！哦，告訴妳，今天我和程心雯到教務處去，在圖書館門口碰到一塊五毛，頭上戴了頂帽子，妳看，這樣的大熱天還戴帽子，豈不滑稽？程心雯看到他，劈頭就是一句：『老師，美容醫生的生髮油沒有用嗎？』弄得一塊五毛面紅耳赤。後來程心雯告訴我，說一塊五毛在暑假裡到一個著名的美容醫生那兒去治他的禿頂，那個醫生說要把他剩下的幾根頭髮也剃掉再治，他就依言剃掉了，誰知道現在不但以前禿的那一塊長不出頭髮來，連剃掉的也不再長了。他怕難看，就成天戴著頂帽子。程心雯說，一塊五毛的外號應該改做兩塊八毛了！」

「兩塊八毛，什麼意思？」周雅安問。

「這個妳都不懂？本來是一塊無毛，現在是兩塊拔毛呀！」江雁容忍住笑說。

「啊喲，」周雅安大笑了起來。「程心雯這張嘴真要命！怎麼就這樣缺德！」

「一塊五毛也有意思，看他這頂帽子戴到那一天去！程心雯也不知道怎麼這樣精，什麼事都知道，碰到她就毫無辦法，我現在和她坐在一起，每天中午也別想休息，也別想念書，就只能聽她的笑話。」

「葉小蓁現在是不是天天和程心雯吵架？」周雅安問：「今天早上我聽到葉小蓁在鄭重發誓，說什麼『天知道，地知道，我葉小蓁要是再和程心雯說話就是王八蛋！』」

「妳別聽葉小蓁的發誓，前天為了蔡秀華來不及給她講那題代數，剛好考了出來，她做錯了，就氣呼呼的跑到蔡秀華面前去發誓，也是說的那麼幾句話。人家蔡秀華什麼事都古古板板的死認真，又不像我們那樣瞭解葉小蓁，就信以為真了。到下午，葉小蓁自己忘記了，又追著問人家物理題目，蔡秀華不理她，她還嘟著嘴納悶的說：『誰得罪了妳嘛，妳說出來讓我給妳評評理！』把我們笑死了！」

周雅安又笑了起來，笑了一陣，突然想起什麼來，推推江雁容說：

「哦，我忘了問妳，前天代數小考，妳考了多少分？」

江雁容的笑容在一瞬間全消失了，她跺了一下腳，噘著嘴說：

「周雅安，好好的又提起它來幹什麼？」低下頭去，她對著腳下的柏油路面發呆，機械的移著步子，腳步立即沉重了許多。周雅安慌忙拍拍她的手背，安慰的說：

「沒關係，下次考好點就行了！」

「下一次！下一次還有下一次呢！」江雁容生氣的說，自己也不明白在生誰的氣。

「好好，我們不談這個，妳猜明天作文課，康南會出個什麼作文題目？我希望不要又是『暑假生活的回憶』，或者是『迎接新的一學期』！」周雅安說，竭力想談一個能引起江雁容興趣的題目，以扭轉自己一句話造成的低潮。但是，沒有用了，陽光已經消失，烏雲已堆積起來了。江雁容默然不語，半天後才緊緊拉著周雅安的手說：

「周雅安，妳看我怎麼辦好？我真的不是不用功，上課我盡量用心聽書，每天在家裡做代數、物理、解析幾何，總是做到夜裡一點鐘！可是我就考不好，如果數理的功課能像詩詞那樣容易瞭解就好了！」

「可是，我還羨慕妳的文學天才呢！」周雅安說：「妳拿一首古詩給我看，保管我連斷句都不會！」

「會斷句又有什麼用，考大學又不考詩詞的斷句！像妳，每次數理都考得那麼好，妳怎麼會考得那樣好呢？周雅安！」江雁容愁苦的問。

「我也不知道，」周雅安說：「妳是有天才的，江雁容，妳不要為幾分而發愁，妳會成個大作家！」

「天才！去他的天才！從小，大家都說我有天才，可是我沒有一學期能夠不補考！沒有一次不為升學發愁，我看，這次考大學是準沒有希望的！」

「就是妳考不上大學也沒關係，妳可以寫作，並不是每個作家都是大學畢業生！」

「別講得那麼輕鬆，我考不上大學，爸爸媽媽會氣死！」江雁容恨恨的把腳下一塊石子踢得老遠。「我討厭這種填鴨子式的教育法，我不知道我要學那些大代數、解析幾何、物理幹什麼？將來我絕不會靠它們吃飯！」

周雅安才要說話，身後響起了一陣腳踏車的車鈴聲，她和江雁容同時回過頭去，一個年輕的男學生正推著輛腳踏車站在她們的身後，咧著一張大嘴對她們笑。周雅安有點詫異，也有點意外的驚喜，說：

「小徐，是你？」

「我跟著妳們走了一大段了，妳們都沒有發現！談些什麼？一會兒哈哈大笑，一會兒又悲悲哀哀的？」小徐說，他長得並不算漂亮，但鼻子很高，眼睛很亮，五官也頗端正。只是有點公子哥兒的態度。他的個子不高，和高大的周雅安站在一起，兩人幾乎是一般高。

「看樣子，我要先走一步了！」江雁容說，對小徐點了個頭。

「不要嘛！」周雅安說，但語氣並不誠懇。

「你們談談吧，我真的要先走，趕回家去，還有許多習題沒做呢！」江雁容說，一面又對周雅安說：「周雅安，再見啊！明天如果比我早到學校，幫我到教務處拿一下課室日記本，好吧？」

「好！」周雅安說，又補了一句：「再見啊！」

江雁容單獨向前面走去，心裡模糊的想著周雅安和小徐，就是這樣，愛情是多神祕，周雅安和她的感情再好，只要小徐一出現，她眼中就只有小徐了！在信義路口，她轉了彎，然後再轉進一條小巷子。她的家住在和平東路，她本可以一直走大路，但她卻喜歡這條巷子的幽靜，巷子兩邊，有許多破破爛爛的木板房子，還有個小破廟，廟中居然香火鼎盛。江雁容無法設想這些破房子裡的人的生活。生命（無論是誰的生命），似乎都充滿了苦惱、忙碌，和掙扎，可是，這世上千千萬萬的人，卻都熱愛著他們的生命，這世界豈不矛盾？

在那固定的電線桿下面，她又發現了那個每天在這兒等她的男孩子。瘦高個兒，一身黃卡其布制服，扶著一輛腳踏車，這是他給她的全部印象，因為她從不敢正眼去打量他。自從上學期中旬起，這孩子就開始等她了，可是，只有一次，他鼓起勇氣上來和她說話，他彷彿報了自己的名字，並說了請求交友一類的話，但她一句都沒聽清楚，只記得他那張漲得通紅的黝黑而孩子氣的臉。她倉促的逃開了，而他也紅著臉退到一邊。這以後，他每天總在這兒等她，但並不跟蹤她，也不和她說話，只默默的望著她走過去。江雁容每次走過這兒，也不禁臉紅心跳，她不敢望他，只能目不斜視的趕快走過去，走過去後也不敢回頭看，所以她無法測知他什麼時候才會離開那根電線桿。她總是感到奇怪，不知這個男孩子有什麼神經病，既不認識她，又不瞭解她，當然無法談到「愛」字，那麼，這傻勁是為了什麼？

在家門口，她碰到了住在隔壁的劉太太，一個標準的三姑六婆型的女人，每天最主要的工作是到每個人家裡去串門，然後再搬弄口舌是非。江雁容對她行了禮，然後按門鈴。

來開門的是她的弟弟江麟，她一共是三個兄弟姊妹，她是老大，江麟老二，最小的是江雁若。雁若比她小五歲，在另一個省女中讀初二。江麟比江雁容小兩歲，是家裡唯一的一個男孩子。江雁容常喊他作江家之寶，事實上，他也真是父親眼中的寶貝，不單為了他是男孩子，也為了他生性會取巧討好。不過母親並不最喜歡他。據說，他小時是祖父的命根，祖父把他的照片懸掛在牆壁上，一遇到心中有不愉快的事，就到他的照片前面去，然後自我安慰的說：「有這麼好的一個孫子，還有什麼事值得我發愁呢！」祖父臨終時還摸著江麟的頭，對江雁容的父親江仰止說：「此子日後必成大器，可惜我看不到了！」現在，這個必成大器的男孩子還看不出有什麼特點來，除了頑皮和刁鑽之外。但在學校裡，他的功課非常好，雖然他一點都不用功，卻從沒考到五名以下過。現在他十六歲，是建中高一的學生，個子很高，已超過江雁容半個頭，他常站在江雁容身邊和她比身高，用手從江雁容頭頂斜著量到他的下巴上，然後得意的喊她作「小矮子」。他喜歡繪畫，而且確實有天才，江仰止認為這兒子可能成大畫家，從江麟十二歲起，就讓他拜在臺灣名畫家孫女士門下學畫，現在隨手畫兩筆，已經滿像樣子了。他原是個心眼很好而且重情感的孩子，但是在家中，他也有種男性的優越感，他明白父親最喜歡他，因此，他也會欺侮欺侮姊姊妹妹。不過，在外面，誰要是說了他姊妹的壞話，他立即會摩掌相向。

江麟看到門外是她，就做了個鬼臉說：

「大小姐回來了！」

江雁容走進來，反身關好了門。江仰止在×大做教授，這是×大的宿舍。前面有個小得不能再小的花園，雖然他們一再培養花木，現在長得最茂盛的仍然只有棕櫚樹和美人蕉。走過小院子，是第二道門，裡面是脫鞋的地方。這是一棟標準的日式房子，一共四間，每間都無法隔斷。前面一間八席的是客廳和江仰止的書房，後面是江仰止和妻子趙意如的臥室，旁邊一間做了江麟的房間兼飯廳，最後面的是江雁容、雁若姊妹的房間，是到廚房必經之路。江雁容脫了鞋，走上榻榻米，立即發現家裡的空氣不大對，沒有聞到菜飯香，也沒聽到炒菜的聲音。她回頭看了江麟一眼，江麟聳聳肩，低聲說：

「媽媽還在生爸爸的氣，今天晚飯只好妳來做了！」

「我來做？」江雁容說：「我還有一大堆的功課呢，明天還要考英文！」

「那有什麼辦法，除非大家不吃飯！」江麟說。

客廳裡，江仰止正背負著兩隻手，在房間裡走來走去。他個子不高，年輕時是個標準的東方美男子，眉清目秀，唇紅齒白，從讀書起就習慣性的穿著一襲長衫，直到現在不變。而今，年輕時的「漂亮」當然不能談了，中年後他發了胖，但瀟灑勁兒仍在，架著一副近視眼鏡，書卷氣比年輕時更加重了。長衫上永遠有粉筆灰和貓毛，哪怕他太太趙意如一天給他換兩次衣服（他從不記得自己換衣服），粉筆灰和貓毛依然不會少的，粉筆灰是講書時弄的，事後絕不會拍一拍。貓則是他最喜歡的東西，家裡一年到頭養著貓，最多時達到七隻，由於江太太的嚴重抗議，現在只剩一隻白貓。江仰止的膝頭，就是這隻白貓的床，只要江仰止一坐下來，這貓準跳到他身上去呼呼大睡。這些使江仰止無論走到哪裡，都會成為他特殊的標誌。近兩年來，由於江仰止的一本著作和講學的成功，使他薄負微名，一天到晚忙著著作，到各地講學，到電臺廣播。可是，忙碌不能改變他，他依然是從容不迫的，悠然自在的。他有兩大嗜好，一是旅行，一是下圍棋。前者現在已經很少去了，圍棋則不能少，每星期總要到弈園去兩三次，這也是他和江太太每次吵架的原因，江太太堅決反對他下棋，認為一來用腦過度，一下就是四、五小時，有損健康。二來江仰止每下必賭彩，每賭必輸，江太太省吃儉用，對這筆支出實在心痛。三來江仰止的工作堆積如山，不工作而把時間耗費在娛樂上，江太太認為是最大的不該。所以，每次江仰止下了棋回來，江太太總要生一天悶氣，江太太一生氣，家裡就秩序大亂，炊煙不舉。江仰止看到江雁容回來，就停止了踱方步說：

「雁容，妳去做一下晚飯吧！」

江雁容看了父親一眼，江仰止的神態是無可奈何的，不知所措的。江雁容嘛了嘴低聲說：

「我今天最忙了！」

「去吧，大女兒該幫幫家裡的忙！」

大女兒，做大女兒反正是倒楣的，要做事總最先輪到大女兒，有吃的玩的就該最後輪到大女兒了。江雁容正要走到後面去，門鈴又響了，江仰止抬起頭來，像得救似的說：

「這次該是雁若回來了吧？」

江雁容去開了門，果然是江雁若。江雁若今年十三歲，已經和江雁容一般高，看樣子，還可以再長高不少。她和姊姊的個性是完全不同的，江雁容憂鬱，她卻樂觀明快，會撒嬌，會討好；她長得也比雁容好看，同樣是清朗的眉毛和秀氣的眼睛，但她頰上多了一對小酒渦，使她看起來就比姊姊甜。她是江太太的寵兒，江太太愛這個小女兒更勝過愛那個兒子。而江雁若也確實值得人疼愛，從小學到初中，她就沒考過第二名，年年都是第一，她得到的各種獎狀可以裝訂成厚厚的一冊。而她那張小嘴也真會說話，說得那麼甜，讓你不喜歡她都做不到。但她的脾氣卻極像母親，要強到極點，如果她的目標是一百分，考了九十九分她就會大哭一場。她喜歡的人，她會用盡心機來討好，不喜歡的人，她就會破口大罵。她是個全才，功課上，不論文科理科、正科副科、音樂美術、體育家事，她是門門都精，門門都強，無怪乎江太太愛她愛得入骨了。

江雁若還沒走到玄關，江仰止就迎到門口來，對江雁若抬抬眉毛，尷尬的笑笑，低低的說：

「雁若，趕快去哄哄妳媽媽，她還在生氣，只有妳有辦法，趕快去！」

「爸爸，誰要你昨天晚上下到十二點嘛！」江雁若埋怨的說，完全站在母親的那一邊說話，她是同情母親的。不過，她也喜歡父親，尤其是父親說笑話的時候。

江仰止笑笑，推了推鼻梁上的眼鏡，他有時真怕這個小女兒，說起話來比刀子還厲害，這本事全是她母親的遺傳。江雁若一面脫鞋一面又說：

「早點回來媽媽也高興，你也少輸一點，那個王伯伯早就看中爸爸的弱點了，用話一激爸爸，爸爸就一直跟他下，口袋裡的錢全下到他的袋裡去了！」

江仰止咳了一聲，啼笑皆非的說：

「胡說！這樣吧，將來我把妳教會了，妳到弈園給我報仇去！」

「哼！自己毀了還不夠，還想毀孩子是不是？」江太太的聲音從臥室裡傳了出來，顯然她已聽到了父女的這一段談話。

江仰止不說話了，心中卻有點反感，夫婦生生氣倒無所謂，在孩子面前總該給他保留點面子，現在他在孩子前面一點尊嚴都沒有，孩子們對他說話都是毫無敬意的，這不能說不是江太太所造成的。而且，下下棋又何至於說是「毀了」，這兩個字用得未免太重。

江雁若背著書包進了江太太的臥室裡，江太太正躺在床上，枕頭邊堆滿了書，包括幾本國畫畫譜，一本英文成語練習，和一本唐詩宋詞選。江太太雖年過四十，卻抱著「人活到老，學到老」的信念，隨時都不肯放鬆自己。她是個獨特的女人，從小好勝要強，出生於豪富之家，卻自由戀愛的嫁給了一貧如洗的江仰止。婚後並不得意，她總認為江仰止不夠愛她，也對不起她，但她絕不承認自己的婚姻失敗。起初，她想扶助江仰止成大名立大業，但江仰止生性淡泊，對名利毫不關心。結婚二十年，江仰止依然一貧如洗，不過是個稍有虛名的教授而已，她對這個是不能滿意的。於是，她懊悔自己結婚太早，甚至懊悔結婚，她認為以她的努力，如果不結婚，一定大有成就。這也是事實，她是肯吃苦肯努力的，從豪富的家庭到江家，她脫下華服，穿上圍裙，親自下廚，刀切了手指，煙薰了眼睛，從來不叫苦。在抗戰時，她帶著孩子，跟著江仰止由淪陷區逃出來，每日徒步三十里，她也不叫苦。抗戰後那一段困苦的日子，她學著衲鞋底被麻繩把手指抽出血來，她卻不放手，一家幾口的鞋全出自她那雙又白又細的手。跟著江仰止，她是吃夠了苦了，她只期望他有大成就，但他卻總是把最寶貴最精華的時間送在圍棋上。孩子是她的第二個失望，江雁容使她心灰意冷，功課不好，滿腦子奇異的思想。有時候她是溫柔沉靜的，有時候卻倔強而任性，有一次，她責備了江雁容幾句，為了江雁容數學總不及格，江雁容竟對她說：

「媽，妳別這樣不滿意我，我並沒有向妳要求這一條生命，妳該對創造我負責任，在我，生命中全是痛苦，假如妳不滿意我，妳最好把我這條生命收回去！」

這是女兒對母親說的話嗎？這幾句話傷透了江太太的心，生兒育女到底有什麼意思？

孩子並不感激妳，反而怨恨妳創造了她！雁容生下來的時候不足月，只有三磅半，帶大她真不知吃了多大的苦，但是她說：「妳最好把我這條生命收回去！」不過，雁容的話難道不對嗎？本來她就該對這條生命負責，孩子確實沒有向她要求生命呀！其實，這孩子有許多地方像她，那多愁善感的個性，那對文學的愛好……甚至那些幻想，她在年輕時也有許多幻想，只是長久的現實生活和經驗早把那些幻想打破了。但，江雁容卻不能符合她內心的期望。江麟是個好孩子，可是他遺傳了他父親那份馬虎，不肯努力的脾氣，前途完全不在他眼睛裡，功課考得好全是憑小聰明，事實上昨天考過的今天就會忘記。他是個小江仰止，江太太看透他以後也不會有大成就的。剩下的一個江雁若，就成了江太太全部希望的集中，這是唯一一個不讓她失望的人，功課、脾氣、長相，無一不好。這孩子生在抗戰結束之時，江太太常說：

「大概是上帝可憐我太苦了，所以給我一個雁若！」她說這話，充滿了慶幸，好像全天下就只有一個雁若，她從不想這話會傷了另外兩個孩子的心。尤其是江雁容，她本是個過分敏感的孩子。而江太太也忽略江雁容那易感的心，在渴求著母愛。江太太總自認為是個失敗的女人，雖然外界的人都羨慕她，說她有個好丈夫，又有個好家庭。她認為全天下都不瞭解她的苦悶，包括江仰止在內。近兩年來，她開始充實自己，她學畫，以摩西老太太九十歲學畫而成大名來自勵，她也學詩詞，這是她的興趣。為了追上潮流，她也念英文。而她全是用心去做，一絲不苟的，她希望自己的努力不晚，渴望著成功。江仰止越使她灰心，她就越督促自己努力。「不靠丈夫，不靠兒女，要自立更生。」這是她心中反覆自語的幾句話。

年輕時代的江太太是個美人，只是個子矮一點，現在她也發了胖，但她仍然漂亮。她的眉毛如畫，濃密而細長，有一對很大的眼睛，一張小巧的嘴。江雁容姊妹長得都像父親，沉靜秀氣，沒有母親那份奪人的美麗。江太太平日很注意化妝，雖然四十歲了，她依然不離開脂粉，她認為女人不化妝就和衣飾不整同樣的不雅。可是，今天她沒有施脂粉，靠在枕頭上的那張臉看起來就顯得特別蒼白。

江雁若跑過去，把書包丟在地下，就撲到床上，滾進了江太太的懷裡，嘴裡嚷著說：「媽，我代數小考考了一百分，這是這學期的第一次考試，以後我要每次都維持一百分！」

江太太憐愛的摸著江雁若的下巴，問：

「中午吃飽沒有？」

「飽了，可是現在又餓了！」

「那一定是沒吃飽，你們福利社的東西太簡單，中午吃些什麼？」這天早上，由於江太太生氣，沒做早飯！也沒給孩子們弄便當，所以他們都是帶錢到學校福利社裡吃的。

「吃了一碗麵，還吃了兩個麵包。」

「用了多少錢？」

「五塊。」

「怎麼只吃五塊錢呢？那怎能吃得飽？又沒有要妳省錢，為什麼不多吃一點？」

「夠了嘛！」江雁若說著，伏在床上看看江太太，撒嬌的說：「媽媽不要生氣了嘛，媽媽一生氣全家都淒淒慘慘的，難過死了！」

「媽媽看到妳就不生氣了，雁若，好好用功，給媽媽爭口氣！」

「媽媽不要講，我一定用功的！」江雁若說，俯下頭去在江太太面頰上響響的吻了一下。

江雁容穿過江太太的臥房，對江太太說了聲：

「媽媽我回來了！」

江太太看了江雁容一眼，沒說什麼，又去和江雁若說話了。江雁容默默的走到自己房間裡，把書包丟在床上，就到廚房裡去準備晚飯。她奇怪，自己十三歲那年，好像已經是個大人了，再也不會滾在媽媽懷裡撒嬌。那時候家庭環境比現在壞，他們到臺灣的旅費是借債的，那時父親也不像現在有名氣，母親每天還到夜校教書，籌錢還債。她放學後，要帶弟妹，還要做晚飯，她沒有時間撒嬌，也從來不會撒嬌。「小妹是幸運的，」她想：「她擁有一切；父母的寵愛，老師的喜歡，她還有天賦的好頭腦，聰明、愉快，和美麗！而我呢，我是貧乏的，渺小、孤獨，永遠不為別人所注意。我一無所有。」她對自己微笑，一種迷茫而無奈的笑。

煤球爐裡是冰冷的，煤球早就滅了，她不知道爸爸媽媽中午吃的是什麼。她不會起煤球火，站在那兒呆了兩分鐘，最後嘆了口氣，決心面對現實，找了些木頭，她用切菜刀劈了起來，剛剛劈好，江太太出現在廚房門口了。她望了江雁容一眼說：

「放下，我來弄！妳給我做功課去，考不上大學不要來見我！」

江雁容洗了手，回到自己的房間裡，坐在書桌前悶悶的發呆。一股濃煙從廚房裡湧到房間裡來，她把窗子開大了，把書包拿到書桌上。窗外，夕陽已下了山，天邊仍然堆滿了絢爛的晚霞，幾株瘦瘦長長的椰子樹，像黑色剪影般聳立著，背後襯著粉紅色的天空。「好美！」她想，窗外的世界比窗內可愛多了。她把書本從書包裡一本本的抽出來，一張考卷也跟著落了出來，她拿起來一看，是那張該死的代數考卷。剛才雁若說她的代數考了一百分，她就能考一百分，江雁容是考不了的，永遠考不了！她把考卷對摺起來，正預備撕毀，被剛好走進來的江麟看見了，他叫著說：

「什麼東西？」

江雁容正想把這張考卷藏起來，江麟已經劈手奪了過去，接著就是一聲怪叫：

「啊哈，妳考得真好，又是個大鴨蛋！」

這諷刺的嘲笑的聲調刺傷了江雁容的自尊心，這聲怪叫更使她難堪，她想奪回那張考卷，但是江麟把它舉得高高的，一面唸著考試題目，矮小的江雁容夠不著他。然後，江麟又神氣活現的說：

「哎呀，哎呀，這樣容易的題目都不會，這是最簡單的因式分解嘛，連我都會做！我看妳呀，大概連a+b的平方等於多少都不知道！」

江太太的頭從廚房裡探了出來。

「什麼事？誰的考試卷？」

「姊姊的考卷！」江麟說。

「拿給我看看！」江太太命令的說，已猜到分數不太妙。

江麟對江雁容做了個怪相，把考卷交給了江太太。江雁容的頭垂了下去，無助的咬著大拇指的手指甲。江太太看了看分數，把考卷丟到江雁容的腳前面，冷冷的說：

「雁容，妳到底打算怎麼辦？」

江雁容的頭垂得更低，那張恥辱的考卷刺目的躺在腳下。忽然間，她感到一陣難以言喻的委屈和傷心，眼淚迅速的湧進了眼眶裡，又一滴滴落在裙褶上。眼淚一經開了閘，就不可收拾的氾濫了起來，一剎那間，心裡所有的煩惱、悲哀，和苦悶都齊湧心頭，連她自己都無法瞭解怎麼會傷心到如此地步。事實上，在她拿到這張考卷的時候就想哭，一直憋著氣忍著，後來又添了許多感觸和煩惱，這時被弟弟一鬧，母親一責備，就再也忍不住了，淚珠成串的湧出來，越湧越多，喉嚨裡不住的抽泣，裙子上被淚水濕了一大片。

江太太看著哭泣不止的江雁容，心裡更加生氣，考不好，又沒有罵她，她倒先哭得像個被虐待的小媳婦。心中儘管生氣，又不忍再罵她，只好氣憤的說：

「考不好，用功就是了，哭，又有什麼用？」

江雁容抽泣得更厲害。「全世界都不瞭解我，」她想，就是這樣，她考壞了，大家都叫她「用功」、「下次考好一點」，就沒有一個人瞭解她用功也無法考好，那些數字根本就沒辦法裝進腦子裡去。那厚厚的一本大代數、物理、解析幾何對她就有如天書，老師的講解像喇嘛教徒念經，她根本就不知其所云。雖然這幾個數理老師都是有名的好教員，無奈她的腦子不知怎麼回事，就是與數理無緣。下一次，再下一次，無數的下一次，都不會考好的，她自己明白這一點，因而，她是絕望而無助的。她真希望母親能瞭解也能同情她的困難，但是，母親只會責備她，弟妹只會嘲笑她。雁若和小麟都是好孩子，好學生，只有她最壞，最不爭氣。她無法止住自己的眼淚，哭得氣塞喉堵。

「妳還不去念書，哭又不能解決問題！」江太太強忍著氣說，她自己讀書的時候從沒有像雁容這樣讓人操心，別說零分沒考過，就是八十分以下也沒考過。難道雁容的天資差嗎？她卻可以把看過一遍的小說中精采的對白都背出來，七歲能解釋李白的詩，九歲寫第一篇小說。她絕不是天資低，只是不用心，而江太太對不用心是完全不能原諒的。退回廚房裡，她一面做飯一面生氣，為什麼孩子都不像母親（除了雁若之外），小麟還是個毛孩子，就把藝術家那種吊兒郎當勁全學會了，這兩個孩子都像父親，不努力，不上進，把「嗜好」放在第一位。這個家多讓人灰心！

江仰止是聽到後面房裡的事情的，對於江雁容，他沒有什麼特別的喜歡，也沒有什麼特別的不喜歡。女孩子，你不能對她希望太高，就是讀到碩士博士，將來還不是燒飯抱孩子，把書本丟在一邊。不過，大學是非考上不可的，他不能讓別人說「江仰止的女兒考不上大學」！他聽憑妻子去責備雁容，他躲在前面不想露面，這時，聽到雁容哭得厲害，他才負著手邁步到雁容的房間裡，雁若和江麟也在房裡，雁若在說：「好了嘛，姊姊，不要哭了！」但雁容哭得更傷心，江仰止拍拍雁容的肩膀，慢條斯理的說：

「別哭了，這麼大的女孩子，讓別人聽了笑話，考壞一次也沒什麼關係，好了，去洗洗臉吧！」

江雁容慢慢的平靜下來，這時，她忽然萌出一線希望，她希望父親瞭解她，她想和父親談談，抬起頭來，她望著江仰止，但江仰止卻沒注意到，他正看著坐在椅子裡，拿著支鉛筆，在一本書後面亂畫的江麟。這時江麟跳起來，把那本書交到父親手裡，得意的說：

「爸，像不像？」

江仰止看了看，笑笑說：

「頑皮！」但聲音裡卻充滿了縱容和讚美。

江麟把那本書又放到江雁容面前，說：

「妳看！」

江雁容一看，這畫的是一張她的速寫，披散的頭髮，縱橫的眼淚，在裙子裡互絞的雙手，畫得真的很像，旁邊還龍飛鳳舞的題著一行字：「姊姊傷心的時候」。江雁容把書的正面翻過來看，是她的英文課本，就氣呼呼的說：

「你在我的英文書上亂畫。」說著，就賭氣的把這張底頁整個撕下來撕掉。江麟惋惜的說：

「哎呀，妳把一張名畫撕掉了，將來我成名之後，這張畫起碼可以值一萬塊美金。可惜可惜！」

江仰止用得意而憐愛的眼光望著江麟，用手摸摸江麟的滿頭亂髮，說：

「小麟，該理髮了！」江麟把自己的頭髮亂揉了一陣，說：

「爸，你讓我畫張像！」

「不行，我還有好多工作！」江仰止說。

「只要一小時！」

「一小時也不行！」

「半小時！」江麟叫著說。

「好吧，到客廳裡來畫，不許超過半小時！」

「ＯＫ！」江麟跳躍著去取畫板和畫筆，江仰止緩緩的向客廳走，一面又說：

「不可以把爸爸畫成怪樣子！」

「你放心好了，我的技術是絕無問題的！」江麟驕傲的嚷著，衝到客廳裡去了。

江雁容目送他們父子二人走開，心底湧起了一股難言的空虛和寂寞感。窗外，天空已由粉紅色變成絳紫色，黑暗漸漸的近了。

4

教室裡靜靜的，五十幾個女孩子都仰著頭，安靜的聽著書。這一課講的是杜牧的〈阿房宮賦〉，一篇文字極堆砌，但卻十分優美的文章。對於許多同學，這篇東西顯然是深了一些，康南必須盡量用白話來翻譯，並且反覆解釋。這時，他正講到「妃嬪媵嬙，王子皇孫，辭樓下殿，輦來於秦；朝歌夜弦，為秦宮人……」忽然，「碰！」的一聲響，使全班同學都吃了一驚，康南也嚇了一跳。追蹤聲音的來源，他看到坐在第二排的程心雯，正用一隻手支著頭打瞌睡，大概是手肘滑了一下，把一本書碰到地板上，所以發出這麼一聲響來。程心雯上課打瞌睡，早已是出了名的，無論上什麼課她都要睡覺，可是，一下課，她的精神就全來了。康南看看手錶，還有五分鐘下課，這已經是上午第四節，難怪學生們精神不好。這些孩子們也真可憐，各種功課壓著她們，學校就怕升學率低於別的學校，拚命填鴨子式的加重她們的功課。昨天開教務會議，又決定給她們補習《四書》，每天降旗後補一節。校長認為本校國文程度差，又規定學生們記日記，一星期交一次。如果要把每種功課都做完，這些孩子們大概只好通宵不睡。康南闔起了書，決定這五分鐘不講書了。他笑笑說：

「我看妳們都很累了，我再講下去，恐怕又有書要掉到地下去了！」

同學們都笑了起來，但程心雯仍然在點頭晃腦的打瞌睡，對於這一切都沒聽見。康南注意到江雁容在推程心雯，於是，程心雯猛的驚醒了，朦朦朧朧的睜開眼睛，大聲的說：

「什麼事？」

全班同學又笑了起來。康南也不禁失笑。他報告說：

「昨天我們開校務會議，決定從明天起，開始補習《四書》。明天，請大家把四書帶來，我們先講《孟子》，再講《論語》，因為《孟子》比較淺。另外，規定妳們要交日記，這一點，我覺得妳們已經相當忙了，添上這項負擔有些過分，而且，交來的日記一定是敷衍塞責，馬虎了事。所以，我隨妳們的自由，願意交的就交，不願交的也不勉強。現在，還有五分鐘下課，妳們有什麼問題，可以提出來。」

學生們開始議論紛紛，教室裡的安靜打破了。康南在講臺上踱著步子，等學生提出問題。他無目的的掃視著全室，於是，他接觸到一對柔和而憂鬱的眼光，這是江雁容，可是，當康南去注意她時，這對眼光又悄悄的溜走了。

「一個奇異的女孩子。」康南想。一學期已經過了大半，對於全班學生的個性脾氣，康南也大致瞭解了，只有江雁容，始終是個謎。她那孤獨無助的神情總使他莫名其妙的感動，那對沉靜而恍惚的眼睛，那份寂寞和那份憂鬱，那蒼白秀氣的臉……這女孩心中一定埋藏著什麼，他幾乎可以看到她心靈上那層無形的負荷。可是，她從來不像別的學生那樣把一些煩惱向導師吐露。她也常常到他房間裡來，有時是為了班上的事，有時是為了陪程心雯，程心雯總有些亂七八糟的事要找他，也有時是陪葉小蓁。每次她來，總不是一個人，來了就很少說話，事情完了就默默的退出去。但，她每次來，似乎都帶來了什麼，每次走，又好像帶走了什麼，康南無法解釋這種情緒，也不明白為什麼他對這個瘦小的女孩子特別關懷。「一個奇異的女孩子。」康南每看到她就這樣想，奇異在哪裡，他也說不出所以然來。

下課號響了，在班長「起立！敬禮！坐下！」的命令之後，五十幾個學生像一群放出籠的小鳥，立即嘰嘰喳喳的叫鬧了起來。教室裡到處都是跑前跑後的學生，葉小蓁在大聲的徵求上一號的同志，因為沒有人去，她強迫江雁容同行。剛才一直打瞌睡的程心雯，這時跳在椅子上，大叫著：「該誰提便當？」教室裡亂成一片，康南不能不奇怪這些孩子們的精力。

走出教室，康南向樓下走去，後面有學生在喊：

「老師！」

他回過頭去，是班長李燕捧著一大疊週記本，他接過週記本，下了樓，回到單身宿舍裡。這是中午，所有單身教員都在學校包飯。把週記本放在桌子上，洗了一個臉，他預備到餐廳去吃飯。但，他略一猶豫，就在那疊週記本中抽出了江雁容的一本，站在桌前打開來看。週記是學生們必交的一份東西，每週一頁，每頁分四欄，包括「生活檢討」、「學習心得」、「一週大事」，和「自由記載」，由導師評閱。江雁容總習慣性的順著筆寫，完全不管那各欄的標題，康南看見那上面寫的是：

「十八歲，多好的年齡！今天是我十八歲的生日，早上，媽媽對我說：『長命百歲！』我微笑，但心裡不希望活一百歲。許多作家、詩人都歌頌十八歲，這是一個做夢的年齡，我也有滿腦子可憐的夢，我說『可憐』，是因為這些夢真簡單，卻永不能實現。例如，我希望能像我家那隻小白貓一樣，躺在院子防空洞上的青草上，然後拿一本屠格涅夫、或托爾斯泰、或狄更斯、或哈代、或毛姆……啊！名字太多了，我的意思是管他哪一個作家都好，拿一本他們的小說，安安靜靜的，從從容容的看，不需要想還有多少功課沒做，也不需要想考大學的事。但，我真那樣做了，爸爸會說：『這樣躺著成何體統？』媽媽會說：『妳準備不上大學是不是？』人活著，『責任』實在太多了！

我是為我自己而活著嗎？可憐的十八歲！被電壓電阻、牛頓定律所包圍的十八歲！如果生日這天能有所願望，我的願望是：『比現在年輕十八歲！』」

康南放下這本周記，沉思了一會兒，又抽出了程心雯的一本，於是，他看到下面的記載：

「生活檢討：上課再睡覺我就是王八蛋！可是，做王八蛋比不睡覺容易得多。

學習心得：江雁容說代數像一盤苦瓜，無法下嚥。我說像一盤烤焦的麵包，不吃怕餓，吃吧，又實在吃不下。

一週大事：忘了看報紙，無法記載，對不起。

自由記載：葉小蓁又宣布和我絕交，但我有容人氣度，所以當她忘記了而來請我吃冰棒的時候，我完全接受，值得給自己記一大功。做了半學期風紀股長，我覺得全班最乖的就是程心雯，但訓導處不大同意。」

康南放下本子，到餐廳去吃午飯，心中仍然在想著這兩個完全不同的學生，一個的憂鬱沉靜和另一個的活潑樂觀成了個對比，但她們兩個卻是好朋友。他突然懷疑現在的教育制度，這些孩子都是可愛的，但是，沉重的功課把她們限制住了。像江雁容，這是他教過的學生裡天分最高的一個，每次作文，信筆寫來，洋洋灑灑，清新可喜，但她卻被數理壓迫得透不過氣來。像程心雯，那兩筆劃值得讚美，而功課呢，也是一塌糊塗。葉小蓁偏於文科，周雅安偏於理科。到底，有通才的孩子並不多，可是，高中卻實行通才教育，誰知道這通才教育是造就了孩子還是毀了孩子？

在教室裡，學生們都三個五個聚在一起吃便當，一面吃，一面談天。程心雯、葉小蓁，和江雁容坐在一塊兒，葉小蓁正在向江雁容訴苦說：

「我那個阿姨是天下最壞的人，昨天我和她大吵了一架，我真想搬出去，住在別人家裡才倒楣呢！妳教教我，怎麼樣報我阿姨的仇？」她是寄住在阿姨家裡的，她自己的家在南部。

「妳阿姨最怕什麼？」程心雯插口說。

「怕鬼。」葉小蓁說。

「那妳就裝鬼來嚇唬她，我告訴妳怎麼裝，我有一次裝了來嚇我表姊，把她嚇得昏過去！」程心雯說。

「不行！我也怕鬼，我可不敢裝鬼，他們說裝鬼會把真鬼引出來的！這個我不幹！」葉小蓁說，一面縮著頭，好像已經把真鬼引出來了似的。

「告訴妳，寫封匿名信罵罵她。」江雁容說。

「罵她什麼呢？」葉小蓁問。

「罵她是王八蛋，是狗屎，是死烏龜，是大黃狗，是啞巴貓，是臭鸚鵡，是瞎貓頭鷹，是黃鼠狼……」程心雯一大串的說。

葉小蓁又氣又笑的說：

「別人跟妳們講真的，妳只管開玩笑！」

「我教妳，」程心雯又想了個主意：「妳去收集一大袋毛毛蟲，晚上悄悄的撒在她床上和枕頭底下，保管收效，哈哈，好極了，早上一定有好戲看！」程心雯被自己的辦法弄得興奮萬分。

「毛毛蟲，我的媽呀！」葉小蓁叫：「我碰都不敢碰，妳叫我怎麼去收集？」

看樣子，這個仇不大好報了，結果，還是葉小蓁自己想出辦法來了，她得意的說：

「對了，哪天，我埋伏在川端橋上，等她來了，我就捉住她，把她抖一抖，從橋上扔到橋底下去！」看她那樣子，好像她阿姨和一件衣服差不多。江雁容和程心雯都笑了。葉小蓁呢，既然問題解決，也就不再愁眉苦臉，又和程心雯談起老師們的脾氣和綽號來。江雁容快快的吃完飯，收拾好便當，向程心雯和葉小蓁宣布，她今天中午要做代數習題，不和她們鬧了。葉小蓁說：

「代數做它幹什麼？拿我的去抄一抄好了，不過我的已經是再版了，有錯誤概不負責！」

「我決定不抄了，要自己做！」江雁容說。

「妳讓她自己做去！」程心雯對葉小蓁說：「等會兒做不出來，眼淚汪汪的跟自己發一大頓脾氣，結果還是抄別人的！」

江雁容不說話，拿出書和習題本，真的全神貫注到書本上去了。葉小蓁和程心雯仍然談她們的，程心雯說：

「我最怕到康南的房間裡去，一進去就是一股菸味，沒看過那麼喜歡抽菸的人！」

「可是妳常常到康南那裡去！」葉小蓁說。

「因為和康南談天真不錯，他又肯聽人說話，告訴他一點事情他都會給妳拿主意。不過，他的菸真討厭！」

「有人說江乃有肺病！」葉小蓁提起另一個老師。

「他那麼瘦，真可能有肺病，」程心雯說：「他講書真好玩，我學給妳看！」她跳到椅子上，坐在桌子上，順手把後面一排的李燕的眼鏡摘了下來，嚷著說：「借用一下！」就把眼鏡架在鼻梁上，然後蹙著眉頭，眼睛從眼鏡片上面望著同學，先咳一聲，再壓低嗓音說：「同學們，妳們痛不痛呀？妳們不痛的話江乃就吃虧了！」

葉小蓁大笑了起來，一面用手拚命打程心雯說：「妳怎麼學的？學得這麼像！」坐在附近的同學都笑了起來。原來這位名叫江乃的老師國語不太標準，他的意思是說：「妳們懂不懂呀，妳們不懂的話將來就吃虧了！」卻說成：「妳們痛不痛呀，妳們不痛的話江乃就吃虧了。」程心雯忍住不笑，板著臉，還嚴肅的說：

「不要笑，不痛的人舉手！」

大家又大笑了起來，江雁容丟下筆，嘆口氣說：

「程心雯，妳這麼鬧，我簡直沒辦法想！」

「我就是不鬧，妳也想不出來的，」程心雯說，一面拉住江雁容說：「別做了，中午不休息的人是傻瓜！」

「讓我做做傻瓜吧！」江雁容可憐兮兮的說。

周雅安從後面走了過來，用手拍拍江雁容的肩膀，江雁容抬起頭來，看到周雅安沉鬱的大眼睛和冰冷而無表情的臉。周雅安望望教室門口，江雁容會意的收起書和本子，站起身來，程心雯一把拉住江雁容說：

「怎麼，要跑？到底周雅安比我們行！妳怎麼不做代數習題了？」

「別鬧，我們有事。」江雁容擺脫了程心雯，和周雅安走出教室。她們默默的走下樓梯，又無言的走到校園的荷花池邊。江雁容走上小橋，伏在欄杆上望著水裡已經發黃的荷葉，荷花早已謝了，現在已經是秋末冬初了。周雅安摘了一朵菊花過來，也伏在欄杆上，把菊花揉碎了，讓花瓣從指縫裡落進池水中。江雁容說：

「造孽！」

「它長在那邊的角落裡，根本沒有人注意它，與其讓它寂寞的枯萎，還不如讓它這樣隨水漂流。」

「好，」江雁容微笑了。「妳算把我這一套全學會了。」

「江雁容，」周雅安慢吞吞的說：「他變了心，他另外有了女朋友！」

江雁容轉過頭來望著周雅安，周雅安的神色冷靜得反常，但眼睛裡卻燃燒著火焰。「妳怎麼知道？」江雁容問。

「我舅舅在街上看到了他們。」

江雁容沉思不語，然後問：

「妳準備怎麼樣？」

「我想殺了他！」周雅安低聲說。

江雁容看看她，把手放在她的手上。

「周雅安，他還不值得妳動刀呢！」

周雅安定定的望著江雁容，眼睛裡閃動著淚光，江雁容急急的說：

「周雅安，妳不許哭，妳那麼高大，那麼倔強，妳是不能流淚的，我不願看到妳哭。」

周雅安把頭轉開，咬了咬嘴唇。

「我不會哭，」她說：「最起碼，我現在還不會哭。」她拉住江雁容的手說：「來吧，我們到康南那裡去，聽說他會看手相，我要讓他看看，看我手中記載著些什麼？」

「妳手上不會有小徐的名字，我擔保。」江雁容說：「妳最好忘記這個人和有關這個人的一切，這次戀愛只是妳生命中的一小部分，並不是全部，我可以斷定妳以後還會有第二次戀愛。妳會碰到一個真正愛妳的人。」

「妳不該用這些冠冕堂皇的話來勸我，」周雅安說：「妳是唯一一個瞭解這次戀愛對我的意義的人，妳應該知道妳這些話對我毫無幫助。」

「可是，」江雁容看著周雅安那張倔強而冷冰冰的臉。「我能怎樣勸妳呢？告訴我，周雅安，我怎樣能分擔妳的苦惱？」

周雅安握緊了江雁容的手，在一剎那間，她有一個要擁抱她的衝動。她望著江雁容那對熱情而關懷的眼睛，那真誠而坦白的臉說：

「江雁容，妳真好。」

江雁容把頭轉開說：

「妳是第一個說我好的人，」她的聲音有點哽塞，然後拉著她說：「走吧！我們找康南談去，不管他是不是真會看手相，他倒確是個好老師。」

康南坐在他的小室內，桌上的菸灰碟裡堆滿了菸蒂，他面前放著江雁容那本週記本。他已經反覆的看了好幾遍，想批一點妥當的評語，但是，他不知道批什麼好。他不知道如何才能鼓舞這個憂鬱的女孩子，十八歲就厭倦了生命，單單是為了對功課的厭煩嗎？他感到無法去瞭解這個孩子。「一個奇異的女孩子。」又是這句老話，但是他想：「是個惹人憐愛的女孩子。」他重新燃起一支菸，在週記本和他之間噴起一堆煙霧。

有人敲門，康南站起身來，打開了房門。江雁容和周雅安站在門外，康南感到有幾分意外，他招呼她們進來，關上了門。周雅安說：

「我們來找老師看手相！」

康南更感到意外，本來，他對手相研究過一個時期，也大致能看看。上學期，他曾給幾個學生看過手相，沒想到周雅安她們也知道他會看手相。他有點愕然，然後笑笑說：

「手相是不準的，凡是看手相的人，都是三分真功夫加上七分胡說八道，另外再加幾分模稜兩可的江湖話。這是不能置信的。」

「沒關係，老師只說那三分真話好了。」周雅安說，一面伸出手來。

看樣子，這次手相是非看不可的。康南讓周雅安坐下，也只得去研究那隻手。這是個瘦削而骨結頗大的手，一隻運動家的手。

江雁容無目的的瀏覽著室內，牆上有一張墨梅，畫得龍飛鳳舞，勁健有力，題的款是簡單的一行行書：「康南繪於臺北客次」，下面寫著年月日。「他倒是多才多藝，」江雁容想，她早就知道康南能畫，還會雕刻。至於字，不管行草隸篆他都是行家。江雁容踱到書桌前面，一眼看到自己那本攤開的週記本，她的臉驀的紅了。她注意到全班的本子都還沒有動，那麼他是特別抽出她的本子來頭一個看的了，他為什麼要這樣？偷偷的去注視他，立即發現他也在注意自己。她調回眼光，望著桌上的一個硯臺。這是雕刻得很精緻的石硯，硯臺是橢圓形的，一邊雕刻著一株芭蕉，頂頭是許多的雲鉤。硯臺右上角打破了一塊，在那破的一塊上刻了一彎月亮，月亮旁邊有四個雕刻著的小字：「雲破月來」。江雁容感到這四個字有點無法解釋，如果是取「雲破月來花弄影」那句的意思，則硯臺上並沒有花。她不禁拿起了那個硯臺，仔細的賞玩。康南正在看周雅安的手，但他也注意到江雁容拿起了那個硯臺，和她臉上那個困惑的表情。於是，他笑著說：

「那硯臺上本來只有雲，沒有月亮，有一天不小心，把雲打破了一塊，我就在上面刻上一彎月亮，這不是標準的『雲破月來』嗎？」

江雁容笑了，把硯臺放回原處。她暗暗的望著康南，奇怪著這樣一個深沉的男人，也會有些頑皮的舉動。康南扳著周雅安的手指，開始說了：

「看妳的手，妳的個性十分強，但情感豐富。妳不易為別人所瞭解，也不容易去瞭解別人，做事任性而自負。可是妳是內向的，妳很少向別人吐露心事，在外表上，妳是個樂觀的，愛好運動的人，事實上，妳悲觀而孤僻。對不對？」

「很對。」周雅安說。

「妳的生命線很複雜，一開始就很紛亂，難道妳不止一個母親？或者，不止一個父親？」

「哦，」周雅安嚥了一口唾沫，說：「我有好幾個母親。」她輕聲說。事實上，她的母親等於是個棄婦，她的父親原是富商，娶了四、五個太太，周雅安的母親是其中之一，現在已和父親分居。她和父親間唯一的關係就是金錢，她父親仍在養育她們，從這一點看，還不算太沒良心。

「妳晚年會多病，將來會有個很幸福的家庭。」康南說，微笑了一下。「情感線也很亂，證明情感上波折很多。這都是以後的事，不說也罷。」

「說嘛，老師。」

「老師，我會考上大學嗎？」周雅安問。

「大概妳會換好幾個男朋友，反正，最後是幸福的。」康南近乎塞責的結束了他的話。

「手相上不會寫得那麼詳細，」康南說：「不過妳的事業線很好，應該是一帆風順的。」

「老師，輪到我了，」江雁容伸出了她的手，臉上卻莫名其妙的散布著一層紅暈。康南望著眼前這隻手，如此細膩的皮膚，如此纖長的手指，一個藝術家的手。康南對這隻手的主人匆匆的瞥了一眼，她那份淡淡的羞澀立即傳染給了他，不知道為什麼，他竟覺得有點緊張。輕輕的握住她的手指，他準備仔細的去審視一番。但，他才接觸到她的手，她就觸電似的微微一跳，他也猛然震動了一下。她的手指是冰冷的，他望著她，天已經涼了，但她穿得非常單薄。「她穿得太少了！」他想，突然有一個衝動，想握住這隻冰冷的小手，把自己的體溫分一些給她。發現了自己這想法的荒謬，他的不安加深了。他又看了她一眼，她臉上的紅暈異常的可愛，柔和的眼睛中有幾分驚慌和畏怯，正怔怔的望著他，那隻小手被動的平伸著，手指在他的手中輕輕的顫動。他低頭去注視她手中的線條，但，縱橫在那白色小手掌中的線條，全在他眼前浮動。

過了許久，他才能認清她那些線條，可是，他不知說些什麼好，他幾乎不能看出這手掌中有些什麼。他改變目標去注視她的臉，寬寬的額角代表智慧，眼睛裡有夢、有幻想，還有迷惑。其他呢，他再也看不出來，他覺得自己的情緒紛亂得奇怪。好半天，他定下心來，接觸到江雁容那溫柔的、等待的眼光，於是，他再去審視她的手。

「妳有一條很奇怪的情感線，恐怕將來會受一些磨難，」他抬頭望著她的臉，微笑的說：「太重感情是苦惱的，要打開心境才會快樂。」江雁容臉上的紅暈加深了，他詫異自己為什麼要講這兩句話。重新注視到她的手，他嚴肅的說了下去：「妳童年的命運大概很坎坷，吃過不少苦。妳的姊妹兄弟在三個以下。妳的運氣要一直到二十五歲才會好，二十五歲以後妳就安定而幸福了。不過，我看流年不會很準，二十五歲只是個大概年齡。妳身體不十分好，但也不太壞。個性強，脾氣硬，但卻極重情感，妳不容易喜歡別人，喜歡了就不易改變，這些是妳的優點，也是妳的缺點，將來恐怕要在這上面受許多的罪。老運很好，以後會享兒女的福，但終生都不會有錢。事業線貫穿智慧線，手中心有方格紋，將來可能會小有名氣。」他抬起頭來，放開這隻手。「我的能力有限，我看不出更多的東西來。」

江雁容收回了她的手，那份淡淡的羞澀仍然存在。她看了康南一眼，他那深邃的眼睛有些不安定，她敏感的揣測到他在她手中看到了什麼，卻隱匿不說。「誰也無法預知自己的命運。」她想，然後微笑的說：

「老師，你也給自己看過手相嗎？」

康南苦笑了一下。「我不必再看了，生命已經快走到終點，該發生的事應該都已經發生過了。這以後，我只期望平靜的生活下去。」

「當然你會平靜的生活下去，」周雅安說：「你一直做老師，生活就永遠是這樣子。」

「可是，我們是無法預測命運的，」康南望了望自己的手，在手中心用紅筆畫了一道線。「我不知道命運還會給我什麼？我只是說期望能夠平靜。」

「你的語氣好像你預測不能得到平靜。」江雁容說。

「我不預測什麼，」康南微微一笑，嘴邊有一條深深的弧線。「該來的一定會來，不該來的一定不會來。」

「你好像在打隱語，」江雁容說：「老師，這該屬於江湖話吧？事實上，你給我們看手相的時候，說了好幾句江湖話。」

「是嗎？什麼話？」

「你對周雅安說：『妳不容易被人瞭解，也不容易瞭解別人。』這話你可以對任何一個人說，都不會錯，因為每個人都認為別人不瞭解自己，而瞭解別人也是件難事，這種話是不太真誠的，是嗎？你說我身體不十分好，但也不太壞，這大概不是從手相上得到的印象吧？以及老運很好，會享兒女的福，這些話都太世故了，你自己覺得是不是？」

「妳太厲害，」康南說，臉有些發熱。「還好，我只是個教書匠，不是個走江湖的相士。」

「如果你去走江湖，也不會失敗。」江雁容說，笑得十分調皮，在這兒，康南看到她個性的另一面。她從口袋裡找出一角錢，拋了一下，又接到手中說：「哪，給你一個銀幣。這是小說裡學來的句子，這兒，只是個小鎳幣而已，要嗎？」

「好，」康南笑著說，接了過來。「今天總算小有收穫。」

江雁容笑著和周雅安退出了康南的房間。康南關上房門，在椅子裡坐了下來，手裡還握著那枚角幣。他無意識的凝視著這個小鎳幣，心裡突然充滿了異樣的情緒，他覺得極不安定。燃上一支菸，他大大的吸了一口，讓面前堆滿煙霧。可是，煙霧仍然驅不散那種茫然的感覺，他走到窗前，拉開了窗簾，窗外的院子裡，有幾枝竹子。竹子，這和故鄉湖南的竹子沒有辦法比較。他還記得老家的大院落裡，有幾株紅竹，醬紅色的幹子，醬紅色的葉子，若素曾經以竹子來譬喻他，說他直而不彎。那時他年輕，做什麼事都有那麼一股幹勁兒，一點都不肯轉圜。現在呢，多年的流浪生活和苦難的遭遇使他改變了許多，他沒有那種幹勁了，也不再那樣直而不彎了，他世故了。望著這幾枝竹子，他突然有一股強烈的鄉愁，把頭倚在窗欄上，他輕輕的叫了兩聲：

「若素，若素。」

窗外有風，遠處有山。突出的山峰和雲接在一起。若素真的死了？他沒有親眼看到她死，他就不能相信她已經死了。如果是真的死了，她應該可以聽到他的呼喚，可是這麼多年來，他就沒有夢到她過。「悠悠生死別經年，魂魄不曾來入夢。」現在他才能深深體會這兩句詩中的哀思。

回到桌子前面，他又看到江雁容的那本週記本，他把它闔起來，丟到那一大堆沒批閱的本子上面。十八歲的孩子，在父母的愛護之下，卻滿紙寫些傷感和厭世的話。他呢，四十幾歲了，嘗盡了生離死別，反而無話可說了。他想起前人的詞：

「少年不識愁滋味，
愛上層樓，愛上層樓，
為賦新詞強說愁。
如今嘗盡愁滋味，
欲說還休，欲說還休，

卻道天涼好個秋！」

江雁容，正是少年不識愁滋味，為賦新詞強說愁的年齡。而他呢，已經是「卻道天涼好個秋」的時候了。

從桌上提起一支筆來，在濃烈的家園之思中，他寫下一闋詞：

「沉沉暮靄隔重洋，能不憶瀟湘？天涯一線浮碧，卒莫辯，是何鄉？臨剩水，對殘山，最淒涼，今生休矣，再世無憑，枉費思量！」

是的，今生休矣，再世無憑。他不可能和若素再重逢了，若素的死是經過證實的。他和若素在患難中相識（抗戰時，他們都是流亡學生）。在患難中成婚，勝利後，才過了三、四年平靜的生活，又在患難中分離。當初倉促一別，誰知竟成永訣！早知她會死，他應該也跟她死在一塊兒，可是，他仍然在這兒留戀他自己的生命。人，一過了中年，就不像年輕時那樣容易衝動了，如果是二十年前，他一定會殉情而死。現在，生命對他像是一杯苦酒，雖不願喝，卻也不願輕易的拋掉。站起身來，他在室內踱著步子，然後停在壁櫥前面，打開了櫥門，他找到一小瓶高粱酒，下午他沒課，不怕喝醉。在這一刻，他只渴望能酩酊大醉，一醉能解千愁。他但願能喝得人事不知。開了瓶塞，沒有下酒的菜，他拿著瓶子，對著嘴一口氣灌了半瓶。他是能喝酒的，但他習慣於淺斟慢酌，這樣一口氣向裡灌的時候很少，胸腔裡立即通過了一陣熱流。明知喝急酒傷人，他依然把剩下的半瓶也灌進了嘴裡。丟掉了瓶子，他倒在床上，對著自己的枕頭說：

「男子漢，大丈夫，不能保護自己的妻子兒女，還成什麼男人？」

他仆倒在枕頭上，想哭。一個東西從他的袖口裡滾了出來，他拾起來，是一枚小小的鎳幣，江雁容的鎳幣。他像拿到一個燙手的東西，立刻把它拋掉，望著那鎳幣滾到地板上，又滾到書桌底下，然後靜止的躺在那兒。他轉開頭，再度輕聲的低喚：

「若素，若素。」

又有人敲門，討厭。他不想開門，但他聽到一陣急切的叫門聲：

「老師！老師！」

站起身來，他打開門，程心雯、葉小蓁，和三、四個其他的同學一湧而入。程心雯首先叫著說：

「老師，你也要給我們看手相，你看我能不能考上大學？我要考臺大法學院！」

康南望著她們，腦子裡是一片混亂，根本弄不清楚她們來幹什麼。他怔怔的望著她們，蹙著眉頭。程心雯已跑到書桌前面，在椅子裡一坐，說：

「老師，你不許偏心，你一定要給我們看。」說著，她深呼吸了一口氣說：「酒味，老師，你又喝酒又抽菸？」

康南苦笑了一笑，不知該說什麼。

葉小蓁說：

「老師，你就給江雁容看手相，也給我們看看嘛！」

「明天再看，行嗎？」康南說，有點頭昏腦脹的。「現在已經快上課了。」

程心雯仆在桌子上，看著康南剛剛寫的那闋詞，說：

「老師，這是誰做的？」

「這是胡寫的。」康南拿起那張紙，揉成了一團，丟進了字紙簍裡。程心雯抬起頭來，看了康南一眼，挑了挑眉毛，拉著葉小蓁說：

「我們走，明天再來吧！」

像一陣風，她們又一起走了。康南關上門，倒在床上，闔攏了眼睛。「什麼工作能最孤獨安靜，我願做什麼工作。」他想，但又接了一句：「可是我又不能忍受真正的孤獨，不能漠視學生的擁戴。我是個俗人。」他微笑，對自己微笑，嘲弄而輕蔑的。

程心雯和葉小蓁一面上樓，一面談著話，程心雯說：

「康南今天有心事，我打賭他哭過，他的眼睛還是紅的。」

「我才不信呢，」葉小蓁說：「他剛剛還給江雁容看手相，這一會兒就會有心事了！他只是不高興給我們看手相而已，哼，偏心！妳看他每次給江雁容的作文本都評得那麼多，週記本也是。明明就是偏心！不過，我喜歡江雁容，所以，絕不為這個和江雁容絕交。」

「妳不懂，」程心雯說：「學文學的人都是古裡古怪的，前一分鐘笑，後一分鐘就會哭，他們的感情特別敏銳些。反正，我打賭康南有心事！」

走進了教室，江雁容正坐在位子上，呆呆的沉思著什麼。程心雯走過去，拍了她的肩膀一下說：

「康南喝醉了，在那兒哭呢！」

「什麼？」江雁容嚇了一大跳。「妳胡扯！」

「真的，滿屋子都是酒味，他哭了沒有我不知道，可是他眼睛紅紅的，神情也不大妙。桌子上還寫了一首詞，不知道什麼事使他感觸起來了！」程心雯說。

「詞上寫的是什麼？」江雁容問。

「康南把它撕掉了，我只記住了三句。」

「哪三句？」

「什麼今生……不對，是今生什麼，又是再世什麼，大概是說今生完蛋了，再世……哦，想起來了，再世無憑，還有一句是什麼……什麼思量，還是思量什麼，反正就是這類的東西。」

「這就是妳記住的三句？」江雁容問，皺著眉頭。

「哎呀，誰有耐心去背他那些酸溜溜的東西！」程心雯說：「他百分之八十又在想他太太。」

酒的。」

「他太太？」

「妳不知道？他太太在大陸，共產黨逼她改嫁，她就投水死了，據說康南為這個才喝上酒的。」

「哦。」江雁容說，默默的望著手上的英文生字本，但她一個字都沒有看進去。她把眼光調回窗外，窗外，遠山上頂著白雲，藍天靜靜的張著，是個美好的午後。但，這世界並不見得十分美好。「每個人有每個人的煩惱，」她想：「生命還是痛苦的。」她用手托住下巴，心中突然有一陣莫名其妙的震蕩。「今天不大對頭，」她對自己說：「我得到了什麼？還是要發生什麼？為什麼我如此的不平靜？」她轉過頭去看後面的周雅安，後者正伏在桌上假寐。「她也在痛苦中，沒有人能幫助她，就像沒有人能幫助我。」她沉思，眼睛裡閃著一縷奇異的光。

5

江雁容呆呆的坐在她桌子前面，死命的盯著桌上那些不肯和她合作的代數課本。這是一個星期天的上午，她已經對一個代數題目研究了兩小時。但，那些數目字和那些奇形怪狀的符號無論她怎樣都不軟化。她嘆口氣，放下了筆，抬頭看看窗外的藍天，一隻小鳥停在她的窗檻上，她輕輕的把窗簾多拉開一些，卻已驚動了那隻膽小的生物，張開翅膀飛了！她洩氣的靠進椅子裡，隨手在書架上抽了一本書，是一本唐詩三百首。任意翻開一頁，卻是李白的一首〈下終南山過斛斯山人宿置酒〉，她輕輕的唸：

「暮從碧山下，山月隨人歸。卻顧所來徑，蒼蒼橫翠微。相攜及田家，童稚開荊扉，綠竹入幽徑，青蘿拂行衣。歡言得所憩，美酒聊共揮，長歌吟松風，曲盡河星稀，我醉君復樂，陶然共忘機。」

她闔上書，放在一邊，深思的拿起茶杯，她覺得斛斯山人的生活比她的愉快得多，那麼簡單，那麼單純。而李白才算是個真正懂得生活的人。突然，她忽發奇想，假如把李白從小就關在一個現代化的學校裡，每天讓他去研究硝酸硫酸，Sin、Cos、XY，正數、負數，不知他還會不會成為李白？那時，大概他也沒時間去「五嶽尋山不辭遠」了，也沒心情去「舉杯邀明月」了。啜了一口茶，她依依不捨的望著那本唐詩三百首，她真想抛開那些數目字，捧起唐詩來大唸一番。一杯清茶，一本唐詩，這才是人生的至樂，但又是誰發明了這些該死的XY呢？現在，她只得抛開唐詩，重新回到那個要命的代數題目上去。

又過了半小時，她抬起頭來，腦子裡已經亂成一片，那個題目卻好像越來越難了。感到喪氣，又想到這一上午的時間就如此浪費了，她覺得心灰意冷，一滴稚氣的淚水滴在課本上，她悄悄的拭去了它。「近來，我好像脆弱得很。」她想。把所有的草稿紙都揉成一團，丟進了字紙簍裡。隔壁房間裡，江麟在學吹口琴，發著極不悅耳的噪音。客廳裡，父親在和滿屋子客人談國家大事。江雁若在母親房裡做功課。各人有各人的生活，只有江雁容生活得頂不適意。她站起身來，一眼看到零亂不堪的書架，那些積蓄了許久的零用錢買來的心愛的書本，上面都積滿了灰塵。功課的繁忙使她疏忽了這些書，現在，一看到這種零亂情形，她就覺得不能忍耐了。她把書搬下了書架，一本本加以整理包裝，再一本本搬回書架上，正在忙得不可開交，江麟拿著畫筆和畫板跑來了，興沖沖的叫著說：

「姊姊，妳坐著不要動，我給妳畫張像！」

「不行，」江雁容說：「我要整理書架。」

「整理什麼嘛，那幾本破書！」

「破書也要整理！」江雁容說，仍然整理她的。

「哎呀，妳坐下來嘛，我一定把妳畫得很漂亮！」

「我沒有興趣！」

「這些書有什麼了不起嘛，隔不了幾天就去整理一番，還是坐下讓我畫像好！」江麟跑過來，把書從江雁容手裡搶下來，丟到書桌上，一面把江雁容向椅子裡推。

「不要胡鬧，小麟！」江雁容喊，有點生氣。

「妳讓我畫了像我才讓妳整理，要不然我就不讓妳收拾！」江麟固執的說，攔在書架前面，歪著頭望著江雁容。

「你再鬧我要生氣了！」江雁容喊：「哪裡有強迫人給你畫像的道理！你不會去找雁若！」

「雁若不讓我畫！」

「我也不讓你畫嘛！」江雁容生氣的說。

「我就是要畫妳，妳不讓我畫我就不許妳收拾！」江麟靠在書架上，有點兒腦羞成怒。

「你這是幹什麼？你再不走開我去叫媽媽來！」

「叫媽媽！」江麟輕蔑的笑說：「媽媽才不管呢！」

「你走不走？」江雁容推著他的身子，生氣的喊著。

「好，我走，妳別後悔！」江麟突然讓開了，走出了房間，但卻惡意的對江雁容做了個鬼臉。

江雁容繼續收拾她的書架，終於收拾完了，她滿意的望著那些包裝得十分可愛的書，欣賞的注視著那些作家的名字。「有一天，我也要寫一本書。」她想，拿起了一本托爾斯泰的《安娜．卡列尼娜》，隨手的翻弄著，一面沉緬於她自己的幻想裡。

江麟又走了進來，手裡提著一個裝滿水的塑膠紙袋，他望了那面含微笑沉思著的姐姐一眼，就出其不意的衝到書架前面，把那一袋水都傾倒在書架上面。江雁容大叫一聲，急急的想搶救那些書，但是，已來不及了，書都已浸在水中。江雁容捉住了江麟的衣領，氣得渾身發抖，這種惡作劇未免太過分了，她叫著說：

「小麟，你這算幹什麼？」說著，她拾起那個水淋淋的紙袋，把它扔在江麟的臉上。江麟立即反手抓住了江雁容的手腕，用男孩子特有的大力氣把它扭轉過去，江雁容尖叫了起來，用另一隻手拚命打著江麟的背，希望他能放鬆自己。這一場爭鬥立即把江仰止引了過來，他一眼看到江麟和江雁容纏在一起，江雁容正在撲打江麟，就生氣的大聲喝罵：

「雁容！妳幹什麼打弟弟？」

江麟立即鬆開手，機警的溜開了。江雁容一肚子氣，恨恨的說：

「爸爸，你不知道小麟……」

「不要說了，」江仰止打斷了她。「十八、九歲的女孩子，不規規矩矩的，還和弟弟打架，妳也不害羞。家裡有客人，讓人家聽了多笑話！」

江雁容悶悶的不說話了，呆呆的坐在椅子裡，望著那些濕淋淋的書，和滿地的水。江仰止又回到了客廳裡，江雁容模糊的聽到江仰止在向客人嘆氣，說孩子多麼難以管教。她咬了咬嘴唇，委屈得想哭。「什麼都不如意，」她想著，走到窗子前面。江麟已經溜到院子裡，在那兒做著木工，他抬頭看了江雁容一眼，挑了挑眉毛，做了個勝利的鬼臉。江雁容默默的注視他，這麼大的男孩子卻如此頑皮，他的本性是好的，但父親未免太慣他了。正想著，江麟哎喲的叫了一聲，江雁容看到刀子刺進了他的手指，血正冒出來。想到他剛剛還那麼得意，現在就樂極生悲了！她不禁微笑了起來。江麟看到她在笑，氣呼呼的說：

「妳別笑！」說完，就丟下木工，跑到前面客廳裡去了，立刻，江雁容聽到江仰止緊張的叫聲，以及江太太的聲音：

「怎麼弄的？流了這麼多血？快拿紅藥水和棉花來！」

「是姊姊咬的！」江麟的聲音傳了過來。

「什麼？真豈有此理！雁容怎麼咬起弟弟來了！」江仰止憤怒的叫著，接著又對客人們說：「你們看看，我這個女兒還像話嗎？已經十八歲了，不會念書，只會打架！」

江雁容愕然的聽著，想衝到客廳裡去解釋一番。但繼而一想，當著客人，何必去和江麟爭執，她到底已十八歲了，不是小孩子了。於是，她又在書桌前坐下來，悶悶不樂的咬著手指甲。

「她不止咬你這一個地方吧？」江太太的聲音傳來。「還有沒有別的傷口，這個不消毒會發炎的，趕快再檢查一下有沒有其他的傷口。」

江雁容把頭伏在桌子上，忽然渴望能大哭一場。「他們都不喜歡我、沒有人喜歡我！」她用手指畫著桌面，喉嚨裡似乎堵著一個硬塊。「爸爸喜歡小麟，媽媽喜歡雁若，我的生命是多餘的。」她的眼光注視到榻榻米上，那兒躺著她那本《安娜．卡列尼娜》，在剛剛的爭鬥中，書面已經撕破了。她俯身拾了起來，憐惜的整理著那個封面。書桌上，有一盞裝飾著一個白瓷小天使的檯燈，她把頭貼近那盞檯燈，凝視著那個小天使，低低的說：「告訴我，妳！妳愛我嗎？」

客人散了，江雁容找到江太太，開始述說江麟的撒謊。江太太一面叫江雁容擺中飯，一面沉吟的說：「怪不得，我看他那個傷口就不大像咬的！」江太太雖然偏愛雁若，但她對孩子間的爭執卻極公正。中飯擺好了，大家坐定了吃飯，江太太對江仰止說：

「孩子們打架，你也該問問清楚，小麟根本就不是被雁容咬的，這孩子居然學會撒謊，非好好的管教不可！」

江仰止向來護短，這時，感到江太太當著孩子們的面前說他不公正，未免有損他的尊嚴。而且，他確實看到雁容在打小麟，是不是她咬的也不能只憑雁容的話。於是，他不假思索的說：

「是她咬的，我看到她咬的！」

「爸爸！」江雁容放下飯碗，大聲的喊。

「我親眼看見的！」話已經說出口，為了維持尊嚴，江仰止只得繼續的說。

「爸爸，」江雁容的嘴唇顫抖著，淚水在眼眶中打轉，她努力把喉嚨口的硬塊壓回去，哽塞的說：「爸爸，假若你說是你親眼看見的，我就沒有話說了。爸爸，你沒有按良心說話！」

「雁容！」江太太喊：「有話好好說，妳這是對父親的態度嗎？」

「爸爸又何曾把我當女兒？假如他把我當做女兒，就不會幫著小麟說謊！」江雁容氣極的大喊，眼淚沿著面頰滾下來。「我一心討好你們，我盡量想往好裡做，可是，你們不喜歡我，我已經受夠了！做父母的如果不公正，做孩子的又怎會有是非之心？你們生下我來，為什麼又不愛我？為什麼不把我看得和小麟雁若一樣？小麟欺侮我，爸爸冤枉我，叫我在這個家裡怎麼生活下去？你們為什麼要生我下來？為什麼？為什麼？」江雁容發洩的大聲喊，然後離開飯桌，回到自己房間裡，撲倒在床上痛哭。她覺得傷心已極，還不止為了父親冤枉她，更因為父親這一個舉動所表示的無情。

江仰止被江雁容那一連串的話弄得有點愕然了，這孩子公然如此頂撞父親，他這個父親真毫無威嚴可說。他望望江太太，後者十分沉默。雁若注視著父親，眼睛裡卻有著不同意的味道。他有點懊悔於信口所說的那句「親眼看到」的話，不過，他卻不能把懊悔說出口。

他想輕鬆的說幾句話，掩飾自己的不安，也放鬆飯桌上的空氣，於是，他又不假思索的笑笑說：

「來！我們吃飯，別管她，讓她哭哭吧，這一哭起碼要三個鐘頭！」

這句話一說，江雁容的哭聲反而止住了。她聽到了這句話，從床上坐了起來，讓她哭！別管她！是的，她哭死了，又有誰關心呢？她對自己淒然微笑，站起身來，走到窗子前面，望著窗外的白雲青天發呆。人生什麼是真的？她追求著父母的愛，可是父母就不愛她！「難道我不能離開他們的愛而生活嗎？」忽然，她對自己有一層新的瞭解，她是個太重情感的孩子，她渴望有人愛她。「我永遠得不到我所要的東西，這世界不適合我生存。」她拭去了淚痕，突然覺得心裡空空蕩蕩。她輕聲唸：

「菩提本無樹，明鏡亦非臺，本來無一物，何處染塵埃？」

這是佛家南宗六祖惠能駁上座神秀所說「身似菩提樹，心如明鏡臺，願將勤拂拭，勿使染塵埃」的偈語。江雁容自己也不明白為什麼會把這幾句話唸出來，只感到人生完全是空的，追求任何東西都是可笑。她走出房間，站在飯廳門口，望了江仰止一眼，感到這個家完全是冷冰冰的，於是，她穿過客廳，走到大街上去了。

她在大街上漫無目的的閒蕩著，一輛輛的車子，一個個的行人，都從她身邊經過，她站住了。「我要到哪裡去？」她自問，覺得一片茫然，於是，她明白，她是沒有地方可去的。她繼續無目的的走著，一面奇怪著那些穿梭不停的人群，到底在忙忙碌碌的做什麼？在一個牆角上，她看到一個年老的乞丐坐在地下，面前放著一個小盆子。她丟了五角錢進去，暗暗想著，自己和這個乞丐也差不了多少。這乞丐端著盆子向人乞求金錢，自己也端著盆子，向父母乞求愛心。所不同的，這乞丐的盆子裡有人丟進金錢，而自己的盆子卻空無所有。「我比他更可憐些。」她默默的走開去。

她不知道自己走了多久，最後，她注意到每家的燈光都亮了。感到饑餓，她才想起今天沒吃中飯，也沒吃晚飯，她在街頭已走了六小時了。在口袋裡，她僥倖的發現還有幾塊錢。走進一家小吃店，她吃了一碗麵，然後又踱了出來。看了看方向，發現離周雅安的家不遠，她就走了過去。

周雅安驚異的接待著江雁容。她和母親住在一棟小小的日式房子裡，這房子是她父親給她們的。一共只有三間，一間客廳，一間臥室，和一間飯廳。母女兩個人住是足夠了。周雅安讓江雁容坐在客廳裡的椅子裡，對她注視了一會兒。

「發生了什麼事？妳的臉色不大好。」周雅安說。

「沒什麼，只是一件小得不能再小的事，我和弟弟打了一架，爸爸偏袒了弟弟。」江雁容輕描淡寫的說。

「真是一件小事，每個家庭都會有這種事的。」

「是的，一件小事。」江雁容輕輕的說。

周雅安看看她。

「妳不大對頭，江雁容，別傷心，妳的爸爸到底管妳，我的爸爸呢？」周雅安握住江雁容的手說。

「不許安慰我！」江雁容喊，緊接著，就哭了起來。周雅安把她的頭抱在自己的膝上，拍著她的肩膀。

「雁容，別哭，雁容。」她不會勸解別人，只能反覆的說這兩句話。

「妳讓我哭一哭！讓我好好的哭一哭！」江雁容說，就大哭起來。周雅安用手環著她的頭，不再勸她。江雁容越哭越厲害，足足哭了半小時，才慢慢止住了。她剛停止哭，就聽到另一個抽抽搭搭的聲音，她抬起頭來，周雅安正用手帕摀著臉，也哭了個肝腸寸斷。江雁容詫異的說：

「妳哭什麼？」

「妳讓我也哭哭吧！」周雅安抽泣的說：「我值得一哭的事比妳還多！」

江雁容不說話，怔怔的望著周雅安，半天後才拍拍周雅安的膝頭說：

「好了，周雅安，妳母親聽到要當我們神經病呢！」

周雅安停止了哭，她們手握著手，依偎的坐了好一會。

江雁容低聲說：

「周雅安，妳真像我的姊姊。」

「妳就把我當姊姊吧！」周雅安說，她比江雁容大兩歲。

「妳喜歡我嗎？」江雁容問。

「當然。」周雅安握緊了她的手。

「周雅安，我想聽妳彈吉他。」

周雅安從牆上取下了吉他，輕輕的撥弄了幾個音符，然後，她彈起一首小歌。一面彈，她一面輕聲的唱了起來，她的嗓音低沉而富磁性。這是首哀傷的情歌：

「把印著淚痕的箋，
交給那旅行的水，
何時流到你屋邊，
讓它彈動你心弦。
我曾問南歸的燕，
可帶來你的消息，
它為我命運嗚咽，
希望是夢心無依。」

歌聲停了，周雅安又輕輕撥弄了一遍同一個調子，眼睛裡淚光模糊。

江雁容說：

「別唱這個，唱那首我們的歌。」

所謂「我們的歌」，是江雁容作的歌詞，周雅安作的譜。周雅安彈了起來，她們一起輕聲唱著：

「人生悲愴，世態炎涼，前程又茫茫。
滴滴珠淚，縷縷柔腸，更無限淒惶。
滿斟綠醑，暫赴醉鄉，莫道我癡狂。
今日歡笑，明日憂傷，世事本無常！」

這是第一段，然後是第二段：

「海角天涯，浮萍相聚，嘆知音難遇。
山前高歌，水畔細語，互剖我愁緒。
昨夜悲風，今宵苦雨，聚散難預期。
我倆相知，情深不渝，永結金蘭契！」

唱完，她們彼此看著，都默默的微笑了。江雁容覺得心中爽快了許多，一天的不愉快，都被這一哭一笑掃光了。她們又彈了些歌，又唱了些歌，由悲傷而變成輕快了。然後，周雅安收起了吉他。江雁容站起身來說：

「我該回去了！」

「氣平了沒有？」周雅安問。

「我想通了，從今天起，我不理我爸爸，也不理我弟弟，他們一個沒把我當女兒，一個沒把我當姊姊，我也不要做他們的女兒和姊姊了！」江雁容說。

「妳還是沒有想通！」周雅安笑著說：「好，快回去吧，天不早了！」

江雁容走到玄關去穿鞋，站在門口說：

「我也要問妳一句，妳還傷心嗎？為了小徐？」

「和妳一樣，想不通！」周雅安說，苦笑了笑。

❖

走出周雅安的家，夜已經深了。天上布滿了星星，一彎上弦月孤零零的懸在空中。夜風吹了過來，帶著初冬的涼意。她拉緊了黑外套的衣襟，踏著月光，向家裡走去。她的步子緩慢而懈怠，如果有地方去，她真不願意回家，但她卻沒有地方可去。帶著十二萬分的不情願，她回到家裡，給她開門的是江雁若，她默默的走進去。江仰止還沒有睡，在客廳中寫一部學術著作。他抬起頭來望著江雁容，但，江雁容視若無睹的走過去了。她既不抬頭看他，也不理睬他，在她心中，燃著強烈的反感的火焰，她對自己說：「父既不像父，女亦不像女！」回到自己房間裡，她躺在床上，又低低說：「我可以用全心來愛人，一點都不保留，但如遇挫折，我也會用全心來恨人！爸爸，你已經拒絕了我的愛，不要怪我從今起，不把你當父親！」

一星期過去了，江雁容在家中像一尊石膏像，她以固執的冷淡來做無言的反抗。江仰止生性幽默樂觀，這次的事他雖護了短，但他並不認為有什麼嚴重性。對於雁容，他也有一份父親的愛，他認為孩子和父母嘔嘔氣，頂多一兩天就過去了。可是，江雁容持久的嘔氣倒使他驚異了，她回避江仰止，也不和江仰止說話。放學回家，她從江仰止身邊經過，卻不打招呼。江仰止逐漸感到不安和氣憤了，自己的女兒，卻不和自己說話，這算什麼？甚至他叫她做事，她也置之不理，這是做兒女的態度嗎？

這是個吃晚飯的時候，江仰止望著坐在他對面，默默的數著飯粒的江雁容，心中越想越氣。江仰止是輕易不發脾氣的，但一發脾氣就不可收拾。他壓制著怒氣，想和江雁容談談。

「雁容！」

江雁容垂下眼睛，注視著飯碗，倔強的不肯答應。

「雁容！」江仰止抬高聲音大喊。

江雁容的內心在鬥爭著，理智叫她回答父親的叫喊，天生的倔強卻封閉了她的嘴。

「妳聽見我叫妳沒有？」江仰止盛怒的問。

「聽見了！」江雁容冷冷的回答。

怒火從江仰止心頭升起來，他再也無法控制自己的怒氣，「啪！」的一聲，他拍著桌子，菜碗都跳了起來。然後，比閃電還快，他舉起一個飯碗，對著江雁容的頭丟過去。江雁容愣了一下，卻並沒有移動位置，但江仰止在盛怒中並沒有瞄準，飯碗卻正正的落在坐在雁容旁邊的雁若頭上。江雁容跳起來，想搶救妹妹，可是，已經來不及了。在雁若的大哭聲，和江太太的尖叫聲中，江雁容只看到雁若滿臉的鮮血。她的血管凍結了，像有一萬把刀砍在她心上，她再也不知道什麼事情，只硬化的呆立在那兒。江太太把雁若送到醫院去了，她仍然呆立著，沒有情感，沒有思想，沒有意識，她的世界已在一剎那間被擊成粉碎，而她自己，也早已碎成千千萬萬片了。

6

教室裡亂糟糟的，康南站在講臺上，微笑的望著這一群嘰嘰喳喳討論不休的學生。這是班會的時間，討論的題目是：下周旅行的地點。程心雯這個風紀股長，既不維持班上秩序，反而在那兒指手畫腳的說個不停。坐在她旁邊的江雁容，則用手支著頭，意態寥落的玩弄著桌上的一支鉛筆，對於周圍的混亂恍如未覺。黑板上已經寫了好幾個地名，包括陽明山、碧潭、烏來、銀河洞，和觀音山。康南等了一會兒，看見沒有人提出新的地名來，就拍拍手說：

「假如沒有提議了，我們就在這幾個地方表決一個吧！」

「老師，還有！」程心雯跳起來說：「獅頭山！」

班上又大大的議論了起來，因為獅頭山太遠，不能一天來回，必須在山上過一夜。康南說：

「我們必須注意，只有一天的假期，不要提議太遠的地方！」

程心雯洩氣的坐下來，把桌子碰得「砰！」的一聲響，嘴裡恨恨的說：「學校太小氣了，只給一天假！」說著，她望望依然在玩弄鉛筆的江雁容說：「喂喂，妳死了呀，妳贊成到哪兒？」

江雁容抬抬眉毛，什麼話都沒說。程心雯推她一下說：

「一天到晚死樣怪氣，叫人看了都不舒服！」然後又嚷著說：「還有，日月潭！」

全班嘩然，因為日月潭比獅頭山更遠了。康南聳聳肩，說了一句話，但是班上聲音太大，誰都沒聽清楚。程心雯突然想起她是風紀股長來，又爆發的大喊：

「安靜！安靜！誰再說話就把名字記下來了！要說話先舉手！」

立即，滿堂響起一片笑聲，因為從頭開始，就是程心雯最鬧。康南等笑聲停了，靜靜的說：

「我們表決吧！」

表決結果是烏來。然後，又決定了集合時間和地點。江雁容這才懶洋洋的坐正，在班會紀錄本上填上了決定的地點和時間。康南宣布散會，馬上教室裡就充滿了笑鬧聲。江雁容拿著班會紀錄本走到講臺上來，讓康南簽名。康南從她手中接過鋼筆，在紀錄本上簽下了名字。不由自主的看了她一眼，這張蒼白而文靜的臉最近顯得分外沉默和憂鬱，隨著他的注視，她也抬起眼睛來看了他一眼。康南忽然覺得心中一動，這對眼睛是朦朦朧朧的，但卻像含著許多欲吐欲訴的言語。江雁容拿著紀錄本，退回了她的位子。康南把講臺桌子上那一大堆作業本拿了，走出了教室，剛剛走到樓梯口，突然聽到身後有人喊：

「老師！」他回頭，江雁容侷促的站在那兒，手中拿著一個本子，但臉上卻顯得不安和猶豫。

「交本子？」他問，溫和而鼓勵的。

「是的，」江雁容大膽的看了他一眼，遞上了本子說：「日記本，補交的！」

康南微微有些詫異，日記本是學校規定的學生作業之一，但江雁容從來沒有交過日記本。他接過了本子，江雁容深深的看了他一眼，轉身慢慢的走開了。他拿著本子，一面下樓，一面混亂的想著江雁容那個凝眸注視。

回到了宿舍裡，康南關好房門，在桌前坐了下來。燃上了一支菸，泡了一杯茶，他打開了江雁容的日記本。在第一頁，他看到下面的幾句話：

「老師：這只是一些生活的片段，我記載它，並非為了練習作文，而是希望得到一些人生的指示！」

翻過這一頁，他看了下去，這是一本新奇的日記，她沒有寫月日，也沒有記時間，只一段段的寫著：

「是天涼了嗎？今天我覺得很冷，無論是學校裡，家裡，到處都是冷的，冬天大概已經來了！

代數考卷發了，二十分，物理三十。媽媽說：『弟弟妹妹都考得好，妳為什麼不？』我怎麼說呢？怎麼說呢？分數真是用功與否的代表嗎？

妹妹回來晚，媽媽站在大門口等，並且一定要我到妹妹學校裡去找，幸好妹妹及時回家，笑笑說：『和同學看電影去了！』媽媽也笑了，問：『好看嗎？』

星期天，真乏味，做了一天功課，媽媽說：『考不上大學別來見我！』我背脊發冷，冬天，真的來了嗎？

生活裡有什麼呢？念書，念書！目的呢？考大學！如此而已嗎？

弟弟畫了張國畫，爸爸認為是天才，要再給他請一位國畫老師。他今天頗得意，因為月考成績最低的也有八十五分，我的成績單怎麼拿出來？

好弟弟，好妹妹，把你們的天分分一些給我！好爸爸，好媽媽，把你們的愛心分一些給我！一點點，我只乞求一點點！

媽媽：別罵我，我又考壞了！以後絕不再偷寫文章了，絕不胡思亂想了，我將盡量去管束我的思想。

妹妹又拿了張獎狀回來，媽媽說：『叫我怎能不偏心，她是比別人強嘛！』

思想像一隻野馬，在窗外馳騁遨遊，我不是好的騎師，我握不住韁繩。誰知道我心中有澎湃的感情。誰知道我也有希望和渴求？

又是星期天，和弟弟打了一架，爸爸偏袒了弟弟。小事一件，不是嗎？我怎樣排遣自己呢？我是這樣的空虛寂寞！

和爸爸嘔氣，不說話，不談笑，這是消極的抗議，我不屬於爸爸媽媽，我只屬於自己。但生命卻是他們給的，豈不滑稽！

渺小、孤獨！我恨這個世界，我有強烈的恨和愛，我真想一拳把這個地球砸成粉碎！

爸爸和我生氣，用飯碗砸我，誤中小妹的頭，看到小妹頭上冒出的鮮血，我失去一切思想和力量，我心中流出了百倍於妹妹的血。妹妹，妹妹，我對不起妳，我多願意這個飯碗砸在我頭上！妹妹，妳打我吧！砍我吧！撕我吧！弄碎我！爸爸，妳為什麼不瞄準？為什麼不殺了我？

我怎麼辦呢？怎麼辦呢？怎麼辦呢？爸爸媽媽，別生我的氣，我真的愛你們！真的！可是，我不會向你們乞求！

我怎麼辦呢？」

康南放下了這本日記，眼前立即浮起江雁容那張小小的蒼白的臉，和那對朦朦朧朧，充滿抑鬱的眼睛。這日記本上一連串的「我怎麼辦呢？」都像是她站在面前，孤獨而無助的喊著。這句子深深的打進了他的心坎，他發現自己完全被這個小女孩（是的，她只是個小女孩而已）帶進了她的憂鬱裡，望著那幾個「我怎麼辦呢？」他感到為她而心酸。他被這個女孩所撼動了，她不把這些事告訴別人，卻把它捧到他的面前！他能給她什麼？他能怎樣幫助她？他想起她那隻冰冷的小手，和那在白襯衫黑裙子中的瘦小的身子，竟突然渴望能把這個小女孩攬在胸前，給她一切她所渴求的東西！假如他是參孫，他會願意用他的大力氣給她打出一個天地來。可是，他只是康南，一個國文教員，他能給她什麼？

他把日記本再看了一遍，提起筆來，在日記後面批了四句話：

「唯其可遇何需求？
蹴而與之豈不羞？
果有才華能出眾，
當仁不讓莫低頭！」

寫完，他的臉紅了，這四句話多不具體，她要的難道就是這種泛泛的安慰和鼓勵嗎？他感到沒有一種評語能夠表達自己那份深切的同情和心意。望著面前的本子，他陷進了沉思之中。桌上的菸灰碟裡，一個又一個的堆滿了菸蒂。

這本子壓在康南那兒好幾天，他一直不願就這樣交還給她。她也不來要還，只是，每當康南看到她，她都會羞澀的把眼光調開。

旅行的日子到了，是個晴朗和煦的好天氣。按照預先的決定，她們在校內集合，車子是班上一個同學的家長向電力公司借的。一群嘻嘻哈哈的女孩子上了車，雖然有兩輛車，仍然擁擠喧囂。程心雯捧著點名單，一共點了三次名，還是鬧不清楚是不是人都到齊了，最後還是班長李燕再來點一次，才把人數弄清楚。康南是導師，必須率領這些學生一齊去，兩輛車子都搶他，要他上去。他隨意上了一輛，上去一看，發現程心雯、葉小蓁、江雁容、周雅安都在這輛車上。看到江雁容，他竟有點莫名其妙的滿意，下意識的高興自己沒有上另外一輛。

車子開了，女孩子們從繁重的功課中逃出來，立刻都顯出了她們活潑的，愛笑愛鬧的天性，車子中充滿了笑鬧叫嚷的聲音。程心雯在纏著江雁容，不許她看窗子外面，要她講個故事。江雁容也一反平日的沉默憂鬱，大概是這陽光和清新的空氣使她振奮，她的黑眼睛顯得明亮而有生氣，一個寧靜的微笑始終掛在她的嘴邊。

「老師，」程心雯對康南說：「你知不知道江雁容最會講故事，她講起故事來，要人哭人能哭，要人笑人能笑，她有汪精衛的本領，只是她不肯講！」

「別胡扯了！」江雁容說：「在車上講什麼故事，妳去叫周雅安唱個歌吧！」

這一說，大家都叫了起來，周雅安成為圍攻的核心，周雅安對江雁容皺眉頭，但江雁容還了她一個溫柔的微笑。於是，周雅安說：

「好吧，別鬧，我唱就是了！」

她唱了起來，卻是救國團團歌：

「時代在考驗著我們，
我們要創造時代！……」

馬上，部分同學合唱了起來，接著，全車的同學都加入了合唱。她們才唱了幾句，立刻聽到另一個車子裡也揚起了歌聲，顯然是想壓倒她們，唱得又高又響，唱的是一首不久前音樂課上教的歌：

「崢嶸頭角，大好青年，
獻身社會做中堅……」

她們也提高了歌聲，兩輛車子的歌唱都比賽似的越唱越響，先唱一個歌馬上又開始另一個歌，中間還夾著笑聲。唱得路人都駐足注視，詫異著這些學生的天真和稚氣。康南望著這些年輕的，充滿活力的孩子，感到自己是真的老了，距離這種大叫大唱的年齡已經太遠了。江雁容倚窗而坐，欣賞的看著這些大唱的同學，卻微笑著不唱。但，程心雯推著她強迫她唱，於是，她也張開嘴唱了。歌聲到後來已經變成大吼大叫，聲音高得不能再高了，結果，兩車都不約而同停止了比賽，爆發了一陣大笑和亂七八糟的鼓掌聲。坐在前面的司機也不禁感到輕飄飄的，好像自己也年輕了。

到達目的地是上午十點鐘，下了車還需要步行一小段路才是烏來瀑布。大家三三兩兩的走在窄小的路上，提著野餐和水壺。也有的同學跑去乘一種有小軌道的車子，並不是想省力，而是覺得新奇。江雁容、程心雯、周雅安，和葉小蓁四個人走在一起，都走在康南旁邊，一面和康南談天。葉小蓁在和江雁容訴說她阿姨的可惡，發誓總有一天要把她阿姨丟到川端橋底下去。程心雯在指手畫腳的告訴康南她被訓導主任申斥的經過。她氣呼呼的說：

「我告訴訓導主任，像我們這種年齡，愛笑愛鬧是正常的，死死板板是反常，她應該把我們教育成正常的青年，不應該教育成反常的青年。如果她怪我這個風紀股長做得不好，乾脆她到我們班上來當風紀股長，讓同學全變成大木瓜，小木瓜，加她一個老木瓜！結果她說我沒禮貌，我說這也是正常，氣得她直翻白眼，告訴老教官要記我一個大過！老師，你說是我沒理還是她沒理？」

康南微笑了，他可以想像那胖胖的黃主任生氣時的樣子。他說：

「妳也不好，妳應該維持班上的秩序！」

「哼！老師，你也幫訓導主任！」程心雯噘著嘴說。

「我不是幫她，她說妳，妳聽聽就算了，何必去惹她呢！記了過也不好看！」

「她敢記我過，不過是說說而已。真記了我就去大吵大鬧，把訓導處弄翻！老師，你不知道，逗逗訓導主任真好玩，看她那張白臉變成黑臉，眼睛向上翻，才有意思呢！」

康南暗中搖頭，這孩子的調皮任性也太過分了。

到達瀑布已快十一點了，瀑布並不大，但那急流飛湍，和瀑布下縱橫堆積的嵯峨巨石也有種聲勢凌人之概。巨大的水聲把附近的風聲鳥鳴全遮蔽了，巨石上全布著一層水珠，飛濺的小水粒像細粉似的灑下來，白濛濛的一片，像煙，也像霧。學生們開始跳在巨石上，彼此呼叫。有的學生把手帕放到水中，去試探那激流的速度。也有的學生在石頭上跳來跳去，從一塊石頭上越到另一塊上，其中也有不少驚險鏡頭，更少不了尖叫的聲音。康南在一塊距離瀑布較遠的大石頭上坐下來，燃上菸，靜靜的望著這群活躍的孩子。有三、四個學生坐到他這兒來，純粹出於好意的和他談天，為了怕冷落了他。他瞭解到這一點，心中感到幾分溫暖，也有幾分惆悵，溫暖的是學生愛護他，惆悵的是自己不再是跳跳蹦蹦的年齡，而需要別人來陪伴了。他注意到江雁容和周雅安在另一塊石頭上，兩人不知談些什麼，江雁容坐著，雙手抱著膝。不知怎麼，康南覺得這孩子好像在躲避他。

到了午餐的時間，這些學生們都不約而同的向康南所坐的石頭上集中過來。大家坐成一個圓圈。因為康南沒有準備野餐，這些學生們這個送來一片麵包，那個送來一塊蛋糕，這個要他嚐嚐牛肉，那個要他吃吃果醬，結果他面前堆滿了食物，像一座小山。吃完了午餐，學生們提議做團體遊戲。首先，她們玩了「碰球」，沒一會兒大家都說沒意思，認為太普通了。然後程心雯提議玩一種新奇的玩意，她叫它作「猜職業」，玩的辦法是把人數分成甲乙兩組來比賽，由各組選出一個代表來，然後每組都想一種難於表演的職業名稱，甲組就把她們決定的名稱告訴乙組的代表，由乙組代表用表演來表示這個職業名稱，讓乙組的同學猜，表演者不許說話出聲音，只憑手勢，然後計算猜出的時間。再由甲組代表表演乙組決定的職業給甲組的人猜，也計算時間，猜得快的那一組獲勝。代表要一直更換，不得重複。可以猜無數的職業，把時間加起來，看總數誰獲勝。於是，大家分了組，葉小蓁、江雁容，和康南都在甲組，程心雯、周雅安在乙組。推派代表的結果，甲組推了康南，乙組推了程心雯。

由於這遊戲是程心雯提議的，大家決定由甲組出題目，讓程心雯表演，乙組的同學來猜。甲組一連研究了幾個題目，都不滿意，結果，江雁容在一張紙上寫了「翻譯官」三個字，大家都叫好。因為，完全憑表演，要把翻譯兩個字表演出來並不簡單。果然，程心雯拿到題目後大皺起眉頭，葉小蓁已經大聲宣布開始計時，同時十秒、二十秒的報了起來，乙組同學都催著程心雯表演。於是，程心雯嚴肅的一站，嘴巴做講話的姿態亂動一陣，一面用手比畫著。周雅安說：

「大學教授。」

甲組同學大喊「不對！」程心雯抓耳撓腮了一頓，又繼續表演，但演來演去也只能比比手勢，動動嘴巴，乙組拚命的亂猜亂叫，什麼「演說家」、「教員」、「傳教士」、「宣傳員」的亂鬧了一陣，就沒有一個猜出是「翻譯官」來，急得程心雯手腳亂動，又不能開口說話，只好拚命抓頭乾著急。乙組的同學以為她的抓頭也是表演，一個同學大喊：「理髮師！」弄得甲組的同學哄然大笑。最後，總算被李燕猜出是翻譯官來了，但已經猜了八分二十秒。程心雯叫著說：

「我們一定要出一個很難的給妳們猜！老師表演嗎？好極了！」乙組的同學交頭接耳了一陣，程心雯在紙上寫了一個題目，乙組同學看了全大笑起來，拍手叫好。程心雯把題目遞給康南，康南接過來一看，是「女流氓」三個字，不禁啼笑皆非，要他這麼個文謅謅的男教員來表演女流氓，這明明是程心雯她們拿老師來尋開心。他抗議的說：

「不行，說好是猜職業，這個根本不是職業！」

「誰說的？」程心雯手叉著腰，兩腳呈八字站著，神氣活現的說：「就有人把這個當職業！」

乙組的同學已高聲宣布開始計時，葉小蓁著急的說：

「老師，你趕快表演嘛，管它是不是職業！」

康南有些尷尬的站著，眼睛一轉，卻正好看到雙手叉腰，挺胸而立的程心雯，不禁萌出一線靈感來，他笑著用手指指程心雯，全體同學都愕然了，不管甲組乙組都不知道他在表演些什麼，程心雯更詫異的望著康南，不明白他是什麼意思。康南也雙手叉腰，做出一股凶相來，然後再笑著指指程心雯。於是，他看到江雁容在微笑，臉上有種領悟的表情，她笑著說：

「我姑且猜一猜，是不是——女流氓？」

乙組的同學譁然大叫，康南已經點頭說對，不禁笑著看看程心雯，程心雯先愣了一下，接著就大跳大叫起來：

「老師，你一定弄了鬼！你這算什麼表演嘛？這一次不算數！」

「怎麼不算？老師又沒有講話，只要不講話就不算犯規，誰叫妳出個流氓題目又做出流氓樣子來？」葉小蓁得意的叫著，聲明這次只猜了二十秒鐘，乙組已經輸了八分鐘。

程心雯做夢也沒想到這麼快就被江雁容猜了出來，而且也沒有難倒康南，再加以猜中的關鍵是她，康南用她來表示女流氓，江雁容偏偏又猜中是女流氓，這實在氣人！她望望康南，又望望江雁容說：

「天知道，這樣子的表演江雁容居然猜得出來，如果你們沒有弄鬼，那真是身無彩鳳雙飛翼，心有靈犀一點通了。」

此話一說，江雁容驀的紅了臉，她轉過頭去望著岩石下面的水，用手指在岩石上亂畫。康南也猛然一呆，只看到江雁容緋紅的臉和轉開的頭，一綹短髮垂在額前。那份羞澀和那份柔弱使他撼動，也使他心跳。他也轉開頭，走到自己的位子上坐下。程心雯話一出口，馬上就猛悟到自己說的不大得體，於是也紅了臉。為了掩飾這個錯誤，她叫著說：

「我們繼續比賽好了，該妳們出題目了，這次我們推李燕做代表！」

這次甲組出的題目是「賣藝者」，很快就被猜出來了。乙組又出了個「弄蛇的人」，由江雁容表演，只有幾個小動作，康南已猜出來了，但他卻隱住不說。但立即葉小蓁也猜了出來，然後他們又猜了許多個職業，一直繼續玩了一小時。最後計算結果，仍然是甲組獲勝，也就勝在「女流氓」那個職業上。乙組的同學都紛紛責怪程心雯，怪她為什麼做出那副流氓樣子來，以至於給了康南靈感。也從這天起，程心雯就以「女流氓」的外號名聞全校了。這個遊戲結束後，甲組的同學要乙組同學表演一個節目，因為她們是負方。乙組就公推程心雯表演，說她負輸的全部責任。程心雯不得已的站了起來，說：

「我什麼都不會，叫我表演什麼呢？」

「狗爬會不會？」葉小蓁說：「做狗爬也行，不過要帶叫聲的，叫得不像不算！」

「狗爬留著妳表演吧！」程心雯瞪了葉小蓁一眼，皺皺眉頭，忽然想起來說：「我表演說急口令好了！」於是她說：

「一二三四五六七，七六五四三二一，

七個先生齊採果，七個花籃手中提，

七個碟兒裝七樣：花紅蘋果桃兒荔枝栗子李子梨！」

大家都鼓起掌來，因為最後那一句實在拗口，她居然能清楚俐落的唸出來。由於這一表演，大家就轉變目標到個人表演上，有人惋惜周雅安沒帶吉他來，就鬧著要周雅安唱個歌，並且規定不許唱音樂課上教過的歌，也不許唱什麼國歌黨歌的。於是，周雅安唱了一首〈跑馬溜溜的山上〉。接著大家圍攻起江雁容來，堅持要她說個故事，江雁容非常為難的站起來，推托著不願表演。卻恰好看到一個外號叫張胖子的同學，本名叫張家華，正在一面看表演，一面啃一個鴨腿，這位同學的好吃是全班聞名的。江雁容微笑的看著張家華說：

「我表演朗誦一首詩好了，這首詩是描寫一位好吃的小姐請客吃飯。」

於是，她清脆的唸：

「好吃莫過張家華，客人未至手先抓，
常將一筷連三箸，慣使雙肩壓兩家，
頃刻面前堆白骨，須與碗底現青花，
更待夜闌人散後，斜倚欄杆剔板牙！」

因為有些同學不懂，她又把詩解釋了一遍，結果全班哄堂大笑，張家華拿著一個鴨腿哭笑不得。大家看到她滿嘴的油和手上啃得亂七八糟的鴨腿，更笑得前仰後合。從此，張家華的外號就從「張胖子」變成了「剔板牙」。康南笑著看到江雁容退回位子上，暗中奇怪她也會如此活潑愉快。然後，何淇和胡美紋表演了一段舞蹈，何淇飾男的，胡美紋飾女的，邊跳邊唱，歌詞前面是：

「男：溫柔美麗的姑娘，我的都是妳的，
妳不答應我要求，我將終日哭泣。
女：你的話兒甜如蜜，恐怕未必是真的，
你說你每日要哭泣，眼淚一定是假的！
……………」

這個舞蹈之後，又有一位同學表演了一陣各地方言，她學臺灣收買酒瓶報紙的小販叫：

「酒瓶要賣嗎？有報紙要賣？」

贏得了一致的掌聲和喝采。又有位同學唱了段〈蘇三起解〉。然後，程心雯忽然發現葉小蓁始終沒有表演，就把葉小蓁從人堆里拉出來，強迫她表演，急得葉小蓁亂叫：

「我不會表演嘛，我從來沒有表演過！」

「妳表演狗爬好了！」程心雯報復的說。

「狗爬也不會，除非妳先教我怎麼爬！」葉小蓁說。

儘管葉小蓁急於擺脫，但終因大家起哄，她只得在圓圈中間站著，說：

「這樣吧，我說個笑話好了！」

「大家不笑就不算！」程心雯說。

「笑了呢？」葉小蓁問。

「那就饒了妳！」

「一言為定！」葉小蓁說，然後咳了一聲嗽，伸伸脖子，做了半天準備工作，才板著臉說：

「從前有個人……嗯，有個人，」她眨著眼睛，顯然這個笑話還沒有編出來，她又咳聲嗽說：「嗯，有個人……有個人……有個人，嗯，有個人，從前有個人……」

大家看她一股思索的樣子，嘴裡一個勁兒的「有個人，有個人」就都忍不住笑了起來，葉小蓁一下子就跳回自己的位子上，程心雯抓住她說：

「怎麼，笑話沒講完就想跑？」

「說好了笑了就算數的！」葉小蓁理直氣壯的說：「大家都笑了嘛！」

程心雯只得放了葉小蓁，恨恨的說：

「這個鬼丫頭越學越壞！」

說著，她一眼看到微笑著的康南，就像發現新大陸似的叫起來：

「大家都表演了，老師也該表演一個！」

全班都叫起來，並且拚命鼓掌，康南笑笑說：

「我出幾個謎語給妳們猜，猜中的有獎，好不好？」

「獎什麼？」程心雯問。

「獎一個一百分好了，」葉小蓁說：「猜中的人下次國文考多少分都給加到一百分。」

「分數不能做獎品！」康南說：「猜中的人，下次我一定準備一樣禮物送給她！」於是，他想了一會兒，在一張紙上寫下了幾個謎語，大家看上面是：

一、偶因一語蒙抬舉，反被多情送別離。（打一物）

二、有土可種桑麻，有水可養魚蝦，有人非你非我，有馬可走天涯。（打一字）

三、一輪明月藏雲腳，兩片殘花落馬蹄。（打一字）

四、兩山相對又相連，中有危峰插碧天。（打一字）

五、年少青青到老黃，十分拷打結成雙，送君千里終須別，棄舊憐新撇路旁。（打一物）

六、粉蝶兒分飛去了，怨情郎心已成灰，上半年杳無音訊，這陽關易去難回。（打一字）

一時，大家都議論紛紛起來，許多人在石頭上亂畫的猜著，也有的苦苦思索。江雁容看了一會兒，在手心寫了一個字，然後說：

「老師，第六個很容易猜，應該是個鄰居的鄰字。第一個大概是諧音的謎語吧？」

康南贊許的看了江雁容一眼，她思想的敏捷使他吃驚。他點點頭說：

「不錯。」

「那麼，第一個謎語是不是傘？」江雁容問。

「對了。」

在幾分鐘內，江雁容連著猜出兩個謎語，大家都驚異的望著她，葉小蓁說：

「幸虧不是獎分數，要不然也是白獎，江雁容國文根本就總是一百分的！」程心雯自言自語的喃喃著說：

「我說的嘛，他們要不是有鬼，就是……」她把下面的話嚥回去了。

大家又猜了一會兒，葉小蓁猜中了第二個，是個「也」字。江雁容又猜中了第五個，是「草鞋」。程心雯沒有耐心猜，一會兒猜這個，一會兒又去猜那個，看到江雁容一連猜中三個，她叫著說：

「老師乾脆出給江雁容一個人猜好了！這個一點意思也沒有，我們要老師表演，老師反而弄了這些個東西來讓我們傷腦筋，好不容易有一天假期，可以不要和書本奮鬥，結果老師又弄出這個來，我們上了老師的當！」

同學們一想不錯，就又都大鬧起來。康南看看情況不妙，顯然不表演無法脫身，只好說：

「我也說個笑話吧！」

「不可以像葉小蓁那樣賴皮！」程心雯說。

康南笑笑說：

「從前，有一個秀才，在一條小溪邊散步，看到河裡有許多小魚在溜來溜去的游著，於是就自言自語的說：『溜來溜去！』說完，忽然忘記溜字是怎麼寫的，就又自言自語的說：『溜字應該是水字邊一個去字，因為是在水裡來來去去的意思。』剛好有個和尚從旁邊經過，聽到了就說：『別的字我不認得，水邊一個去字應該是個法字，我們天天做法事，這個法字我清楚得很，不是溜字。』秀才聽了，惱羞成怒的說：『我是秀才，難道還不知道溜字怎麼寫嗎？明明是水字邊一個去字！』和尚說：『絕對不是水字邊一個去字！』兩人就爭執了起來，最後，鬧到縣官面前。這個縣官也目不識丁，心想秀才一定對，和尚一定錯，就判決溜字是水字邊一個去字，並判將和尚打三十大板。和尚聽了，高聲叫著說：『自從十五入溜門，一入溜門不二心，今朝來至溜堂上，王溜條條不容情！』縣官大喝著說：『王法條條怎麼說王溜條條？』和尚說：『大老爺溜得，難道小的就溜不得了嗎？』」

笑話完了，大家都笑了起來，程心雯低聲對江雁容說：

「康南真酸，講個笑話都是酸溜溜的！總是離不開詩呀詞呀的，這一點，妳和康南倒滿相像！」

江雁容想起程心雯起先說的「身無彩鳳雙飛翼，心有靈犀一點通」的話，和現在相像的話，不禁又紅了臉。她偷偷的看了康南一眼，康南正含笑的望著瀑布，烏黑的眼睛深邃而明亮。

大家在石頭上坐膩了，又都紛紛的站了起來，程心雯提議去看山地姑娘跳舞，於是大家都上了山坡。在一個竹棚裡面，有一小塊地方，是山地人專門搭起來表演歌舞，以賺遊客的錢的。零零落落的放著幾張凳子，還有個簡陋得不能再簡陋的小戲臺。一個看門的小女孩看到她們來了，立刻飛奔進去報訊。沒多久，七八個山地少女迎了出來，都穿著圓領對襟短褂，和直籠統的裙子。衣服和裙子下襬都鑲著彩色闊邊，上面繡滿五彩的花紋。頭上全戴著掛滿珠串花珞的沒頂小帽，手腕上套著小鈴鐺，赤腳，腳踝上也套著小鈴鐺。她們一出來，就是一陣叮鈴當的鈴響，然後堆著笑，用生硬的國語招呼著：

「來坐！來坐！」

康南和學生們走進去，大家零亂的坐了下來，並且付了一場歌舞的錢。於是，那些少女們跑到臺上，胳膊套著胳膊的跳了起來，邊跳邊唱，歌詞是山地話，難以明白，調子卻單純悅耳。康南看了一會兒，覺得不如湘西一帶苗人的舞蹈，但也足以代表臺灣山地的地方色彩。他燃起一支菸，悄悄的溜到竹棚外面。竹棚外面有一塊小空地，圍著欄杆。康南剛剛踏出竹棚，就一眼看到江雁容正一個人倚著欄杆站著，在眺望那一瀉數丈的瀑布。顯然她根本沒有到竹棚裡去，她全神貫注的注視著瀑布，完全不知道康南走出來。康南望著她的背影，身不由己的走了過去。聽到腳步聲音，江雁容回過頭來，一對夢似的眼光帶著幾分朦朧的醉意停留在他的臉上，她一點兒也沒有驚訝，也沒有點頭招呼，只恍恍惚惚的注視著他，好像他並不真正出現在她身邊，而是出現在她夢裡。她的短髮被風拂在額前，臉上散布著一層淡淡的紅暈。康南在她身邊站住，被這張煥發著異樣光彩的臉龐震懾住了，他默默的站著，覺得無法說話。好半天，他才輕輕的，彷彿怕驚嚇著她似的說：

「我看了妳的日記。」果然，他的說話好像使她吃了一驚，她張大眼睛，似乎剛從一個夢中醒來，開始認清面前的環境了。她掉開頭，望著欄杆外的小陡坡，輕聲而羞澀的說：

「我不知道寫了些什麼，你不會笑我吧？」

「妳想我會笑妳嗎？」他說。心中猛的一動，這小女孩使他眩惑了。

她不說話了，沉默了一會兒，他問：

「妳妹妹的傷口好了嗎？」

「好了！」她抬起頭來。「額上有一個小疤，很小，但她天天照鏡子嘆氣。她本來長得很漂亮，你知道。」

竹棚裡傳來鼓掌聲，江雁容吃驚的回轉身子，看了康南一眼，就一語不發的溜進了竹棚裡。康南望著她那瘦小的背影，深深的吸了一口菸，轉過身子，他望著欄杆下面，這欄杆是建在一個小懸崖上，下面是個陡坡，再下面就是岩石和激流。他望著那激流猛烈的衝擊岩石，看著瀑布下那些飛濺的水花，也看著那些激流造成的漩渦和浪潮，不禁莫名其妙的陷進了沉思之中。大約下午五點鐘，她們開始踏上了歸程。剛坐進車子，程心雯忽然宣布人數少了一個，造成了一陣混亂，馬上就弄清楚是程心雯計算錯誤。車開了，大家已經不像來的時候那麼有興致，程心雯嘆口氣說：

「唉！明天還要考解析幾何！」

「還有物理習題呢，我一個字都沒做。」葉小蓁說，被太陽曬得紅撲撲的臉上堆起了一片愁雲。

「我寧願做山地姑娘，也不必參加這個考試那個考試。」何淇說。

「我不願意，山地姑娘太苦了！」張家華說。

「怕沒有好東西吃，不能滿足妳斜倚欄杆剔板牙的雅興嗎？」程心雯說。

大家都笑了起來，但笑得很短暫。只一會兒，車上就安靜了下來，有幾個同學開始倚著窗子打瞌睡。江雁容把手腕放在車窗上，頭倚在手腕上，靜靜的注視著窗外。周雅安坐在她身邊，用手支著頭，不知在沉思著什麼。落日的光芒斜射進來，染紅了她們的臉和手。但，沒多久，太陽落下去了，初冬的天氣特別短，黑暗正慢慢的散布開來。

7

「江雁容！」中午，班長李燕捧著一大疊改好的作業本進來，一面叫著說：「康南叫妳到他那裡去拿妳的日記本！」

程心雯聳聳肩，望著江雁容說：

「康南就喜歡這樣，不把妳的日記本交給班長拿來，要妳自己去拿，故作神祕！」

江雁容從位子上站起來，忽然失去單獨去取日記本的勇氣，她跑到後面，拉了周雅安一起走出教室。周雅安挽著她的手臂走著，嘴裡輕快的哼著一首英文歌。江雁容審視了她幾秒鐘，說：

「妳這兩天不大對頭。」

「妳也不大對頭。」周雅安說。

「我嗎？」江雁容抬抬眉毛。「我不覺得我有什麼不對頭。妳到底是怎麼回事？」

「說出來妳會罵我，」周雅安說：「我和小徐的誤會解除了，我們已經講和。」

「老天！什麼是誤會？他的女朋友嗎？」江雁容說。

「是的，他否認那是他的女朋友，他說那只是普通同學，在街上碰到了，偶然走在一起的！」

「妳相信了？」江雁容問。

「不十分相信，」周雅安避開江雁容的眼光。「可是，我勉強自己相信。」

「妳為什麼要這樣？」

「我沒辦法，」周雅安說，望著腳下的樓梯，皺皺眉頭。「我愛他，我實在沒有辦法。」

江雁容默然不語，半天後才說：

「妳使我想起毛姆的《人性枷鎖》那本書，妳已經被鎖住了。周雅安，妳只好受他的折磨，前輩子妳大概欠了他的債！」

周雅安不說話，她們走到康南的門前，江雁容正想伸手敲門，周雅安拉住她說：「該我問問妳了，妳這兩天神情恍惚，是什麼事情？」

「什麼事都沒有。」江雁容說。

「那個附中的學生還在巷子裡等妳嗎？」

「還在。」

「妳還沒有理過他？」

「別胡思亂想了，我下輩子才會理他呢！」江雁容說，伸手敲門。

門開了，康南看著江雁容，有點詫異她會拉了一個同伴一起來。江雁容站在門口，沒有進去的意思，她說：

「我來拿日記本。」聲音淡淡的。

康南回轉身子，有些遲疑，終於從枕頭底下拿出了江雁容的日記本。看到康南把江雁容的日記本放在枕頭底下，周雅安很快的掃了江雁容一眼，但江雁容臉上毫無表情。康南把本子遞給江雁容，她默默的接了過去，對康南迅速的一瞥，她接觸到一對十分溫柔的眼睛。握住本子，她低低的說了一聲謝，幾乎是匆忙的拉著周雅安走了。

走出單身宿舍，在校園的小樹林外，周雅安說：

「我們到荷花池邊上去坐坐。」

江雁容不置可否的走過去，她們在荷花池邊的石頭上坐下來，周雅安從旁邊的一株茶花樹上摘下一個紅色的蓓蕾，放在掌心中撥弄著。江雁容打開了那本日記，一張折疊成四方形的信箋從裡面落了下來，她立即拾起來。周雅安裝作沒有看見，走到小橋上去俯視底下的水。江雁容緊緊的握著那張信箋，覺得心跳得反常，打開信箋，她看了下去：

「孩子：——」

看了這個稱呼，她感到一陣莫名其妙的激動。好半天，才繼續看下去：

「孩子：

妳肯把妳這些煩惱和悲哀告訴我，可見得妳並沒有把老師當作木鐘！

妳是我教過的孩子裡最聰明的一個，我幾乎不能相信像妳這樣的孩子竟得不到父母的憐愛，我想，或者是因為妳太聰明了，妳的聰明害了妳。我第一次看到妳，就覺得妳輕靈秀氣，不同凡響，以後，許多地方也證實了我的看法。妳是個生活在幻想中的孩子，妳為自己編織了許多幻夢，然後又在現實中去渴求幻想裡的東西。於是，妳的痛苦就更多於妳本來所有的那一份煩惱。孩子，這世界並不是件件都能如人意的。我但願我能幫助妳，不止於空空泛泛的鼓勵和安慰。看了妳的日記，使我好幾次不能卒讀。妳必須不對這世界太苛求，沒有一個父母會不愛他們的孩子，雖然，愛有偏差，但妳仍然擁有一個幸福的家庭，許多人還會羨慕妳呢！如果真得不到父母的寵愛，又何必去乞求？妳是個天分極高的孩子，我預測妳有成功的一天！把一切的煩惱拋開吧！妳還年輕，前面有一大段的生命等著妳，我相信我一定能看到妳成功。到那時候，我會含笑回憶妳的日記和妳那份哀愁。

我曾經有個女兒，生於民國三十年，死於民國三十二年，我這一生是沒有女兒可教的了！如果我能夠，我但願能給妳一份父愛，看著妳成長和成功！

酒後提筆寫這封信，雜亂無章，不知所云。希望妳能瞭解我醉後含淚寫這封信的苦心，有一天，妳們都成功了，我也別無所求了！

康南」

江雁容看完了信，呆呆的坐著，把手放在裙褶裡。這是一封非常簡短的信，但她卻感到一股洶湧的大浪潮，捲過了她，也淹沒了她。她蒼白的臉顯得更蒼白，黑眼珠裡卻閃耀著一層夢似的光輝，明亮得奇異，也明亮得美麗。她把信再看了一遍。眼前似乎浮起了一個菸蒂上的火光，在火光上，是一縷如霧的輕煙，煙霧中，是一張令人迷惑的臉：寬寬的前額，濃而微蹙的眉毛，那對如海般深奧而不可測的眼睛，帶著智慧與高傲的神采，那彎曲如弓的嘴邊，有著倔強自負的堅定。她垂下頭，感到一份窒息的熱情在她的心中燃燒。她用手指在信箋上輕輕撫摸過去，自言自語的低聲說：「康南，如果你對我有某種感情，絕不止於父親對女兒般的愛，你用不著欺騙自己！如果我對你有某種感情，也絕不止於女兒對父親的愛！」

周雅安走了過來，把手放在江雁容肩上說：

「怎麼樣？看完沒有？」

江雁容抬起頭來，注視著周雅安，她那燃燒著的眼睛明亮而濕潤。周雅安坐到江雁容身邊，突然捧起江雁容的臉，凝視著她的眼睛，微笑著說：

「她們都說我們是同性戀，現在我真有這種感情，看到妳這種神情，使人想吻妳！」

江雁容不動，繼續望著周雅安，說：

「周雅安，我有一個夢，夢裡有個影子。幾個月來，這個夢模模糊糊，這個影子也模模糊糊。可是，現在這個夢使我精神恍惚，這個影子使我神魂不定。周雅安，我該怎麼辦？」

周雅安放開江雁容，望了她一會兒說：

「別說得那麼文謅謅的，夢呀影子的。妳戀愛了！我真高興妳也會戀愛，也嘗嘗這種滋味！幾個月前，妳還在嘲笑我呢！」

「不要說廢話，告訴我怎麼辦？」

「怎麼辦？」周雅安輕鬆的說：「把影子抓住，把夢變成現實，不就行了？」

「沒有那麼簡單，假如那麼簡單，也不叫它做夢和影子了！」江雁容說，低頭望著膝上的信紙。

「是他嗎？」周雅安拿起那張信箋問。

江雁容沉默的點了點頭。於是，周雅安也沉默了。半天後，周雅安才自言自語的說：

「我早料到這事的可能性了！大家說他偏心妳，別人的週記只批一兩句，妳的批那麼多，妳的作文本他要題上一首詩，再親自跑到三層樓上來送給妳！這份感情大概早就發生了，是嗎？」

「我不知道，」江雁容苦惱的說：「但願什麼都不要發生，但願這世界上根本沒有我！」

「又說傻話了！」周雅安說，握住江雁容的手。「該來的一定會來，別逃避！『愛』的本身是沒有罪的，不是嗎？這話好像是妳以前說的。記得妳自己的論調吧？愛，沒有條件，沒有年齡、金錢、地位、人種一切的限制！」

江雁容垂下眼簾，望著那張信紙，突然笑起來說：

「他要把我當女兒呢！」

周雅安拿起那張信紙。

「我能看嗎？」她問。江雁容點點頭，周雅安看完了，把它放回江雁容手裡，困惑的說：

「這封信很奇妙，不是嗎？大概連他自己也弄不清楚他的感情。」

上課號響了。江雁容站起身來，拍拍身上的灰塵。**忽然間，所有的煩惱都離開了她，一種奇異的感覺滲透進她的血管中，她像被一股溫暖的潮水所包圍住，每個細胞和毛孔都像從睡夢中覺醒，在準備迎接一個新的，美好的外界。她的心臟是一片鼓滿風的帆，漲滿了溫情**。她懶洋洋的伸了個懶腰，把日記本和信紙收好，微笑的說：

「我們上樓吧！」

這天晚上，江雁容一個人坐在自己的房內，銀色的月光透過了淡綠的窗簾，婆娑的樹葉投下了模糊的暗影，溫柔的夜風輕扣著她的窗檻。四周充滿了沉寂，這間小屋也彷彿披上了一層夢幻的輕紗。她寧靜的微笑著，拉開窗簾，她可以看到雲層中的一彎明月，以及那滿天閃爍的星辰。她覺得無數的柔情漲滿了她的胸懷，在這一刻，在這神祕的夜色裡，她願意擁抱著整個的世界，歡呼出她心內所有的感情！

她重新打開那批著紅字的日記本，在她寫的每一段下面，康南都細心的批上一首詩，她逐句看過去，暗暗記誦著每一個字，在這本小小的冊子上，康南也費過相當的精神啊！康南，這個孤獨的人，隱約中，她似乎看到康南寂寞的，自負的，而又高傲的走在這條人生的長途上，雖然是踽踽獨行，卻昂首闊步，堅忍不拔。校內，他沒有一個朋友，校外，他也沒有什麼親人，妻離子散，家破人亡，他生活中還有什麼？她自問著，又微笑的代他回答：「還有一些東西，有菸、有酒、有學生！」

「他像一隻孤鶴，」她想：「一隻失去同伴的孤鶴！」她抬頭望著窗外黑色的天空，好像那孤鶴正在那兒迴旋。冷風吹了進來，冬天的夜，已經相當冷了。

江太太走了進來，凜冽的風使她打了一個寒噤，她詫異的看著那開著的窗子，叫著說：

「雁容，這麼冷，妳開窗子幹什麼？趕快關起來！」

「是的，媽媽。」江雁容答應著，聲音溫柔得出奇。她懶洋洋的站起來，闔上窗子，又無限留戀的看了窗外一眼，再輕輕嘆息一聲，拉上了窗簾。窗外的世界又被摒絕在外面了，她坐下來，恍恍惚惚的收起日記本，拿出一本范氏大代數。

江太太深深的看了江雁容一眼，這孩子那種懶洋洋的神態使她生氣。「要考大學了，她仍然這麼懶散，整天腦子裡不知道想些什麼！」她走到廚房裡去灌開水，開水灌好了，再經過江雁容的房間，發現她還沒有打開代數書，正望著那本代數書默默出神。江太太走過去，有點生氣的說：

「妳要把握時間，努力用功，每天這樣發呆的時間不知道有多少，這樣功課怎麼能好？說妳不用心妳不承認，妳自己看看是怎樣做功課的？這麼大了，難道還要我跟在後面管妳，還不趕快打開書來！」

「好的，媽媽。」江雁容說，仍然是溫溫柔柔的。一面慢吞吞的打開了書。

江太太奇怪的看看江雁容，這孩子是怎麼回事？那溫柔的語調使人心裡發酸。「一個好孩子。」她想，忽然萌出一份強烈的母愛。「以後要少責備她，她是個多愁善感的孩子。」她柔和的望望她，走出了房間。

江雁容目送母親走出房間，她伏下身來，望著檯燈上的白瓷小天使，悄悄的說：

「妳瞭解我嗎？小天使？媽媽是不瞭解我的，我心中有個大祕密，妳知道嗎？我把它告訴妳，妳要為我守密！可愛的小天使啊，瞭解我的人那麼少，妳，願意做我的知己嗎？我給妳取一個名字，我叫妳什麼呢？夜這樣靜謐，我叫妳謐兒吧，謐兒謐兒，妳知不知道我心中那份燃燒著的感情？妳知不知道？」

她把臉頰靠在桌面上，攤開的代數書放在一邊。一剎那間，一份淡淡的哀愁襲上了她的心頭，她用手撫摩著小天使的臉，輕聲說：

「謐兒，連他都不知道我的感情！這是惱人而沒有結果的，我又把自己放進夢裡去了，謐兒，我怎麼辦呢？」

窗外起風了，風正呼嘯的穿過樹梢，發出巨大的響聲，她掀起窗簾的一角，月亮已隱進雲層，星光也似乎暗淡了。

第二天早上，滿窗的風雨把她從沉睡中喚醒，昨夜的蔚藍雲空，一窗皓月，現在已變成了愁雲慘霧，風雨淒迷。她穿上白襯衫和黑長褲，這是學校的制服，再加上一件黑外套，仍然感到幾分寒意。窗前淅瀝的雨聲使她心中布滿莫名其妙的愁緒。上學時經過的小巷子，破房子也使她感到寥落。教室裡的喧囂更讓她煩躁。只有在國文課時，她才覺得幾分歡愉。但，那五十分鐘是消失得太快了，只一剎那，康南已挾著課本隱沒在走廊的盡頭了。

白天，晚上，晚上，白天，日子從指縫裡溜過去。校園裡的茶花盛開了，紅的紅得鮮豔，白的白得雅潔，江雁容的課本中開始夾滿了茶花的心形花瓣。和茶花同時來臨的，是迷迷濛濛，無邊無際的細雨，臺灣北部的雨季開始了。無論走到那兒，都是雨和泥濘。江雁容常和周雅安站在校園中，仰著臉，迎接那涼絲絲的雨點。看到落花在泥濘中萎化，她會輕輕的唸：

「自在飛花輕似夢，無邊絲雨細如愁。」

校園裡是冷清清的，學生都躲在教室裡，並且關緊門窗。只有江雁容喜歡在雨中散步，周雅安則捨命陪君子，也常常陪著她淋雨。程心雯叫她們做「一對神經病」！然後會聳聳肩說：「文人，妳就沒辦法估量她有多少怪癖！」

晚上，江雁容在雨聲中編織她的夢，深夜，她在雨聲中尋找她的夢，多少個清晨，她在雨聲中醒來，用手枕著頭，躺在床上低聲唸聶勝瓊的詞：

「尋好夢，夢難成，有誰知我此時情？枕邊淚共階前雨，隔個窗兒滴到明！」

這天晚上，江雁容做完功課，已經深夜十二點了。她望著她的謚兒，心境清明如水，了無睡意。她想起白天的一件小事，她到康南那兒去補交作文本，周雅安沒有陪她去。康南開了門，迎接她的是一股酒味和一對迷離的眼睛。她交了本子，默默看了他一會兒，他也同樣望著她，這份沉默使人窒息。轉過身子，她開了門要退出去，在撲面的冷風中，她咳嗽了，這是校園中淋雨的結果，她已經感冒了一星期，始終沒有痊癒。正要跨出門，康南忽然伸手攔在門上，輕聲問：

「要不要試試，吃一片APC？」

他打開抽屜，拿出一瓶沒開過的藥瓶，倒了一粒在手心中。江雁容無法說話，也不知道該說什麼，只接過了藥片，康南已遞過來一杯白開水，她吃了藥，笑笑。不願道謝，怕這個謝字會使他們生疏了。她退出房門，感到自己的心跳得那麼快，她相信自己的臉已經紅了。

現在，在這靜靜的深夜裡，她的臉又紅了。望著謐兒，她輕輕的問：「他是不是專為我而買一瓶APC？他是嗎？」

嘆了口氣，她把明天要用的課本收進書包裡。有兩片花瓣從書中落了下來，她拾起來一看，是兩瓣茶花，當初愛它的清香和那心形的樣子而夾進書中的。她把玩著花瓣，忽然心中充滿了難言的柔情，提起筆來，她在每一片上題了一首詞，第一闋是〈憶王孫〉：

「飛花帶淚撲寒窗，
夜雨淒迷風乍狂，
寂寞深閨恨更長，
太淒涼，
夢繞魂牽枉斷腸！」

第二闋是一闋〈如夢令〉：

「一夜風聲凝咽，
吹起閒愁千萬，
人靜夜闌時，

也把夢兒尋遍，
魂斷魂斷，
空有柔情無限！」

寫完，她感到耳熱心跳，不禁聯想起紅樓夢裡林黛玉在手帕上題詩的事。她順手把這兩片花瓣夾在國文筆記本裡，熄滅了燈，上床睡覺了。床上，和她同床的雁若早已香夢沉酣了。

第二天午後，康南坐在他的書桌前面，批改剛收來的筆記本，習慣性的，他把江雁容的本子抽出來頭一個看。打開本子，一層淡淡的清香散了開來，康南本能的吸了一口氣，江雁容那張清雅脫俗的臉龐又浮到面前來，就和這香味一樣，她雅潔清麗得像一條小溪流。他站起身來，甩了甩頭，想甩掉縈繞在腦中的那影子。為自己泡了一杯茶，他坐回到書桌前面，默然自問：「你為什麼這樣不平靜？她不過是個惹人憐愛的小女孩而已，你對她的感情並沒有越軌，不是嗎？她像是你的女兒，在年齡上，她做你的女兒一點都不嫌大！」拿起江雁容的筆記本，他想定下心來批改。可是，兩片花瓣落了下來。**他注視著上面的斑斑字跡，這字跡像一個大浪，把他整個淹沒了**。

一陣急促的敲門聲驚醒了他，他迅速的把這兩片花瓣放進上衣口袋裡，打開了房門。門外，江雁容喘息的跑進來，焦灼而緊張的看了康南一眼，不安的說：

「你還沒有改筆記本吧，老師？我忘了一點東西！」

康南關上房門，默默的望著江雁容，這張蒼白的小臉多麼可愛！江雁容的眼睛張大了，驚惶的望望康南，就衝到書桌前面，她一眼就看到自己那本攤開的筆記本，於是，她知道她不必找尋了。回轉身來，她靠在桌子上，惶惑的注視著康南，低聲說：

「老師，還給我！」

康南望著她，根本沒聽到她在說什麼。「這個小女孩，小小的小女孩，純潔得像隻小白鴿子。」他想，費力的和自己掙扎，想勉強自己不去注視她。但，她那對驚惶的眼睛在他面前放大，那張變得更加蒼白的臉在他眼前浮動，那震顫的，可憐兮兮的聲音在他耳邊輕輕飄過：

「老師，還給我，請你！」

康南走到她旁邊，在床沿上坐下來。從口袋裡拿出那兩片花瓣。「是這個嗎？」他問。

江雁容望望那兩片花瓣，並不伸手去接，又把眼光調回到康南的臉上。她的眼睛亮了，那抹驚惶漸漸消失，取而代之的，是一種夢似的光輝。她定定的看著他，蒼白的臉全被那對熱情的眸子照得發亮，小小的嘴唇微微悸動，她的手抓住面前的一張椅子的扶手，纖長的手指幾乎要陷進木頭裡去。

「喔，老師。」她喃喃的說，像在做夢。

「江雁容，」他費力的說，覺得嘴唇發乾。「拿去吧。」他把那兩片花瓣送到她面前。

她沒有伸手去拿，也沒有去看那花瓣，她的眼光仍然停留在他臉上，一瞬也不瞬。

「老師，」她說，低低的，溫柔的。「老師！你在逃避什麼？」

康南的手垂了下來，他走過去，站在江雁容的面前。

「江雁容，出去吧，離開這房間！」他暗啞的說。

「老師，你要我走？」她輕輕的問，站直了身子，轉向門口。

康南迅速的把手壓在她的手背上，於是，一股旋乾轉坤般的大力量征服了他，他握緊了這隻手，想說什麼，卻說不出口。江雁容的眼睛燃燒著，嘴裡模糊的反覆的說：

「老師，老師，老師。」

康南撫摩著這隻手，這手是冰冷的。

「妳穿得太少了！」他說。

「中午脫了一件毛衣，下午忘了穿。」她說，輕聲的。眼睛裡在微笑。

康南不再說話，就這樣，他們靜靜的站了好一會兒。然後，康南嘆了口氣，把江雁容拉到自己的胸前，他攬住她，讓她小小的，黑髮的頭靠在他的胸口。他不再費力和自己掙扎，他低聲說：

「**從沒有一個時候，我這麼渴望自己年輕些！**」

江雁容緊緊的靠著他，眼睛裡有著對幸福的憧憬和渴求。她望著窗子，雨水正在窗玻璃上滑落。「多美的圖案！」她想。雨滴叮叮咚咚的敲擊著窗子。「多美的音樂！」她又想。微笑著閉上眼睛，盡力用她的全心去體會這美麗的人生。

8

寒假悄悄的來了，又悄悄的過去了。對高三學生而言，這個寒假是有名無實的，她們照舊到學校補課，照舊黃昏時才回家，照舊有堆積如山的作業。各科的補充教材紛紛發了下來，僅僅英文一門，就需要讀五種不同的課本，另外再加講義。別的功課也都不是一種課本就完事的，每個學生的書包都沉重得背不動，這份功課更沉重得使她們無法透氣。新的一學期又開始了，換言之，再有三個多月，她們就該跨出中學的門檻，再有五個月，就該參加升大學的聯合考試了。學生們都普遍的消瘦下去，蒼白的臉色和睡眠不足的眼睛充分說明了她們的生活。但是，老師們不會因為她們無法負荷而放鬆她們，家長也不會因為她們的消瘦而放鬆她們，她們自己更不會放鬆自己。大學的門開著，可是每十個學生裡只有一個能走進去。這世界上，到處都要競爭，你是強者才能獲勝。優勝劣敗，這在人類還是猿猴的時代就成了不變的法則。

臺灣的春天來得特別早，校園裡的杜鵑花已全開了。荷花池畔，假山石旁，到處都是紅白一片。幾枝初放的玫瑰，迎著溫和的嬌陽，懶洋洋的綻開了花瓣。臺灣特產的扶桑花是四季都開的，大概因為這是春天，開得似乎格外豔麗；大紅的、粉紅的、白的、黃的，布滿校園的每個角落，吊燈花垂著頭，拖得長長的花蕊在微風中來回擺動。梔子花的香味可以飄上三樓的樓頂，誘惑的在那些埋頭讀書的少女們身邊迴旋，彷彿在叫著：

「妳知道嗎？春天來了！妳知道嗎？春天來了！」

江雁容從一個無法解決的代數題目上抬起頭來，深呼吸了一口氣說：「唔，好香！梔子花！」

程心雯坐在桌子上，膝上放著一本外國地理，腳放在椅子上，雙手托著下巴，無可奈何的看著膝上的地理書。聽到江雁容的話，她也聳聳鼻子。

「唔，是梔子，就在我們窗子外的三樓下面，有一棵梔子花。」

葉小蓁從她的英文書上抬起頭來。

「是梔子花嗎？聞起來有點像玉蘭花。」

「聾鼻子！」程心雯罵：「梔子和玉蘭的香味完全不同！」她和葉小蓁是碰到一起就要抬槓的。

「鼻子不能用聾字來形容！」葉小蓁抗議的說：「江雁容，對不對？」

江雁容伸伸懶腰，問程心雯：

「還有多久上課？」

「四十分鐘。」程心雯看看手錶。這是中午休息的時間。

「我要走走去，坐得脊椎骨發麻。」江雁容站起身來。

「脊椎骨沒有感覺的，不會發麻。」葉小蓁說。

「妳已經決定考乙組，不考生物，妳大可不必這樣研究生物上的問題。」程心雯說。

江雁容向教室門口走去。

「喂，江雁容，」葉小蓁喊：「如果妳是偷花去，幫我採一朵玫瑰花來！」

「她不是偷花去，」程心雯聳聳肩。「她是去找康南聊天！」

「她為什麼總到康南那兒去？」葉小蓁低聲問。

「物以類聚！這又是生物問題！」程心雯說，用紅筆在地理書上勾出一個女人頭來，再細心的畫上頭髮、眼睛、鼻子，和嘴，加上這一頁原有的三個人頭，那些印刷著的字跡幾乎沒有一個字看得出來了。

江雁容折了回來，走到程心雯和葉小蓁身邊，笑著說：「到門口看看去，一塊五毛的帽子脫掉了！」

「真的？」

像個大新聞般，三、四個同學都湧到門口去看那個年輕的禿頭老師。這位倒楣的老師正從走廊的那一頭走過來，一路上，學生們的頭像玩具匣裡的彈簧玩偶似的從窗戶陸續探了出來，假如「眼光」能夠使人長頭髮的話，大概他的禿頂早就長滿黑髮了。

江雁容下了樓，在校園中略事停留，採了兩枝白玫瑰和一枝梔子花。她走到康南門口，敲了敲門，就推開門走進去。康南正坐在書桌前沉思，滿房間都是煙霧，桌上的菸灰碟裡堆滿了菸蒂。

「給你的房間帶一點春天的氣息來！」江雁容微笑著說，走過去，把一枝梔子和一枝玫瑰順手插在桌上的一個茶杯裡，把剩下的一枝玫瑰拿在手中說：「這枝要帶去給葉小蓁。」她望望康南，又望望桌上的菸灰碟和學生的練習本。她翻了翻表面上的幾本，說：「一本都沒改！交來好幾天了，你越變越懶了！」她聞聞手上的玫瑰，又望望康南，問：「你喜歡玫瑰還是梔子？嗯？」

康南隨意的哼了一聲，沒有說話。江雁容靠在桌子上，伸了個懶腰。

「這兩天累死了，接二連三的考試，晚上又總是失眠，白天精神就不好！喂，昨天的國文小測驗考卷有沒有看出來？我多少分？」

康南搖搖頭。

「還沒看嗎？」江雁容問。

「嗯。」

「你看，我說你越來越懶了！以前考試，你總是第二天就看出來的！」她微笑的望著康南，噘了噘嘴。「昨天的解析幾何又考壞了，假如我有我妹妹數理腦筋的十分之一，我就滿意了，老天造人也不知道怎麼造的，有我妹妹那麼聰明的人，又有我這麼笨的，還是同一對父母生出來的，真奇怪！」

康南望著窗子外面，微蹙著眉，默然不語。江雁容又笑笑說：

「告訴你一件事，那個在電線桿下面等我的小傢伙不知道怎麼把我的名字打聽出來了，寫了封信到學校裡來，前天訓導主任把我叫去，大大的教訓了我一番，什麼中學生不該交男朋友啦，不能對男孩子假以辭色啦，真冤枉，那個男生我始終就沒理過他，我們訓導主任也最喜歡無事忙！大驚小怪！」她停了一下，康南仍然沉默著，江雁容奇怪的看看他，覺得有點不大對頭，她走過去說：「怎麼回事？為什麼你不說話？」

「我不知道該說什麼！」康南說，聲音冷冰冰的。拿出一支菸，他捻亮打火機，打火機的火焰在顫動，燃上了菸，他吹滅了火焰。

江雁容睜大了眼睛，默默的看著他，然後問：

「是我得罪了你嗎？」

「沒有。」康南說，依然是冷冰冰的。

江雁容站著，呆呆的看著他。康南靠在椅子裡，注視著窗玻璃上的竹影，自顧自的吐著菸圈。江雁容感到一份被冷落的難堪。她竭力思索著自己什麼地方得罪了他，但一點頭緒都想不出來，她勉強壓制著自己，忍耐的說：

「好好的，你這是怎麼了？是不是怪我好幾天沒有到你這兒來？你知道，我必須避嫌疑，我怕她們疑心，女孩子的嘴巴都很壞，我是不得已嘛！」

康南仍然吐著煙霧，但吐得又快又急。

「你到底為什麼？」江雁容說，聲音微微顫抖著，努力忍著即將升到眼眶中的淚水。「你不要給我臉色看，這幾天媽媽天天找我的麻煩，我已經受夠氣了！我是不必要受你的氣的！」

「就是這句話！」康南抬起頭來說：「妳是不必要受我的氣的，走開吧，走出這房間，以後也不要再來！」他大口的噴著煙霧。

江雁容咬著嘴唇，木立在那兒。接著，眼淚滑下了她的面頰，她跺了一下腳，恨恨的說：

「好，我走！以後也不再來！」她走向門口，用手扶著門柄，在口袋裡找手帕擦眼淚，沒有找到。她用手背擦擦面頰，正要扭轉門柄，康南遞過一塊手帕來，她接過來，擦乾了眼淚，忽然轉過身子，正面對著康南說：「如果你不願意我再來，你可以直接告訴我，不必給我臉色看，我並不那麼賤，並沒有一定要賴著來！」

康南望著她，那對淚汪汪的眼睛楚楚可憐的看著他，那秀麗的嘴唇委屈的緊閉著，蒼白的臉上有著失望、傷心，和倔強。他轉開頭，想不去看她，但他做不到。嘆了一口氣，他的矜持和決心完全瓦解，他把她的手從門柄上拿下來，輕聲說：

「雁容，我能怎麼做？」

江雁容遲疑的望著他，問：

「你是什麼意思？」

「雁容，」康南困難的說：「我要妳離開我！妳必須離開我！妳的生命才開始，我不能害了妳。雁容，不要再來了，如果妳來，我就抗制不了自己不去愛妳！可是，這樣發展下去絕對是個悲劇，雁容，最好的辦法是就此而止！」

「你怕什麼？」江雁容說：「老師，我心目中的你是無所畏懼的！」

「我一直是無所畏懼的，」康南說：「可是，現在我畏懼，我畏懼會害了妳！」

「為什麼你會害了我？」江雁容說：「又是老問題，你的年齡，是嗎？老師，」她熱情的望著他，淚痕尚未乾透，眼睛仍然是水汪汪的。「我不在乎你的年齡，我不管你的年齡，我喜歡的是你，與你的年齡無關！」

「這是有關係的！」康南握住她的手臂，讓她在椅子裡坐下來，自己坐在她對面，望著她的眼睛說：「這是有關係的，妳應該管，我比妳大二十幾歲，我曾經結過婚，有過孩子。而妳，只有十八歲，秀麗聰穎，純潔得像隻小白鴿，妳可以找到比我強一百倍一千倍的對象！如果我拖住妳，不是愛妳而是害妳……」

「老師，」江雁容不耐煩的打斷他。「你怎麼這樣俗氣和世故！你完全用世俗的眼光來衡量愛情，老師，你把我看得太低了！」

「是的，我是世故和俗氣的。雁容，妳太年輕了，世界上的事不是這麼簡單，妳不懂。這世上並不止我們兩個人，我們生活在人群裡，也要顧忌別人的看法。我絕不敢希望有一天妳會成為我的妻子！」

江雁容疑惑的望著他，然後說：

「我要問你一句話！」

「什麼話？」

「你，」她咬咬嘴唇，說：「是真的愛我嗎？還是，只是，只是對我有興趣？」

康南站起身來，走到桌子旁邊，深深的吸著菸，煙霧籠罩了他，他的眼睛暗淡而朦朧。

「我但願我只是對妳有興趣，更願意妳也只是對我有興趣，那麼，我們逢場作戲的一起玩玩，將來再兩不傷害的分手，各走各的路。無奈我知道不是那麼一回事，我們都不是那種人，總有一天，我們會造成一個大悲劇！」

「只要你對我是真心的，」江雁容說：「我不管一切！老師，如果你愛我，你就不要想甩開我！我不管你的年齡，不管你結過婚沒有，不管你有沒有孩子，什麼都不管！」

「可是，別人會管的！妳的父母會管的，社會輿論會管的，前面的阻力還多得很。」

「我知道，」江雁容堅定的說：「我父母會管，會反對，可是我有勇氣去應付這個難關，難道你沒有這份勇氣嗎？」

康南望著江雁容那對熱烈的眼睛，苦笑了一下。

「妳有資格有勇氣，我卻沒有資格沒有勇氣。」

「這話怎麼講？」

「我自己明白，我配不上妳！」

江雁容審視著康南，說：

「如果你不是故意這麼說，你就使我懷疑自己對你的看法了，我以為你是堅定而自負的，不是這樣畏縮顧忌的！」

康南滅掉了手上的菸蒂，走到江雁容面前，蹲到江雁容腳下，握住了她的手。「雁容，為什麼妳愛我？妳愛我什麼地方？」

「我愛你，」江雁容臉上浮起一個夢似的微笑。「因為你是康南，而不是別人！」

康南凝視著她，那張年輕的臉細緻而姣好，那個微笑是柔和的，信賴的。那對眼睛有著單純的熱情。他覺得心情激蕩，感動和憐愛揉和在一起，更加上她對他那份強烈的吸引力，匯合成一股狂流。他站起身來，把她拉進懷裡，他的嘴唇從她的面頰上滑到她的唇上，然後停留在那兒。她瘦小的手臂緊緊的勾著他的脖子。

他放開她，她的面色紅暈，眼光如醉。他輕輕叫她：

「小江雁容！」

「別這麼叫，」江雁容說：「我小時候，大家都叫我容容，現在沒人這麼叫我了，可是我依然喜歡別人叫我容容。」

「小容容！」他叫，憐愛而溫存的。

江雁容垂下頭，有幾分羞澀。康南在她前面坐下來，讓她也坐下，然後拉住她的手，鄭重的說：

「我真不值得妳如此看重，但是，假如妳不怕一切的阻力，有勇氣對付以後的問題，我也不怕！以後的前途還需要好好的奮鬥一番呢！妳真有勇氣嗎？」

「我有！你呢？」

「我也有！」他緊握了一下她的手。

「現在，你才真像康南了。」江雁容微笑的說：「以後不要再像剛才那樣嘔我，我最怕別人莫名其妙的和我生氣。」

「我道歉，好嗎？」

「你要是真愛我，就不會希望我離開你的。」

「我並沒有希望妳離開我，相反的，我那麼希望能得到妳，比我希望任何東西都強烈，假如我比現在年輕二十歲，我會不顧一切的追求妳，要是全天下都反對我得到妳，我會向全天下宣戰，我會帶著妳跑走！可是，現在我比妳大了那麼一大截，我真怕不能給妳幸福。」

「你愛我就是我的幸福。」

「小雁容，」康南嘆息的說：「妳真純潔，真年輕，許多事妳是不能瞭解的，婚姻裡並不止愛情一項。」

「有你，我就有整個的世界。」

他用手托起了她的下巴，她的臉上散布著一層幸福的光彩，眼光信賴的注視著他，康南又嘆息了一聲。

「雁容，妳知道我多愛妳，愛得心痛。我已經不是好老師，我沒辦法改本子，沒辦法做一切的事，妳的臉總是在我眼前打轉。對未來，我又渴求又恐懼。活了四十四年，我從沒有像最近這樣脆弱。小容容，等妳大學畢業，已經是五年以後，我們必須等待這五年，五年後，我比現在更老了。」

「如果我考不上大學呢？」

「妳會考得上，妳應該考得上。雁容，當妳進了大學，被一群年輕的男孩子所包圍的時候，妳會不會忘記我？」

「老師！」江雁容帶著幾分憤怒說：「你怎麼估價我的？而且你以為現在就沒有年輕的男孩子包圍我嗎？那個附中的學生在電線桿下等了我一年，一個爸爸的學生每天晚上跑到家裡去幫我抄英文生字，一個世伯的兒子把情書夾在小說中送給我……不要以為我是沒有朋友而選擇了你，你估低了自己也估低了我！」

「好吧，雁容，讓我們好好的度過這五年。五年後，妳真願意跟我在一起？妳不怕別人罵妳，說妳是傻瓜，跟住這麼一個老頭子？」

「你老嗎？」江雁容問，一個微笑飛上了嘴角，眼睛生動的打量著他。

「我不老嗎？」

「哦，好吧，算你是個老頭子，我就喜歡你這個老頭子，怎麼樣？」江雁容的微笑加深了。嘴角向上翹，竟帶著幾分孩子氣的調皮，在這兒，康南可以看到她個性中活潑的一面。

「五年後，我的鬍子已經拖到胸口。」康南說。

「那不好看，」江雁容搖著她短髮的頭，故意的皺攏了眉毛。「我要你剃掉它！」

「我的頭髮也白了……」

「我把頭髮染白了陪你！」

康南感到眼角有些濕潤，她的微笑不能感染給他。他緊握了一下她的手，說：

「妳的父母不讓妳呢？」

「我會說服他們，為了我的幸福計，他們應該同意。」

「他們會認為跟著我並非幸福。」

「是我的事，當然由我自己認為幸福才算幸福！」

「如果我欺侮妳，打妳，罵妳呢？」

「你會嗎？」她問，然後笑著說：「你不會！」

上課號「嗚」的響了，江雁容從椅子裡跳起來，看看手錶，嘆口氣說：「我來了四十分鐘，好像只不過五分鐘，又要上課了，下午第一節是物理，第二節是歷史，第三節是自習課，可是要補一節代數。唉，功課太多了！」

她走向門口，康南問：

「什麼時候再來？」

「永遠不來了，來了你就給人臉色看！」

「我不是道過歉了嗎？」

江雁容抿著嘴笑了笑，揮揮手說：

「再見，老師，趕快改本子去！」她迅速的消失在門外了。

康南目送她那小巧的影子在走廊裡消失，關上了門，他回過身來，看到地上有一枝白玫瑰，這是江雁容準備帶回去給葉小蓁的，可是不知什麼時候落到地下了。康南拾了起來，在書桌前坐下，案上茶杯裡的玫瑰和梔子花散發著濃郁的香氣，他把手中這一枝也插進了茶杯裡。江雁容走了，這小屋又變得這樣空洞和寂寞，康南摸出了打火機和菸，燃起了菸，他像欣賞藝術品似的噴著菸圈，大菸圈、小菸圈，和不成形的菸圈。寂寞，是的，這麼許多年來，他都故意忽略自己的寂寞，但是，現在，在江雁容把春的氣息帶來之後，又悄然而退的時候，他感到寂寞了，他多願意江雁容永遠坐在他的對面，用她那對熱情的眸子注視他。江雁容，這小小的孩子，多年輕！多純真！四十歲之後的他，在社會上混了這麼多年，應該是十分老成而持重的，但他卻被這個純真的孩子所深深打動了，他無法解釋自己怎會發生如此強烈的感情。噴了一口煙，他自言自語的說：

「康南，你在做些什麼？她太好了，你不能毀了她！」他又猛吸了一口菸。「你確信能給她幸福嗎？五年後，她才二十三歲，你已將近五十，這之間有太多的矛盾！占有她只能害她，你應該離開她，要不然，你會毀了她！」他沉鬱的望著菸蒂上的火光。「多麼熱情的孩子，她的感情那麼強烈又那麼脆弱，現在可能已經晚了，你不應該讓感情發生的。」他站起身來，恨恨的把菸蒂扔掉，大聲說：「可是我愛她！」這聲音嚇了他自己一跳。他折回椅子裡坐下，靠進椅子裡，陷入了沉思之中。從襯衫口袋裡，他摸出一張陳舊的照片，那上面是個大眼睛的女人，瘦削的下巴，披著一頭如雲的長髮。他凝視著這張照片，輕聲說：

「這怎麼會發生的呢？若素，我以為我這一生再也不會戀愛的。」

照片上的大眼睛靜靜的望著他，他轉開了頭。

「妳為我而死，」他默默的想：「我卻又愛上另一個女孩子，我是怎樣一個人呢？可是我卻不能不愛她。」他又站起身來，在室內來回踱著步子。「最近，我幾乎不瞭解我自己了。」他想，煩躁的從房間的這一頭踱到那一頭。「雁容，我不能擁有妳，我不敢擁有妳，我配不上妳！妳應該有個年輕漂亮的丈夫，一群活潑可愛的兒女，而不該伴著我這樣的老頭子！妳不該！妳不知道，妳太好了，唯其愛妳，才更不能害妳！」他站住，面對洗臉架上掛著的一面鏡子，鏡中反映的是一張多皺紋的臉和充滿困擾神色的眼睛。

❖

第二次月考過去了，天氣漸漸的熱了起來，臺灣的氣候正和提早來到的春天一樣，夏天也來得特別早，只一眨眼，已經是「應是綠肥紅瘦」的時候了。江太太每天督促雁容用功，眼見大學入學考試一天比一天近，她對於雁容的考大學毫無信心，恨不得代她念書，代她考試。住在這一條巷子裡的同事，有四家的孩子都是這屆考大學，她真怕雁容落榜，讓別人來笑話她這個處處要強的母親。她天天對雁容說：

「妳絕不能輸給別人，妳看，徐太太整天打牌，從早到晚就守在麻將牌桌子上，可是她的女兒保送臺大。我為你們這幾個孩子放棄了一切，整天守著你們，幫助你們，家務事也不敢叫你們做，就是希望你們不落人後，我真不能說不是個好母親，妳一定要給我爭口氣！」

江雁容聽了，總是偷偷的嘆氣，考不上大學的恐懼壓迫著她，她覺得自己像背負著一個千斤重擔，被壓得透不過氣來。在家裡，她總感到憂鬱和沉重，妹妹額上的疤痕壓迫她。和弟弟已經幾個月不說話了，弟弟隨時在找她尋事，這也壓迫著她。爸爸自從上次事件之後，對她特別好，常常故意逗她發笑，可是，她卻感到對父親疏遠而陌生。母親的督促更壓迫她，只要她略一出神，母親的聲音立即就飄了過來：

「雁容，妳又發什麼呆？這樣念書怎麼能考上大學？」

考大學，考大學，考大學！還沒有考呢，她已經對考大學充滿了恨意。她覺得母親總在窺探她，一天，江太太看到她在書本上亂畫，就走過去，嚴厲的說：

「雁容，妳最近怎麼回事？總是神不守舍！是不是有了男朋友？不許對我說謊！」

「沒有！」江雁容慌張的說，心臟在猛跳著。

「告訴妳，讀書時代絕不許交朋友，妳長得不錯，天分也高，千萬不要自輕自賤！妳好好的讀完大學，想辦法出國去讀碩士博士，有了名和學問再找對象，結婚對女人是犧牲而不是幸福。妳容易動感情，千萬記住我的話。女人，能不結婚最好，像某女中校長，就是沒有結婚才會有今日的地位，結了婚就毀了。真要結婚，也要晚一點，仔細選擇一個有事業有前途的人。」

「我又沒有要結婚，媽媽說這些做什麼嘛！」江雁容紅著臉說，不安的咬著鉛筆的橡皮頭。一面偷偷的去注視江太太，為什麼她會說這些？難道她已經懷疑到了？

「我不過隨便說說，我最怕妳們兩個女兒步上我的後塵，年紀輕輕的就結了婚，弄上一大堆孩子，毀掉了所有的前途！最後一事無成！」

「媽媽不是也很好嗎？」江雁容說：「這個家就是媽媽的成績嘛，爸爸的事業也是媽媽的成績……」

「不要把妳爸爸的事業歸功到我身上來！」江太太憤憤的說：「我不要居這種功！家，我何曾把這個家弄好了？我的孩子不如別人的孩子，我家裡的問題比任何人家裡都多！父親可以打破女兒的頭，姊姊可以和弟弟經年不說話，像仇人似的。我吃的苦比別的母親多，我卻比別的母親失敗！家，哼！」江太太生氣的說，眼睛瞪得大大的。

「可是，妳有一群愛妳的孩子，還有一個愛妳的丈夫，生活在愛裡，不是也很幸福嗎？」江雁容軟弱的說，感到母親過分的要強，尤其母親話中含刺，暗示都是她使母親失敗，因而覺得刺心的難過。

「哼，雁容，妳太年輕，將來妳會明白的，愛是不可靠的，妳以為妳爸爸愛我？如果他愛我，他會把我丟在家裡給他等門，他下棋下到深更半夜回來？如果他愛我，在我忙得不可開交的時候，他會一點都不幫忙，反而催著要吃飯，抱怨菜不好？妳看到過我生病的時候，爸爸安慰過我伺候過我嗎？我病得再重，他還是照樣出去下棋！或者他愛我，但他是為了他自己愛我，因為失去我對他不方便，絕不是為了愛我而愛我！這些，你們做兒女的是不會瞭解的。至於兒女的愛，那是更不可靠了，等兒女的翅膀長成了，隨時會飛的。我就從我的父母身邊飛開，有一天你們也會從我的身邊飛開，兒女的愛，是世界最不可靠的一種愛。而且，就拿現在來說，你們又何嘗愛我？你們只想父母該怎麼怎麼待你們，你們想過沒有該怎麼樣待父母？妳就曾經散布謠言說我虐待妳！」

「我沒有！」江雁容跳起來說。

「沒有嗎？」江太太冷冷的一笑。「妳的日記本上怎麼寫的？妳沒有怪父母待妳不好嗎？」

江雁容心中猛然一跳，日記本！交給康南看的日記本！她再也沒有想到這個本子會落到母親手中，不禁暗中慶幸自己已經把康南夾在日記本中的信毀了。她無言的呆望著面前的課本，感到母親的精細和厲害，她記得那本日記是藏在書架後面的，但母親卻會搜出來，那麼，她和康南的事恐怕也很難保密了。

「雁容，」江太太說：「念書吧。我告訴妳，世界上只有一種愛最可靠，那是母親對兒女的愛。不要怪父母待妳不好，先想想妳自己是不是待父母好。以前的社會，是兒女對父母要察言觀色，現在的社會，是父母要對兒女察言觀色，這或者是時代的進步吧！不過，我並不要你們孝順我，我只要你們成功！現在，好好念書吧！不要發呆，不要胡思亂想，要專心一致！」

江雁容重新回到課本上，江太太沉默的看了江雁容一會兒，就走出了江雁容的房間。雁若正在客廳的桌子上做功課，圓圓的臉紅撲撲的，收音機開著，她正一面聽廣播小說一面做數學習題，她就有本事把廣播小說全聽進去，又把習題做得一個字不錯。江太太憐愛的看了她一眼，心想：

「將來我如果還有所希望，就全在這個孩子身上了！除了她，就只有靠自己！」

她走到自己房裡，在書桌上攤開畫紙，想起畫畫前的那一套準備工作，要洗筆，洗水碗，調顏色，裁畫紙，磨墨，再看看手錶，再有半小時就該做飯了，大概剛剛把準備工作做完就應該鑽進廚房了。她掃興的在桌前坐下來，嘆口氣說：

「家！幸福的家！為了它妳必須沒有自己！」

❖

第二次月考後不久，同學中開始有了流言。江雁容成了大家注意的目標，康南身後已經有了指指戳戳的談論者。這流言像一把火，一經燃起就有燎原之勢。江雁容已經聽到了一些風言風語，她感到幾分恐懼和不安，但她對自己說：「該來的一定會來，來了妳只好挺起脊樑承受，誰叫妳愛上他？妳就得為這份愛情付出代價！」她真的挺起脊樑，準備承受要來到的任何打擊。

一天中午，她從一號回到教室裡，才走到門口就聽到程心雯爽朗的聲音，在憤憤的說：

「我就不相信這些鬼話，胡美紋，是妳親眼看到的嗎？別胡說了！康南不是這種人，他在我們學校教了五年了，要追求女學生五年前不好追求，等老了再來追求？這都是別人因為嫉妒他聲譽太好了造出來中傷他的。引誘女學生！這種話多難聽，準是曹老頭造的謠，他恨透了康南，什麼話造不出來？」

江雁容聽到程心雯的聲音，就在門外站住了，她想多聽一點。接著，胡美紋的聲音就響了：

「康南偏心江雁容是誰都知道的，在她的本子上題詩題詞的，對別的學生有沒有這樣？江雁容為什麼總去找康南？康南為什麼上課的時候總要看江雁容？反正，無風不起浪，事情絕不簡單！」

「鬼扯！」程心雯說：「康南的清高人人都知道，或者他有點偏心江雁容，但絕不是傳說的那樣！他太太為他跳河而死，以及他為他太太拒絕續弦的事，也是人人都知道的，假若他忘掉為他而死的太太，去追求一個可以做他女兒的學生，那他就人格掃地了，江雁容也不會愛這種沒人格沒良心的人的。為了江雁容常到康南那裡去，就編派他們戀愛，那麼，何淇也常到康南那裡去，葉小蓁也去，我也去，是不是我們都和康南戀愛，廢話！無聊！」

「哼，妳才不知道呢，」胡美紋說：「妳注意過康南看江雁容的眼光沒有，那種眼光！」

「算了！」程心雯打斷她說：「我對眼光沒研究，看不出有什麼不同來，不像妳對情人的眼光是內行！」

「程心雯，妳這算什麼話？」胡美紋生氣的說：「我就說康南不是好人，他就是沒人格，江雁容也不是好東西……」

「算了，算了，」這是何淇的聲音。「為別人的事傷和氣，何苦？江雁容滿好的，我就喜歡江雁容，最好別罵江雁容！這種事沒證據還是不要講的好！」

「沒證據，走著瞧吧！」胡美紋憤憤的說。

「我也不相信，」這是葉小蓁的聲音。「康南是個好老師，絕不會這麼無恥！」

「妳們為什麼不把江雁容捉來，盤問盤問她，看她敢不敢發誓……」胡美紋激怒的說。

「噓！別說了！」一個靠門而坐的同學忽然發現了在門口木然而立的江雁容，就迅速的對那些爭執的同學發了一聲警告，於是，大家一聲都不響了。

江雁容走進教室，同學們都對她側目而視。她在自己的位子上坐下來，不敢去看那為她爭執得滿臉發紅的程心雯。她呆呆的坐著，腦子裡是一片混亂，她不知道要做什麼，也不知道能做什麼，剛剛聽來的話像是一個響雷，擊得她頭昏腦脹。尤其是「康南的清高是人人都知道的……假如他忘掉為他而死的太太，而去追求一個可以做他女兒的學生，那他就人格掃地了！」「康南是個好老師，絕不會這麼無恥！」「康南不是好人，他就是沒人格，江雁容也不是好東西！」這些話像一把把的利劍，插在她的心中。這是她以前從沒有想到的，她從不知道康南如果愛了她，就是「沒人格」、「沒良心」，和「無恥」的！也從不知道自己愛了康南，就「不是好東西」。是的，她一直想得太簡單了，以為「愛」只是她和康南兩個人的事，她忽略了世界上還有這麼多的人，也忽略了自己和康南都生活在這些人之間！康南，他一直是學生們崇拜的偶像，現在，她已經看到這個偶像在學生們心中動搖，如果她們真知道了事情的真相，這偶像就該摔在地下被她們所踐踏了！

「康南是對的，我們最好是到此而止。」她苦澀的想：「要不然，我會毀掉他的聲譽和一切，也毀掉我自己！」她面前似乎出現了一幅圖畫，她的父母在罵她，朋友們唾棄她，陌生人議論她……「我都不在乎，」她想：「可是，我不能讓別人罵他！」她茫然的看著黑板，徬徨得像漂流在黑暗的大海上。

這天黃昏，在落霞道上，周雅安說：

「江雁容，妳不能再到康南那裡去了，情況很糟，似乎沒有人會同情你們的戀愛。」

「這份愛情是有罪的嗎？為什麼我不能愛他？為什麼他不能愛我？」江雁容苦悶的說。

「我不懂這些，或者你們是不應該戀愛……」

「現在妳也說不應該！」江雁容生氣的說：「可是，愛是不管該不該的，發生了就沒辦法阻遏，如果不該就可以不愛，妳也能夠不愛小徐了！」

「好了，別和我生氣，」周雅安說：「不過，這樣的愛結局是怎樣呢？」

江雁容不說話了，半天之後才咬咬牙說：

「我不顧一切壓力。」

「可是，別人罵他沒人格，妳也不管嗎？」

江雁容又沉默了，周雅安說：

「我還要告訴妳一件事，今天我到江乃那兒去交代數本，正好一塊五毛也在那兒談天，好像也是在談康南，我只聽到一塊五毛說：『現在的時代也怪，居然有女孩子會愛他！』江乃說：『假如一個老謀深算的人要騙取一個少女的愛情是很容易的！』我進去了，他們就都不說了。江雁容，目前妳必須避開這些流言，等到考完大學後再從長計畫，否則，對妳對他，都是大不利！」

「我知道，」江雁容輕聲說，手臂吊在周雅安的胳膊上，聲音是無力的。「我早就知道，他對我只是一個影子，虛無縹緲的影子，我們是不會有好結局的，我命中注定是要到這世界上來串演一幕悲劇！他說得對，我們最好是懸崖勒馬！」

落日照著她，她眼睛裡閃著一抹奇異的光，小小的臉嚴肅而悲壯。周雅安望著她，覺得她有份怪異的美，周雅安感到困惑，不能瞭解江雁容，更不能瞭解她那奇異的神情。

9

畢業考，像一陣風似的過去了。江雁容答完了最後一張考卷，輕輕呼出一口氣。「再見了！中學！」她心中低喊著，這是中學裡最後一張考卷了，她沒有愛過中學生活，相反的，她詛咒中學，詛咒課本，也詛咒過老師。可是，當她把這最後一張考卷交到講臺上，她竟感到一陣茫然和淒惶。畢業了，未來是渺不可知的。跨出試場，她望著滿操場耀眼的陽光發愣。在不遠的樹蔭下，程心雯正指手畫腳的和何淇談著什麼，看到江雁容出來，就跳過來抓著江雁容的手臂一陣亂搖，嘴裡大嚷著：

「妳看怎麼辦？我把草履蟲的圖畫成了變形蟲，又把染色質和染色體弄成一樣東西，細胞的構造畫了個亂七八糟，連細胞核都忘記了，我以為絕不會考什麼受精，偏偏它又考出來了，那一題我就只好不答，妳看，我這次生物一定不會及格了。」

「妳把我的手臂都搖斷了！」江雁容慢吞吞的說，掙開了程心雯的掌握。「放心吧，我包管妳會及格，畢業考就是這麼回事，不會讓我們不畢業的！」

「可是我一定不會及格嘛，我自己算了，連二十分都沒有。」

「充其量補考！」江雁容說，一面向操場的另一頭走去。

「喂喂，妳到哪裡去？」程心雯在她身後大喊。

「上樓，收拾書包！」江雁容說。

「喂，妳別走，」程心雯趕上來，拉住她的手說：「現在考完了，我有許多話要和妳談談。」

江雁容站住了，望著程心雯的眼睛，說：

「程心雯，妳要談的話我都知道，妳最好別和我談什麼，假如妳們對我有什麼猜測，妳們就盡量去猜吧，我是沒有什麼話好說的。」她顯得淒惶無助，眼睛中充滿了淚水。

程心雯怔住了。

「怎麼，妳……江雁容，別這樣，我一點惡意都沒有，現在亂七八糟的傳言那麼多，真真假假，連我也糊塗了，我真怕妳會上了別人的當！」

「上誰的當？」江雁容問。

「康南！」

「康南？」

「嗯，我怕他是個偽君子！怕他那個好老師的外表都是偽裝，但是，我並不相信他會做出這種事來的。江雁容，只要妳告訴我一聲，康南並沒有和妳談戀愛，我就放心了。」

「我沒有什麼話好說！」江雁容說，迅速的轉過身子，向校園跑去。程心雯呆立在那兒，然後恨恨的跺了一下腳。

「康南，你是個混蛋！」她低低的，咬牙切齒的說。

江雁容跑進了校園裡，一直衝到荷花池的小橋上，她倚著欄杆，俯下頭，把頭埋在手心裡。

「天哪，這怎麼辦？」

在小橋上足足站了三十分鐘，她發現許多在校園中散步的同學都在好奇的注視她。荷花池裡的荷花又都開了，紅的，白的，一朵朵亭亭玉立在池水中。她依稀記得去年荷花盛開的時候，一年，真快！但這世界已不是去年的世界了，她也不是去年的她了。

離開荷花池，她茫然的走著，覺得自己像個夢遊病患者。終於，她站住了，發現自己正停在康南的門口。推開門，她走了進去，有多久沒到這房裡來了？她計算不清，自從她下決心不連累康南的名譽之後，她沒有再來過，大概起碼已經有幾百個世紀了。她和自己掙扎了一段長時間，現在，她認清了，她無從逃避！這段掙扎是痛苦的，像一次大戰爭，而今，她只覺得疲倦，和無可奈何。

一股熟悉的香菸味迎接著她，然後，她看到了康南，他正和衣躺在床上，皮鞋沒有脫，床單上都是灰塵，他的頭歪在枕頭上，正在熟睡中。這房間似乎有點變了，她環視著室內，桌上零亂的堆著書本、考卷，和學生的紀念冊。地上散布的全是紙屑和菸蒂，毛筆沒有套套子，丟在桌子腳底下。這零亂的情形簡直不像是康南的房間，那份整潔和清爽哪裡去了？她輕輕的闔上門，走了過去，凝視著熟睡的康南，一股刺鼻的酒味對她衝過來，於是，她明白他不是睡了，而是醉了。他的臉色憔悴，濃眉微蹙，嘴邊那道弧線更深更清晰，眼角是濕潤的，她不敢相信那是淚痕，她心目中的康南是永不會流淚的。她站在那兒好一會，心中充滿了激情，她不願驚醒他。在他枕頭下面，她發現一張紙的紙角，她輕輕的抽了出來，上面是康南的字跡，零亂的、潦草的、縱橫的布滿了整張紙，卻只有相同的兩句話：

「知否？知否？他為何不斷抽菸？
知否？知否？他為何不斷喝酒？」

翻過了紙的背面，她看到一封沒有寫完的信，事實上，這信只起了一個頭，上款連稱呼都沒有，與其說它是信，不如說是寫給自己看的更妥當，上面寫著：

「妳撞進我的生命，又悄悄的跑掉，難道妳已經看出這份愛毫無前途？如果我能擁有妳，我只要住一間小茅屋，讓我們共同享受這份生活；階下蟲聲，窗前竹籟，一瓶老酒，幾莖鹹菜，任月影把花影揉碎……」

信到此而止，下面是一連幾個畫著大驚嘆號的句子：

「夢話！夢話！夢話！四十幾歲的人卻在這裡說夢話！你該看看你有多少皺紋？你該數數你有多少白髮？」

然後，隔得遠遠的，又有一行小字：

「她為什麼不再來了？」

江雁容把視線移到康南臉上，呆呆的凝視他。於是，康南的眼睛睜開了，他恍恍惚惚的看了她一眼，皺了皺眉頭，又把眼睛閉上了。然後，他再度張開眼睛，集中注意力去注視她，他搖了搖頭，似乎想搖掉一個幻影。江雁容向床前面靠近了一步，蹲下身子，她的頭和他的距離得很近，她用手指輕輕撫摸他的臉，低聲說：

「渴嗎？要喝水嗎？」

康南猛的坐了起來，因為起身太快，他眩暈的用手按住額角，然後望著她，一句話都不說。

「我又來了，你不歡迎嗎？」她問，眼睛裡閃著淚光。

康南一把拉起她來，他的嘴唇落在她的唇上，他炙熱的呼吸吹在她的臉上，他用手托住她微向後仰的頭，猛烈的吻她，她的臉、鼻子、嘴唇，和她那小小的，黑髮的頭。她的淚水弄濕了他的唇，鹹而澀。她的眼睛閉著，濕潤的睫毛微微跳動。他注視她，仔細的，一分一厘的注視，然後輕聲說：

「妳瘦了，只為了考試嗎？」

她不語，眼淚從她的眼角滑下去。

「不要哭！」他柔聲說。

「我努力了將近一個月，幾分鐘內就全軍覆沒了。」她哽塞的說。

「小雁容！小容容！」他喃喃的喊。

「我們走吧，康南，帶我走，帶我遠離開這些人！」

康南黯然的注視她，問：

「走？走到哪裡去？」

「到深山裡去！到曠野裡去！到沒有人的地方去！」

康南苦笑了一下。

「深山、曠野！我們去做野人嗎？吃草根樹皮還是野獸的肉？而且，哪一個深山曠野是沒有人的？」

江雁容仰著的臉上布滿淚光，她凝視他的臉，兩排黑而密的睫毛是濕潤的，黑眼睛中燃燒著熱情的火焰，她的嘴微張著，帶著幾分無助和無奈。她輕聲說：

「那麼，我們是無從逃避的了。」

「是的。」

「你真的愛我？」她問。

「妳還要問！」他捏緊她的胳膊。

「你知道你愛我付出多少代價？你知道同學們會對你有怎樣的評價？你知道曹老頭他們會藉機攻擊你？你知道事情一傳開你甚至不能再在這個學校待下去，你知道大家會說你是偽君子、是騙子、是惡棍……」

「不要再說下去，」他用手指按在她的嘴唇上。「我都知道，可能比妳說的情況更糟。不過，我本來就是個惡棍！愛上妳就是惡棍。」

「康南，」她低低的喊：「康南，我愛你，我愛你，我愛你！」

他再度擁抱了她。

「我真想揉碎妳，」他說，吻著她的耳垂。「把妳做成一個一寸高的小人，裝在我的口袋裡。雁容，我真能擁有妳嗎？」

「我告訴你一句話，」江雁容輕聲說：「我這一輩子跟定了妳，如果真不能達成願望，我還可以死。」

康南的手指幾乎陷進江雁容的骨頭裡去，他盯住她的眼睛，嚴厲的說：「收回妳這句話！告訴我：無論遭遇什麼打擊，妳絕不尋死！」

「別對我這麼凶，」江雁容柔弱的說：「如果不能和你在一起，活著不是比死了更痛苦？」

「那妳也要為我痛苦的活著！」康南固執的說：「已經有一個女人為我而死，我這一生造的孽也夠多了，如果妳再講死字，不如現在就分手，我要看著妳健康愉快的活著！」

「除非在你身邊，我才能健康愉快的活著！」

「雁容，」他注視她。「我越來越覺得配不上妳！」

「你又來說這種沒骨頭的話，簡直使我懷疑你是不是康南！」

「妳比我純真，比我有勇氣，妳敢愛也敢恨，妳不顧忌妳的名譽和前途，這些，妳都比我強！和妳比，我是個渺小而卑俗的人……」

有人敲門，康南停止說話，江雁容迅速的從康南身邊跳開，坐到桌前的椅子裡。門幾乎立即被推開了，門外，是怒容滿面的程心雯，她嚴厲的看看康南，又看看江雁容，冷冷的對江雁容說：「我在樓上找不到妳，就猜到妳在這兒！」

江雁容垂下頭，無意識的撫平一個裙褶。

程心雯「砰」的關上房門，直視著康南，坦率的說：

「老師，你怎麼能這樣做？江雁容可以做你的女兒！」

康南不知說什麼好，他默然的望著程心雯，這是個率直的女孩子，她帶來了現實！

江雁容猛然站了起來。

「程心雯，我們出去談談！」

「我不要和妳談了！」程心雯憤憤的說：「妳已經中了這個人的毒！看妳那副可憐兮兮的樣子我就生氣，你們！真是一對璧人！江雁容，妳是個大糊塗蟲！妳的頭腦跟聰明到哪裡去了？老師，我一直最敬佩你，現在我才看清你是怎麼樣的人！」她衝出房門，又把門「砰」的帶上。一時，室內充滿了寂靜，然後，康南在床上坐下來，從桌上拿起一支鉛筆，發洩的把它折成兩段。江雁容注視著他，他的臉色蒼白鬱憤，那支鉛筆迅速的從兩段變成了四段，又從四段變成了八段。

江雁容站起身來靜靜的走到康南面前。

「老師，我知道我該怎麼做了。再見！」

「妳要怎麼做？」康南一把抓住了她的衣服。

「我要離開你！」江雁容平靜而堅決的說。掙出了康南的掌握，轉身向門口走去。

「等一下，雁容！」康南喊。

「老師，再見！」江雁容打開門，又很輕很輕的加了一句：「我愛你，我永遠愛你。」

她迅速的走出了康南的房間，向校園的方向跑去。

畢業考後一星期，學校公布了補考名單，江雁容補考數學物理，程心雯補考生物。又一星期，畢業名單公布了，她們全體順利的跨出了中學的門檻。六月初，畢業典禮在學校大禮堂舉行了。

❖

她們魚貫的走進大禮堂，一反平日的嘈雜吵鬧，這天竟反常的安靜。老教官和小教官依然分守在大禮堂的兩個門口，維持秩序。小教官默默的望著這群即將走出學校的大女孩子，和每個學生點頭微笑。老教官也不像平日那樣嚴肅，胖胖的臉上有著溫柔的別情，她正注視著走過來的程心雯，這調皮的孩子曾帶給她多少的麻煩！程心雯在她面前站住了，笑著說：

「教官，仔細看看，我服裝整不整齊？」

教官打量了她一番，詫異的說：

「唔，學號，好像是真的繡的嘛！」

「昨天開夜車繡起來的！」程心雯說，有點臉紅。

老教官望著那個繡得亂七八糟的學號，竟感到眼眶發熱。程心雯又走到小教官面前，做了個鬼臉，低聲說：

「李教官，請吃喜酒的時候別忘了我！」

小教官的臉一紅，罵著說：

「畢業了，還是這麼頑皮！」說著，她望著那慢慢走來的江雁容說：

「江雁容，快一點！跑不動嗎？」

江雁容回報了她一個沉靜的微笑，她呆了一下。「如果我是個男老師，我也會愛上她！」她想，對於最近的傳聞有些相信了。

畢業典禮，和每年的開學式、休學式類似，校長報告，訓導主任、教務主任、事務主任……訓話，老師致詞……可是，這天的秩序卻分外好，學生們都靜悄悄的坐著，沒有一點聲音。比往日開學休學式多了一項，是在校學生致歡送詞，和畢業生致答詞。都完了之後，肅穆淒切的鋼琴響了起來，全體同學都站起身，準備唱畢業歌，江雁容輕輕對周雅安說：

「我從沒有愛過中學生活，可是，今天我卻想哭。」

「我有同感。」周雅安說：「我想，中學還是我們的黃金時代，這以後，我們不會像中學時那樣天真和純潔了。」

畢業歌響了起來：

「青青校樹，萋萋庭草，欣霑化雨如膏，
筆硯相親，晨昏歡笑，奈何離別今朝。
世路多歧，人海遼闊，揚帆待發清曉，

誨我諄諄，南針在抱，仰瞻師道山高。

……」

歌聲裡，她們彼此注視，每人都凝注了滿眶熱淚。

畢業之後，她們最忙的一段時間開始了，再有一個多月，就是聯合考試的日子。這些學生們都鑽進了書本裡，拚命的唸，拚命的準備，恨不得在一個多月內能唸完全天下的書。有的學生在家裡唸，也有的學生在學校裡唸，反正，這一個半月，她們與書本是無法分開的，哪怕是吃飯和上廁所，也照樣一卷在握。

江雁容把自己關在家裡，也關在書堆裡。周雅安天天來陪她一起念書。一天，周雅安來了，她們在一起溫習地理。研究完了一個問題之後，周雅安在一張紙條上寫了幾個字，遞給江雁容，江雁容看上面寫的是：

「小徐昨天和那個女孩子訂婚了，愛情，豈不可笑！」

江雁容抬起頭來，望著周雅安，周雅安又寫了幾個字給江雁容，寫的是：

「不要和我談，現在什麼都別談，考完大學再說！」

然後，她望著課本說：

「妳再講一遍，蘇伊士運河和巴拿馬運河縮短的航程。」

江雁容繼續注視著周雅安，低聲說：

「妳怎麼能這麼平靜？」

「我平靜？」周雅安拋掉了書，站起身子，在室內繞了個大圈子，然後把手放在江雁容肩膀上，冷笑著說：「江雁容，我想明白了，愛情不過是逢場作戲而已，世界上永遠不會有真正持久的愛情，如果妳對愛情認真，妳就是天字第一號的大傻瓜！以後，看吧，我再也不這麼傻了，我已想透了，看穿了！」

「妳不能一概而論……」

「算了，算了，」周雅安憤憤的說：「我勸妳也別認真，否則，有得是苦要吃……」

「別說了，媽媽來了！」江雁容及時下了一句警告。就把頭俯在書本上，周雅安也拾起書，用紅筆有心沒心的在書上亂勾。江太太果然來了，她望了江雁容和周雅安一眼，就穿過房間到廚房去倒開水。江雁容知道她並不是真的要倒開水，不過是藉此來看看她們有沒有念書而已。江太太倒完水，又穿過房間走了。江雁容猜想，她大概已經聽到了一些她們的談話，她在紙上寫了幾句話遞給周雅安：

「念書吧，免得媽媽再到房間裡來打轉！」

「妳媽媽太精了！」周雅安寫。

「她就怕我考不上大學，如果我真失敗了，就簡直不堪設想了！」江雁容寫，對周雅安做了個無可奈何的微笑。

❖

這一天終於來了，對江雁容而言，那真像一場噩夢。坐在那堅硬的椅子上，握著一支鋼筆，聚精會神的在卷子上填下自己的命運。那些白襯衫黑裙子的同學，那些鉛印的考卷，監考先生的眼睛，散在走廊上的書本，考試前及結束時的鐘聲，考完每一節之後的討論答案……這一切一切，像是紊亂，又像簡單，像是模糊，又像清晰，反正，都終於過去了。

大專聯考後的第二天早晨，江雁容在曉色中醒來。她用手枕著頭，望著帳頂發呆。她簡直不敢相信，準備了那麼久的考試，現在已經成為過去式的動詞了。多少的奮鬥，多少的努力，多少的掙扎，都只為了應付這兩天，現在這兩天已經過去了。不需要再一清早爬起來念書，不需要在桌子上堆滿課本、筆記、參考資料。不需要想還有多少功課沒有準備……這好像是十分奇妙的。她一動也不動的望著帳頂，連表都不想看，時間對她已不重要了。可是，她並沒有像預期的那樣輕鬆，反而有一種空空洞洞，茫然若失的感覺。一個多月來，她把精神貫注到書本上，而今，突然的輕鬆使她感到迷失。她翻了一個身，把頭埋在枕頭裡，心中有一個小聲音在低低的叫著：

「康南，康南，康南！」

她坐起來，懶洋洋的穿衣服，下床，梳洗，吃早飯，心中那個小聲音繼續在叫著：

「康南，康南，康南。」

早飯桌上，江太太望著江雁容，一個多月來，這孩子更瘦了，看起來輕飄飄的。臉色太蒼白，顯得眼睛特別黑。江太太關心的說：

「雁容，考完了，今天去找周雅安玩玩吧！」接著，她又不放心的問：「妳自己計算一下，到底有把握拿到多少分？」

「喔，媽媽，」江雁容說：「別再談考試了，現在，我連考了些什麼題目都忘光了！」

江太太看看她，心裡的不滿又升了起來，這孩子一點都不像江太太年輕的時候，記得她以前考過試，總要急急忙忙計算自己的分數的。

吃完了早飯，江雁容望著窗外的太陽光發愣，有點不知道該做些什麼好，心裡那個小聲音仍然在叫：「康南，康南，康南，康南！」叫得她頭發昏，心裡沉甸甸的。「我有許多事要做，」她腦中紛亂的想著：「要整理一下書籍，把課本都收起來，要把幾本愛看的詩集找出來，要去做幾件衣服，要……」這些紛亂的思想到最後，卻和心中的小聲音合而為一了：

「康南，康南，康南！」

她嘆了口氣，走到玄關去穿鞋子，一面向母親交代：

「媽，我去找周雅安。」

「好吧，該散散心了，」江太太說：「回不回來吃午飯？」

「不一定，別等我吧！」

一走出大門，她的意志、目標都堅定了！她迫不及待的向學校的方向走，心裡的小聲音變成了高聲大叫，她快快的邁著步子，全部心意都集中在一個渴望上：「康南！」

走進校門，校園裡的花向她點著頭。「好久不見！」她心中在說，走過校園，穿過那熟悉的小樹林，她茫然四顧，這正是暑假，學校裡竟如此冷冷清清！荷花池裡的花盛開著，橋欄杆上沒有學生。她走進了教員單身宿舍的走廊，一眼就看到那個胖胖的教務主任正從康南房裡出來，她和教務主任打了個照面，她行了禮，教務主任卻愣了一下，緊盯了她一眼，點點頭走開了。「大概又來接頭下學期的排課問題，下學期的高三，不知道哪一班能搶到他！」她想著，停在康南的門外。她的心臟猛烈的跳了起來，血向腦子裡集中。「哦，康南！」她低低的唸著，閉起眼睛，做了個深呼吸，敲了敲房門。

門立即打開了，江雁容張開了眼睛，一動也不動的望著康南，康南的眉毛向上抬，眼睛死死的盯著她。然後，他伸手把她拉了進來，把門在她身後闔上。她的身子靠在門上，他的手輕輕的落在她的頭上，帶著微微的顫抖，從她面頰上撫摸過去。她張開嘴，低低的吐出三個字：

「你好嗎？」

他把手支在門上，望著她，也低低的說：

「謝謝妳還記得我。」

聽出話中那份不滿，她把眼光調開，苦笑了一下，默然不語。

「考得怎樣？」他問。

「不要談考試吧！」

她審視他。他的臉色憔悴，雙頰瘦削，但眼睛是灼灼逼人的。他們彼此注視了一段很長的時間。然後，他把手放在她的肩膀上，她立即倒進了他的懷裡，把頭靠在他寬寬的胸膛上，兩手環住了他的腰。他撫弄她的短髮，這樣，又站了好一會兒，她笑了，說：

「康南，我們是兩個大傻瓜！現在，我知道了，我永遠沒有辦法讓自己離開你的，我認了！不管我帶給你的是什麼，也不管你帶給我的是什麼，我再不強迫自己離開你了！我準備接受一切打擊！」

「妳是個勇敢的小女生！也是個矛盾的小女生！」康南說，讓她坐在椅子裡，倒了杯茶給她。「等到明天，妳又會下決心不到我這兒來了！」

「我現在明白了，這種決心是無用的。除非有一個旋乾轉坤般的大力量，硬把我們分在兩個星球裡，要不然，我沒辦法離開你。」

「或者，這旋乾轉坤般的大力量就要來了！」康南自言自語的說，燃起了一支菸。

「你說什麼？」

「沒有什麼，」康南把手蓋在她的手上，望著她。「本來，妳只有三磅半，現在，連三磅半都沒有了！」

「考試嘛，天天開夜車！」

「是嗎？」

「還有，我要和自己作戰，一段大戰爭！」她抬頭看看他，突然抓緊了他的手。「康南，我想你，我想你，我真想你！」

康南調開了眼光，深深的吸了口菸。他臉上有種鬱悶的神情，他捏緊江雁容的手，捏得她發痛。然後，他拋開她的手，站起身子，像個困獸般在室內兜了一圈，終於站定在江雁容面前，說：

「如果我比現在年輕二十歲，我可以天天到妳門外去守著妳，妳不來看我，我可以闖了去找妳。可是，現在，我必須坐在房裡等，等等等。不知道妳哪一天會發慈悲，不知道妳是下一分鐘，或再下一分鐘，或明天後天會來？或者永不再來？我從沒有向命運祈求過什麼，但我現在祈求，祈求有資格愛妳和被妳愛！」

「不要談起資格問題，要不然又是老問題，」江雁容說：「你愛我，想我，這就夠了！」

「可是，不要以為我希望妳來，我並不希望妳來！」

「怎麼講？」

「妳來了我們就只好一起往火坑裡跳，妳不來，才是救了我和妳！」

「你不願意和我一起往火坑跳？」

「好吧，我們跳吧！」康南托起她的下巴。「我早已屈服了！如果我能有妳，我什麼都不要！」

「你還要的，要你的菸和酒！」

「如果妳要我戒，我也可以戒！」

「我不要你戒，」江雁容搖搖頭。「我不剝奪你的快樂！」

康南凝視著她。「妳會是個非常可愛的小妻子！」

聽到「小妻子」三個字，江雁容的臉紅了。康南走到桌子旁邊，拿起一張紙來，遞給江雁容說：

「妳知道不？妳考了兩天試，我也考了兩天！」

江雁容看看那張紙，那是一張大專聯考的時刻表，在每一門底下，康南都用紅筆打了個小勾，一直勾到最後一門，最底下寫了四個字：「功德圓滿」。

「這是做什麼？」

「我坐在這裡，一面抽菸，一面看錶，等到錶上的時間告訴我妳的考試下課了，我就在這一門底下打一個記號，妳考一門，我打一門，直到最後，妳考完了，我也捱完了！」

「你真——」江雁容搖搖頭。「傻氣！」

康南的手指從她鼻子上滑下去。

「雁容，妳真有勇氣跟著我？那要吃許多苦，我是個一無所有的人，金錢、地位、青春！全沒有，跟著我，是只有困苦……」

「我只要你！」江雁容打斷他。

「妳也還要的，要三間茅屋，要一個風景優美的深山！」

「有你，我連茅屋都不要！」

「跟著我去討飯嗎？我拿著碗走在前面，妳拿著棍子在後面幫我打狗！」

「行！跑遍天涯，四處為家，這滋味也不錯！」

「雁容——妳真傻！」

他們彼此注視，都笑了。江雁容走到窗子前面，望著外面的幾枝竹子發了一陣呆，又抬頭看著窗外的藍天，和那飄浮著的白雲，說：

「在我小的時候，媽媽忙著照顧弟弟妹妹，就搬一張椅子放在窗口，讓我坐在上面。我會注視著窗戶外，一坐好幾小時。」

「那時候，妳的小腦袋裡想些什麼呢？」康南問。

「想許許多多東西，想窗外多可愛，希望自己變成一隻小鳥，飛到窗子外面去。」她嘆了口氣。「一直到現在，我對窗外還是有許多遐想。你看，窗子外面的世界那麼大，那麼遼闊，那外面有我的夢，我的幻想。你知道，一切『人』，和人的『事』都屬於窗子裡的，窗外只有美、好，和自然，在窗外的世界裡，是沒有憂愁，沒有煩惱的。」她把頭靠在窗檻上，開始輕輕的哼起一首兒歌：

「望望青天高高，

我願變隻小鳥，
撲撲翅膀飛去，
飛向雲裡瞧瞧！……」

康南走過去，站在她身邊，感嘆的說：

「那麼，妳所謂的『窗外』，只是個虛無縹緲的境界，是可望而不可及的，是嗎？」

「大概是，」江雁容說，轉過頭來，深深的望著康南。「不過，我始終在追求著這個境界。」

「可憐的雁容，」康南搖搖頭。「妳可能永遠找不到這境界。」

「那麼，我會永遠守著窗子，望著窗外。」

時間溜得很快，只一會兒，中午來了。江雁容嘆息著說：

「我要走了，我還要去看看周雅安。」

「我們一起去吃飯吧！」

在一個學校附近的小館子裡，他們吃了一頓簡單的飯，康南破例沒有喝酒。吃完飯，康南把江雁容送到公共汽車站，江雁容說：

「下午，一定會有很多同學來看你，做個好老師也不簡單！」

「現在已經不是好老師了！」康南笑了一下。

「哦，今天教務主任來跟你商量排課嗎？我看到他從你房裡出來！」

「排課？」康南笑笑。「不，他來，請我捲舖蓋。」

「怎麼？」江雁容大吃一驚。

「別緊張，我早就想換個環境了，他說得也很婉轉，說學校可能要換校長，人事大概會有變動……我不是傻瓜，當然明白他的意思。走就走吧，此地不留人，自有留人處！又何必一定待在這個學校！」康南故作輕鬆的說。

「那麼，你……」

「這些事，妳別操心，」康南說：「車來了，上車吧！」

「可是，你到哪裡去呢？」

「再說吧！上不上車？」

「我明後天再來！」江雁容說，上了公共汽車。

康南站在那兒，目送公共汽車走遠，茫茫然的自問了一句：「是的，我到哪裡去呢？」他明白，這只是打擊的第一步，以後，還不知道有多少的打擊將接踵而至呢！「當我走投無路的時候，妳真能跟我討飯嗎？」他心中默默的問著，想著江雁容那纖弱的身子和那輕靈秀氣的臉龐，覺得在她那脆弱的外表下，卻藏著一顆無比堅強的心。

❖

大專聯考後的一星期，程心雯來找江雁容一起去看電影。從電影院出來，她們在街頭漫步走著，江雁容知道程心雯有一肚子的話要和她說，而在暗中準備招架。果然，程心雯開始了，劈頭就是一句：

「江雁容，康南到底有些什麼地方值得妳愛？」

江雁容愣了一下，程心雯立即接下去說：

「妳看，他的年齡比妳大那麼多……」

「我不在乎他的年齡！」

「江雁容，我看妳傻得可憐！告訴妳，他根本不可能愛上妳！」

「不可能？」

「他對妳的感情絕不是愛情，妳冷靜的想一想就會明白，他是個四十幾歲的男人，飽經世故，不會像年輕人那樣動情的！他只是因為孤獨寂寞，而妳引起了他的興趣，這種感情並不高尚……」

「不要再講下去！」江雁容說，奇怪那粗率的程心雯，居然能這樣分析事情。

「妳怕聽，因為我講的是實情。」程心雯緊盯著說：「事實上，妳連妳自己都不瞭解，妳對康南也不是什麼真正的愛情，妳只是一時的……」

「我知道妳要說的，」江雁容打斷她。「我只是一時的迷惑，是不是？這不叫愛情，這只是一個少女的衝動，她以為這就是戀愛了，其實她還根本不懂得什麼是愛，這個男人只使她迷惑，總有一天，她會發現自己並不愛他！程心雯，妳要說的是不是這些？」

程心雯懊惱的望了江雁容一眼，憤憤的說：

「妳明白就好了！妳的生活太嚴肅，小說看得太多了，滿腦子……」

「浪漫的思想，」江雁容代她接了下去，嘲諷的說：「生活中又沒有什麼男朋友，於是一個男人出現了，我就以為是珍寶，對不對？」

程心雯從鼻子裡哼了一聲，半天後才說：

「我真不知道康南什麼地方迷住了妳！妳只要仔細的看看他，就會發現他渾身都是缺點，他那麼酸，那麼道學氣，那麼古板……」

「這些，見仁見智，各人欣賞的角度不同。程心雯，妳不要再說了，妳的意思我瞭解，如果我能夠自拔，我絕對不會沉進這個漩渦裡去，可是，現在我是無可奈何的，我努力過，也掙扎過，我和自己作過戰，但是我沒有辦法。程心雯，妳不會懂的！」

「江雁容，」程心雯沉住臉，顯得少有的誠懇和嚴肅，語重心長的說：「救救妳自己，也救救康南！妳應該理智一點，就算你們是真正的戀愛了，但這戀愛足以毀掉你們兩個人！昨天我去看過康南，他已經接了省立×中的聘書，馬上就要搬到省立×中去了。全校風風雨雨，說他被趕出培人女中，因為他誘惑未成年的女學生。幾年來，康南不失為一個好老師，現在一步走錯，全盤完蛋，省立×中是不知情，如果知道了，也不會聘用他。而妳呢，妳知不知道同學們把妳講得多難聽，妳犯得著嗎？這些都不談吧，妳自己認為你們有什麼好結果？妳媽媽一天到晚盼望妳做女博士，拿諾貝爾獎金，出國留學，要不然嫁個年輕有為有成就的丈夫，她會允許妳和康南結婚？一個結過婚，有孩子的小老頭？事情一鬧開，以妳媽媽的脾氣，一定會弄得滿城風雨，江雁容，仔細想想看，後果如何？妳父親在學術界也是有名的人，妳千萬小心，弄得不好，連妳父親的名譽都要受影響！江雁容，理智一點，只要妳不去找他，他是沒有辦法找妳的，逃開這個人吧！逃開他的魔掌……」

「不要這麼說，妳把他看成魔鬼？」

「他糊塗到跟妳談戀愛的地步，他就是魔鬼！」

「可是，愛情是沒有罪的……」

「這樣的愛情就是有罪！」程心雯斬釘截鐵的說：「江雁容，我和妳講這些是因為我跟妳好，妳不要再糊塗了，下一個決心，從今天起不要去看他！」

江雁容茫茫然的看了程心雯一眼，淒苦的搖了搖頭。

「程心雯，我辦不到！」

「妳……」程心雯氣得瞪大了眼睛。「簡直是不可救藥！」

江雁容望著地下，默默無言的咬著手指甲。程心雯看了她好一會，氣呼呼的說：「好吧，我等著看妳栽觔斗，等著看康南身敗名裂！等著看你們這偉大的戀愛的結局！」

說完，她招手叫住一輛流動三輪車，價錢也不講就跳上了車子，對江雁容揮揮手說：

「我回家去了，再也不管妳江雁容的事了！妳是個大糊塗蛋！」

江雁容目送程心雯走遠，禁不住閉上眼睛，在路邊站了幾秒鐘，直到有個男學生在她身邊吹了一聲尖銳的口哨，她才驚醒過來。轉過身子，她向周雅安的家走去，她渴望能找到一個同情她，瞭解她的人。「我錯了嗎？或者，只有戀過愛的人才知道戀愛是什麼！」她想。滿腹淒惶無助的情緒，在周雅安門口停了下來。還沒有敲門，她就聽到一陣吉他的聲音，其中還伴著周雅安那磁性而低柔的歌聲，江雁容把背靠在牆上，先傾聽她唱的歌：

「寒鴉已朦朧入睡，
明月高懸雲外，
映照幽林深處，
今宵夜色可愛！
朔風如在嘆息，
對我額上吹襲，
溪水依舊奔流，
朋友，你在哪裡？……」

江雁容伸手敲門，吉他的聲音停了。開門的是周雅安自己，穿著一件寬寬大大的睡袍，攔腰繫了根帶子，頭髮用一條大手帕包著，額前拂著幾綹亂髮，一股慵慵懶懶的樣子。江雁容到了她房裡，她微微一笑說：

「就猜到是妳！要不要聽我彈吉他？我彈一個吉普賽流浪者之歌給妳聽！」說著，她像個日本人似的盤膝坐在榻榻米上，抱著吉他，輕輕的彈弄了起來。江雁容坐在她對面，用手抱住膝，把下巴放在膝蓋上，呆呆的聽。周雅安一面彈，一面說：

「看妳又是一肚子心事！」

「嗯，」江雁容心不在焉的應了一聲，突然冒出一句話來：「周雅安，我到底該怎麼辦？」

周雅安望望她，笑了笑，在弦上亂拂了一陣說：

「怎麼辦？一起玩玩，等玩厭了就分手，就是這樣，什麼事值得那樣嚴重？愛情不過是個口頭說說的東西而已，對它認真才是傻瓜呢！」

「這是妳的論調嗎？」江雁容皺著眉問。

「是呀，有什麼不對嗎？告訴妳，及時行樂才是人生最重要的，別的都去他的！世界上不會有持久的愛情，妳別急，包管再過三天半，妳也不會喜歡康南了！」

江雁容凝視著周雅安，後者聳了聳肩，一副滿不在乎的勁兒，自管自的撥弄著琴弦，鼻子裡哼著歌。

「周雅安，妳變了！」江雁容說。

「是嗎？」周雅安問，又笑了笑。「世界上沒有不變的東西，十年後，我們還不知道變成什麼樣子呢！現在妳在這兒為愛情煩惱，十年後，妳可能有一大堆兒女。假如我們再碰到了，妳會聳聳肩說：『記不記得，周雅安，我以前還和康南鬧過戀愛哩！』」

江雁容站了起來，生氣的說：

「我們現在是話不投機了！我看我還是告辭的好！」

周雅安跳起來，把吉他丟在一邊，按住江雁容說：

「坐下來！江雁容！」她的臉色變了，望著江雁容，嘆了口長氣說：「江雁容，我說真話，勸妳別認真，最聰明的辦法，是和康南分手！」

「妳現在也這樣說嗎？一開始，妳是贊成的！」

「那是那個時候，那時我沒想到阻力這麼多，而且那時我把愛情看得太美了。江雁容，記不記得一年前，我們在學校的荷花池邊談話，妳還說愛情不會到妳身上來，曾幾何時，妳就被愛情弄得昏頭昏腦了。我覺得，走進愛情就走進了痛苦，那時候的妳比現在幸福！江雁容，妳曾勸我和小徐分手，當小徐折磨我的時候，妳說這次戀愛只是我生命中的一小部分，並不是全部，記得嗎？現在，我用妳自己的話來勸妳，和他分手吧，將來有一天，妳會再開始一段戀愛的。」

「永遠不會！」江雁容說：「我這一生永不可能再愛一個人像愛他這樣。」

周雅安點了點頭。

「我瞭解，」她輕聲說：「可是，這段戀愛會帶給妳什麼呢？我只能勸妳把戀愛看淡一點，在問題鬧大以前，把這段戀愛結束吧！我聽到許多人談論妳，講得不堪入耳，至於康南，更被罵得狗血噴頭。這件事妳媽媽還不知道，如果她知道了，更不曉得會鬧成什麼樣子呢！江雁容，相信我的話，只有幾個月，妳就會把這件事忘記了。妳看，我的戀愛的夢已經醒了，妳也該醒醒了！」

「可是，妳還在愛他，還在想他，是不是？」

「不！」周雅安憤憤的說：「我只恨他！」

「妳恨他是因為妳愛他，如果妳不愛他，也不會恨他了！」

「管他呢！」周雅安挑挑眉毛。「反正，我的戀愛已經結束了，妳如果為大局著想，也該快刀斬亂麻，及時自拔！」

江雁容呆望著榻榻米上的吉他，一句話也不說，過了好半天，周雅安問：

「妳在想什麼？」

「我在想，只有一個辦法可以讓我解脫。」

「什麼辦法？」

「死！」

「別胡說了！」周雅安望了她一眼。「等進了大學，新的一段生活開始了……」

「大學！」江雁容叫：「大學還是未知數呢！」

她站起身，走到窗前，窗外，夜色十分美好，月光正灑在大地上。周雅安又在撥弄著琴弦低唱了：

「我從何處來，沒有人知道！我往何處去，沒有人明瞭。」

「一首好歌！」她想，望著月光發愣。

10

這是大學聯考放榜的前一天。

江雁容在室內踱來踱去，坐立不安。明天，她的命運要決定了，她不敢相信自己能考上，也不相信自己會落榜，這種懸而未決的局面使她焦躁。江太太正在畫畫，江雁容的不安感染了給她，一連畫壞了三張紙。她望著江雁容，後者臉上那份煩躁使她開口了：

「別在房裡跑來跑去，反正明天什麼都知道了！」

「嗯，」江雁容悶悶的應了一聲，突然說：「媽，我出去一下。」

「又要出去？」江太太狐疑的望著江雁容。「妳每天都往外跑，到底出去做什麼？」

「找周雅安嘛！」江雁容說。

「每天找周雅安？妳和周雅安有些什麼談不完的話？為什麼總是妳去找她，她不來找妳？」江太太問，銳利的望著江雁容，近來，江雁容的行動使她滿肚子的懷疑。

「就是那些話嘛，我找她看電影去。」

「又看電影？妳到底看了多少場電影？」

「媽媽怎麼回事嘛，像審犯人似的！」江雁容噘著嘴說。

「雁容，」江太太說：「前兩天，在省立×中教書的胡先生說是在×中看到妳，妳去做什麼？」

江雁容的心猛跳了起來，但她平靜的說：

「哦，我和周雅安一起去看了一次康南，就是我們的導師，他現在轉到省立×中去教書了！」

「妳常去看他嗎？」江太太緊盯著江雁容問。

「沒有呀，」江雁容臉在發燒，心跳得更厲害了，她把眼睛轉開，望著別處支吾的說：「只去了一兩次。」

「雁容，」江太太沉著臉說：「一個女孩子，對自己的行為一定要小心，要知道蜚短流長，人言可畏。康南是個男老師，妳是個女學生，常到他房間裡去會給別人講閒話的。當然我知道康南是個正經的好老師，但是嫌疑不能不避。上次我聽隔壁劉太太說，不知道是妳們女中還是雁若的女中裡，有個男老師引誘了女學生，鬧得很不像話。妳看，一個女孩子要是被人講了這種閒話，還做不做人呢？」

江雁容咬著下嘴唇，偷偷的看了江太太一眼，臉上燒得滾燙。從江太太的神色裡，她看出母親還沒有發現她的事，她故意跺了一下腳說：

「媽媽跟我說這些，好像我做了什麼……」

「我不是說妳做了什麼，我只是叫妳小心！妳知道人的嘴巴是最壞的！我是愛護妳，妳就跟我瞪眼睛跺腳！」江太太有點生氣的說。

「我不過說了句要去找周雅安，媽媽就跑出這麼一大套話來。」江雁容低低的說。

「好吧，妳去吧！」江太太一肚子的不高興。「反正，在家裡是待不住的！這個家就是丈夫兒女的旅館，吃飯睡覺才會回來，我是你們燒鍋煮飯的老媽子！」

江雁容在椅子裡一坐，噘著嘴說：「好了，不去好了！」

「去吧！」江太太說：「不去我又要看妳一個下午的臉色！把孩子帶大了也不知道有什麼好處！妳要去就去吧，還發什麼呆？晚上早點回來！」

江雁容遲疑了一下，終於走到玄關去穿上鞋子，直到走出大門，她才長長的吐了一口氣。這才想起來，父親的一個朋友胡先生也在省立×中教書。自從康南搬到省立×中之後，她幾乎每隔一兩天就要去一次，看樣子，這祕密是保不住了！

站在家門口，她猶豫了一下，終於嘆了口氣，選擇了那條到省立×中的路線。她知道她不應該再去了，但她不能自已，一種強而有力的吸引力控制了她。她對自己不滿的搖頭，但她仍然向那條路走著，直到她走進了×中的大門，又走進了教員單身宿舍的走廊，她還在和自己生氣。停在康南門口，她敲了門，心裡還在想：「我應該回去，我不應該到這裡來！」但，當康南的臉出現在她面前，這一切的思想都遁走了。

關上了房門，康南把桌上已經泡好的一杯香片遞給江雁容，江雁容接了過來，望著茶杯裡的茉莉花問：

「你算準了我今天要來？」

「我每天都泡兩杯茶，妳不來也像來了一樣，有時弄糊塗了，我會對著妳的茶杯說上一大堆話。」

江雁容微微的笑了，默默的端著杯子。康南凝視著她，她的睫毛低垂，眼睛裡有一層薄霧，牙齒習慣性的咬著下嘴唇，這神情是他熟悉的，他知道她又有了心事。他拿起她的一隻手，扳開她的手指，注視著她掌心中的紋路。江雁容笑笑說：

「你真會看手相？我的命運到底怎樣？」

「不，我看不出來，妳的手相太複雜！」

「那一次你看的手相呢？怎麼看出那麼多？記得嗎？你說我老運很好，會享兒女的福。兒女，我和誰的兒女，會是你的嗎？」

「妳說過，那些都是江湖話！」他把她的手闔攏，讓她握成拳，用自己的大手掌握住了她。「雁容，妳那麼小，但是妳比我堅強。」

「我不堅強，我下過一百次決心不到你這裡來，但是我仍然來了！」

「我也下過一百次決心，要冷淡妳，疏遠妳。」

「為什麼不呢？」她昂起頭，有一股挑戰的味道。

康南看著她，然後輕輕托起她的下巴，他的嘴唇輕觸了一下她的，十分溫柔。「我要妳，小容，」他低低的說，他的手在發抖。「我要妳。」他用嘴唇從她面頰上擦過去，凝視著她的眼睛，她的睫毛半垂，黑眼珠是濕潤的。「告訴我，妳永不會屬於別人，告訴我！」

「用不著我告訴你，」她低聲說：「你還不知道？」

「我知道妳的心，但是我怕命運，很多時候，我們是無法支配命運的。」

「你認為命運不會把我判給你？」

「是的，因為妳太好，我不配！」

「誰配呢？如果連你都不配？」

「有比我年輕有為有前途的人。」

「但是他們不是康南，他們沒有康南的一個毛孔和一個細胞，他們是他們！」

康南擁緊她，他的嘴唇緊貼著她的。她被動的仰著頭，眼淚從她眼角滑下去。

「妳又哭了。」

「我知道，我們在說夢話，」她淒苦的微笑。「我不知道我的命運是什麼，我有預感，有一大堆的不幸正等著我。」

「不會，明天放榜了，我猜……」

「不要猜！我有預感。康南，我很害怕，真的。」

他握住她的手，她的手冰冷。

「不要怕，天倒下來，讓我幫妳撐，行嗎？」

「只怕你撐不住！」她走開，走到書桌旁邊去，隨手翻弄著桌上的東西，一面低聲說：「媽媽已經懷疑我了。若要人不知，除非己莫為！康南，我真想把一切都告訴媽媽，反正總有一天她會知道的，如果風暴一定會來，還不如讓它早一點來。」

康南默然不語。江雁容從桌上拿起一張摺疊起來的紙條，打開來看，康南抓住了她的手：

「不要看，昨天我不在家，她們從門縫裡塞進來的條子，沒有什麼。」

「讓我看！」江雁容說，打開了紙條，筆迹並不陌生，這是兩個同學寫的：

「老師：

這兩天大家都很忙，好久都沒有機會和您談話了，但您永遠是我們最尊敬最愛戴的老師。今天來訪，又正逢老師外出，非常遺憾。現在我們有幾個小問題，能否請您為我們解答一下？

一、您認為一個為人師表者最值得尊敬的是什麼？如果他因一時的衝動而失去了它，是不是非常的可惜？

二、我們有×老師和×同學的感情超過了師生的範圍，您對這事有什麼感想？那位老師向來是同學所最尊敬的，而這事卻發生在他的身上，您認為這位老師是不是應該？他有沒有錯誤？假如您是那位老師，您會採取什麼態度？

三、您認為朱自清的〈給亡婦〉一文，是不是都是虛情假意？

四、您為何離開女中？

老師，我們都不會說話，但我們都非常誠懇，如果這紙條上有不禮貌的地方，請您原諒我們！

敬祝

快樂

兩個最尊敬您的學生，何淇與蔡秀華　同上」

江雁容放下紙條，望著康南。她想起以前曾和何淇談起朱自清的〈給亡婦〉一文，認為朱自清有點矯揉造作，尤其最後一段，因後妻不適而不上墳，更顯得他的虛情假意，而今，她們竟拿出朱自清的給亡婦來提醒康南的亡妻，這是相當厲害的一針。她把紙條鋪平，淡淡的說：

「康南，你一生高傲，可是，現在你卻在忍受這些！」

「我當初沒有要人說我好，現在也不在乎人說我壞！」康南說，把紙條撕碎了

「康南，」江雁容審視著他。「你是在乎的，這張紙條已經刺傷了你！」

「我不能希望她們能瞭解我，她們只是些毛孩子！」

「大人呢？大人能瞭解嗎？曹老頭、行屍走肉、唐老鴨，那些人能瞭解嗎？我的父母會瞭解嗎？教務主任、校長瞭解嗎？這世界上誰會瞭解呢？康南，你做了老師，有過妻子，又超過了四十歲，所以，你是不應該有感情有血有肉的，你應該是一塊石頭，如果你不是石頭，那麼你就是壞蛋，你就該受萬人唾棄！」

康南不說話，江雁容靠著桌子站著，眼睛裡冒著火焰。突然，她彎下腰來，仆在康南的膝上。

「康南，我們錯了，一開始就錯了！」

「沒有錯，」康南撫摸著她的後頸，頸上有一圈細細的毫毛。「別難過！」

「我願意有人給我力量，使我能離開你！」

他攬緊她說：「不！」

「康南，我有預感，我總有一天會離開你。」

「我怕妳的預感，妳最好沒有預感。」

他們靜靜的望著，時間消失得很快，暮色從四面八方包圍了過來，室內已經很暗了。康南開了燈，望著沉坐在椅中凝思的江雁容，問：

「想什麼？」

「就這樣，靜靜的坐著，我看著你，你看著我，不要說什麼，也不要做什麼，讓兩人的心去彼此接近，不管世界上還有什麼，不管別人會怎麼說，這多美！」她懶洋洋的伸了個懶腰。「假如沒有那些多管閒事的人就好了！他們自以為在做好事，在救我，在幫助我，康南，你不覺得可笑嗎？這是個莫名其妙的世界！我會被這些救我的人逼到毀滅的路上去，假如我自殺了，他們不知會說什麼！」

「會罵我！」

「如果你也自殺呢？」

「他們會說這是兩個大傻瓜，大糊塗蟲，兩個因情自誤的人！」

「唉！」她把頭靠在椅背上，嘆了口長氣。

「怎麼了？」

「我餓了！想吃飯。」

「走吧，到門口的小館子裡去吃一頓。」

江雁容懶懶的站起身來，跟著康南走出校門。在校門口的一個湖南館子裡，他們揀了兩個位子坐下。剛剛坐定，江雁容就「啊」了一聲，接著，裡面一個人走了出來，驚異的望著江雁容和康南，江雁容硬著頭皮，站起身來說：

「胡先生，你也在這兒！」

這就是那個曾看見她的胡先生，是個年紀很輕的教員，以前是江仰止的學生。

「哦，江小姐，來吃飯？」胡先生問，又看了康南一眼。

「這是胡先生。」江雁容對康南說。

「我們認識，」胡先生對康南打了個招呼。「我們的宿舍只隔了三間房間。」

「胡先生吃了嗎？」康南客氣的說：「再吃一點吧！」

「不，謝謝！」胡先生對江雁容又看了一眼。「我先走了，晚上還有事。」

江雁容目送胡先生走出去，用手指頭蘸了茶碗裡的茶，在桌子上寫：「麻煩來了！」然後望望康南，無可奈何的挑了挑眉毛。

「該來的總會來，叫菜吧！」

「不反對我喝酒嗎？」康南問。

「不，我也想喝一點！」

「妳喝過酒？」

「從來滴酒不沾的，但是今天想喝一點，人生不知道能醉幾次？今天真想一醉！」

康南叫了酒和一個拼盤，同時給江雁容叫了一瓶汽水。酒菜送來後，江雁容抗議的說：

「我說過我要喝酒！」

「醉的滋味並不好受。」康南說。

「我不管！」她搶過康南手中的瓶子，注滿了自己的杯子，康南按住她的手說：「妳知道這是高粱？會喝酒的人都不敢多喝，別開玩笑！喝醉了怎麼回家？」

「別管我！我豁出去了！一醉解千愁，不是嗎？我現在有萬愁，應該十醉才解得開！我希望醉死呢！」拿起杯子，她對著嘴直灌了下去，一股辛辣的味道從胸口直衝進胃裡，她立刻嗆咳了起來。康南望著她，緊緊的皺起眉頭。

「何苦呢！」他說，拿開了她的杯子。

「給我吧！我慢慢喝。」江雁容說，用舌頭舔了舔嘴唇。「我真不知道你怎麼會愛酒，這東西跟喝毒藥差不多，這樣也好，如果我要服毒，先拿酒來練習！」

「妳胡說些什麼？」

「沒有什麼，我再喝一點，一點點！」

康南把杯子遞給她。

「只許一點點，別喝醉！慢慢喝。」

江雁容抿了一口酒，費力的把它嚥進肚子裡去，直皺著眉頭。然後，她望著康南說：

「康南，我真的下決心了，我不再來看你了，今天是最後一次！」

「是嗎？」康南望著她，她蒼白的臉頰已經染上一層紅暈，眼睛水汪汪的。

「不要再喝了，妳真的不能喝！」

「管他呢！」江雁容又嚥了一口酒。「這世界上關心我們的人太多了！到最後，我還是要離開你的。我已經毀了半個你，我必須手下留情，讓另外那半個你在省立×中好好的待下去！」

「妳不是餓了嗎？我叫他們給妳添飯來。」康南說。

「我現在不餓了，一點都不想吃飯，我胸口在發燒！」江雁容皺著眉說。

「妳已經醉了！」

「沒有醉！」江雁容搖搖頭。「我還可以喝一杯！」

康南撤去酒杯，哄孩子似的說：

「我們都不喝了，吃飯吧！」

吃完飯，江雁容感到臉在發燒，胸中熱得難受。走出飯館，她只覺得頭昏眼花，不由自主的扶著康南的手臂，康南拉住她說：

「何苦來！叫妳不要喝！到我屋裡去躺一躺吧！等下鬧上酒來就更難過了！」回到康南屋裡，江雁容順從的靠在康南的床上。康南為她擰了一把手巾拿過來，走到床邊，他怔住了。江雁容仰天躺著，她的短髮散亂的拂在額前耳邊，兩頰如火，嘴唇紅灩灩的微張著，闔著兩排黑而密的睫毛，手無力的垂在床邊。康南定定的凝視著這張臉龐，把手巾放在一邊。江雁容的睫毛動了動，微微的張開眼睛來，朦朦朧朧的看了康南一眼，嘴邊浮起一個淺笑。

「康南，」她低低的說：「我要離開你了！多看看我吧，說不定明天你就看不到我了！」

「不！」康南說，在床邊坐下來，握緊了她的手。「讓我們從長計議，我們還有未來！」

江雁容搖搖頭。

「沒有，你知道我們不會有未來，我自己也知道！我們何必騙自己呢？」她閉上眼睛，嘴邊仍然帶著笑。「媽媽馬上就會知道了，假如她看到我這樣子躺在你的床上，她會撕碎我！」她嘆口氣，睜開眼睛。「我累了，康南，我只是個小女孩，我沒有力量和全世界作戰！」她把頭轉向床裡，突然哭了起來。康南伏下身去吻她。

「不要哭，堅強起來！」

「我哭了嗎？」她模模糊糊的問：「我沒有哭！」她張開眼睛。「康南，你不離開我嗎？」

「不！」

「你會的，你不喜歡我，你喜歡你的妻子。」

「小容，妳醉了！要不要喝水？」

「不要！」她生氣的扭轉頭。「你跟我講別的，因為你不愛我，你只是對我發生興趣，你不愛我！」

「是嗎？」他吻了她。「我愛妳！」他再吻她。「妳不知道愛到什麼程度！愛得我心痛！」他再吻她，感到自己的眼角濕潤。「雁容，我愛妳！愛妳！愛妳！」

「康南，不要愛我，我代表不幸，從今天起，不許你愛我，也不許任何人愛我！」

「雁容！」

「我頭痛。」

「妳醉了。」

「康南，」她突然翻身從床上坐起來，興奮的望著他，急急的說：「你帶我走，趕快，就是今晚，帶我到一個沒有人的地方去！走！我們馬上走！走到任何人都不知道的地方去！趕快，好嗎？」

「雁容，我們是沒有地方可去的！」康南悲哀的望著江雁容那興奮得發亮的眼睛。「我們不能憑衝動，我們要吃，要喝，要生存，是不？」

「康南，你懦弱！你沒種！」江雁容生氣的說：「你不敢帶著我逃走，你怕事！你只是個屠格涅夫筆下的羅亭！康南，你沒骨氣，我討厭你！」

康南站起身來，燃起一支菸，他的手在發抖。走到窗邊，他深深的吸了一口菸，對著窗外黑暗的長空噴出去。江雁容溜下床來，搖晃著走到他面前，她一隻手扶著頭，緊鎖著眉，另一隻手拉住了他的手腕，她的眼睛乞求的仰望著他。

「我不是存心這麼說，」她說：「我不知道在說什麼，我頭痛得好厲害，讓我抽一口菸。」

他伸手扶住了她。

「雁容，」他輕聲說：「我不能帶妳逃走，我必須顧慮後果，臺灣太小了，我們會馬上被找出來，而且，我沒錢，我們能到哪裡去呢！」

「別談了，」江雁容說：「我要抽一口菸，」她把菸從他手中取出來，猛吸了一口。立即，一陣嗆咳使她反胃，她拉住他的手，大大的嘔吐了起來。康南扶住她，讓她吐了個痛快，她吐完了，頭昏眼花，額上全是汗，康南遞了杯水給她，她漱過口，又洗了把臉，反而清醒了許多。在椅子裡坐下來，她休息了一段時間，覺得精神恢復了一些。

「好些嗎？」康南問，給她喝了口茶。

「幾點鐘了？」她問，回到現實中來了。

「快九點了。」他看看錶。

「我應該回去了，要不然媽媽更會懷疑了。」她振作了一下。「我身上有酒味嗎？希望媽媽聞不出來。」

「我送妳回去。」康南說。

走到外面，清新的空氣使她精神一爽。到了校門口，她叫了一輛三輪車，轉頭對康南說：

「別送我，我自己回去！」站在那兒，她欲言又止的看了康南，一會兒，終於說：「康南，我真的不再來了！」

「妳還會來的！」康南說，握緊她的手。

「不怕我毀了你？」她問。

「只怕我毀了妳！」他憂鬱的說。

「康南，記得秦觀的詞嗎？兩情若是久長時，又豈在朝朝暮暮？」江雁容跨上了三輪車，對康南揮揮手。「再見，康南，再見！」

三輪車迅速的踩動了，她回頭望著康南，他仍然站在那兒，像一株生根的樹。一會兒，他就只剩下個模糊的黑影，再一會兒，連影子都沒有了。她嘆口氣，坐正了身子，開始恐懼回家後如何編排謊話了。她用手按按面頰，手是冷的，面頰卻熱得燙手。

在路口，她叫車子停下，下了車，她迅速的向家中跑去，心中有種莫名其妙的緊張。按了鈴，來開門的是雁若，她望了姊姊一眼，眼中流露出一抹奇異的憐憫和同情。她緊張的走進家門，江太太已經站在玄關等她。

「妳整個下午到哪裡去了？」江太太板著臉，嚴厲的問。

「去找周雅安。」她囁嚅的說。

「妳還要對我說謊，周雅安下午來找過妳！」

江雁容語塞的望著母親，江太太臉上那層嚴霜使她害怕。在江太太身後，她看到了父親和江麟，江仰止臉上沒有一絲笑容，正默默的搖頭，望著她嘆氣。江麟也呆呆的望著她，那神情就像她是個已經死去的人。恐懼升上了她的心頭，她喃喃的說：

「怎麼，有……什麼……」

「今天爸爸到大專聯考負責處去查了妳的分數，」江太太冷峻的說：「妳已經落榜了！」

江雁容覺得腦子裡「轟」然一聲巨響，她退了幾步靠在牆上，眼前父母和江麟的影子都變得模糊不清了，她仰首看看天花板，喉頭像被扼緊似的緊逼著，她喃喃的自語著：

「天哪，祢竟沒有給我留下一條活路！」

說完，她向前面栽倒了過去。

11

「**我從何處來，沒有人知道！我往何處去，沒有人明瞭！**」江雁容躺在床上，仰視著天花板。一整天，她沒有吃，沒有喝，腦子裡空空洞洞，混混沌沌。可是，現在，這幾句話卻莫名其妙的來到她的腦中。是的，從何處來？她真的奇怪自己的生命是從哪裡來的？生命多奇妙，你不用要求，就有了你，當你還在糊糊塗塗的時候，你就已經存在了。她想起父親說過的順治皇帝當和尚時寫的一個偈語中的兩句：「生我之前誰是我，生我之後我是誰？」她也奇怪著誰是她，她是誰？「十九年前的我不知在哪裡？」她模糊的想著：「一百年後的我又不知道在哪裡？」天花板上有一塊水漬，她定定的望著那塊水漬。「為什麼我偏偏是我而不是別人呢？我願意做任何一個人，只要不是江雁容！」

天早已黑了，房間裡一片昏暗，只有桌上的一盞小檯燈亮著，燈上的白瓷小天使仍然靜靜的站著。江雁容把眼光調到那小天使身上，努力想集中自己的思想，但她的思想是紊亂而不穩定的。「天生我材必有用，千金散盡還復來！」她想。「但我不是李白，我是無用的，也沒有可以復來的千金！」她翻了個身。「虛空的虛空，一切都是虛空！」這是聖經裡的句子，她總覺得這句子不大通順。「人死了不知道到哪裡去了？靈魂離開軀殼後大概可以隨處停留了。人的戒條大概無法管靈魂吧！」她覺得頭痛。「我在做什麼？為什麼躺在床上？是了，我落榜了！」她苦澀的闔上眼睛。「為什麼沒有發生地震、山崩，或陸沉的事？來一個驚天動地的大變動，那麼我的落榜就變成小事一樁了！」

有腳步聲走進屋子，江雁容沒有移動。是江太太。她停在床前面，凝視著面如白紙的江雁容。然後，她在床沿上坐了下來。

「雁容。」她的聲音非常柔和。

江雁容把頭轉開，淚水又衝進了眼眶裡。

「雁容，」江太太溫柔的說：「沒有人是沒經過失敗的，已經過去的事，就不要再想了。振作起來，明年再考！起來吧，洗洗臉，吃一點東西！」

「不，媽媽，妳讓我躺躺吧！」江雁容把頭轉向牆裡。

「雁容，我們必須面對現實，躺在床上流淚不能解決問題，是不是？起來吧，讓雁若陪妳看場電影去。」江太太輕輕的搖著江雁容。

「不！」江雁容說，淚水沿著眼角滾到枕頭上。「為什麼她不罵我一頓？」她想著：「我寧願她大罵我，不願她原諒我，她一定比我還傷心還失望！哦，媽媽，可憐的媽媽，她一生最要強，我卻給她丟臉，全巷子裡考大學的孩子，就我一個沒考上！哦，好媽媽，妳太好，我卻太壞了！」江雁容心裡在喊著，淚水成串的滾了下來。「妳一定傷心透了，可是妳還要來勸我，安慰我！媽媽，我不配做妳的女兒！」她想著，望著母親那張關懷的臉，新的淚水又湧上來了。

「雁容，失敗的並不是妳一個，明年再考一次就是了，人不怕失敗，只怕灰心。好了，別哭了，起來散散心，去找周雅安玩玩吧！」

周雅安！周雅安和程心雯都考上了成大，她們都是勝利者，她怎能去看她們快樂的樣子？她閉上眼睛，苦澀的說：

「不！媽媽！妳讓我躺躺吧！」

江太太嘆了口氣，走開了。對於江雁容的失敗，她確實傷心到極點，她想不透江雁容失敗的原因。孩子的失敗也是母親的失敗！可是，她是冷靜的，在失望之餘，她沒忘記振作雁容是她的責任。看到雁容蒼白的臉和紅腫的眼睛使她心痛，想起雁容的失敗就使她更心痛。走到她自己的桌子前面，鋪開畫紙，她想畫張畫，但，她無法下筆。「無論如何，我已經盡了一個母親的責任！別的母親消磨在牌桌上，孩子卻考上大學，我呢？命運待我太不公平了！」她坐在椅子裡，望著畫紙發呆，感到心痛更加厲害了。

江雁容繼續躺在床上，她為自己哭，也為母親哭。忽然，她面前一個黑影一閃，她張開眼睛，驚異的發現床前站的是江麟，自從誣告一咬的仇恨後，他們姊弟已將近一年不交一語了。

「姊，」江麟有點不好意思的說：「考不上大學又不是妳一個，那麼傷心幹什麼？喏，妳最愛吃的牛肉乾！是雁若買來請妳的。爸爸問妳要不要去看電影？傻人捉賊！是個什麼英國笑匠諾曼·威斯頓演的，滑稽片，去不去？」

江雁容呆呆的看著江麟，和那包牛肉乾，心裡恍恍惚惚的。突然，她明白全家都待她這麼好，考不上大學，沒有一個人責備她，反而都來安慰她，她又想哭了。轉開頭，她哽咽的說：「不，我不去，你們去吧！」

弟弟妹妹去看電影了，她又繼續躺在床上瞪著天花板。「我對不起家裡的每一個人，我給全家丟臉！」她想。又聯想起母親以前說過的話：「我們江家不能有考不上大學的女兒！」「妳考不上大學不要來見我！」她把頭埋進枕頭裡，覺得有一萬個聲音在她耳邊喊：「妳是江家的羞恥！妳是江家的羞恥！妳是江家的羞恥！」有門鈴聲傳來，江太太去開的門，於是，江雁容聽到母親在喊：

「雁容，程心雯來看妳！」

立即，程心雯已經鑽進了她的房裡，她跑到床邊喊：

「江雁容！」

江雁容什麼話都說不出來，眼淚又來了。

「妳不要這樣傷心，」程心雯急急的說：「妳想想，考大學又不是妳一生唯一的事！」不是唯一的事！她這一生又有什麼事呢？每一件事不都和考大學一樣嗎？哦，如果她考上了大學，她也可以這樣的勸慰失敗者。可是，現在，所有的安慰都變得如此刺心，當妳所有的希望全粉碎了的時候，又豈是別人一言半語就能振作的？她真希望自己生來就是個白癡，沒有欲望，沒有思想，也沒有感情，那麼也就沒有煩惱和悲哀了。但她卻是個有思想有感情的人！

「江雁容，別悶在家裡，陪我出去走走吧！」

「不！」

「我們去找周雅安？」

「不！」

「那麼去看電影。」

「不！」

「江雁容，妳怎麼那麼死心眼？人生要看開一點，考大學不是什麼了不起的事！」

如果我考上了，我也會這麼說。江雁容想著，默默的搖了搖頭。程心雯嘆了口氣，伏下身來低聲說：

「妳需要我為妳做什麼事嗎？」

江雁容又搖搖頭。忽然拉住程心雯的手。

「程心雯，妳是我的好朋友！」

程心雯眨著她的眼睛，笑了笑。

「始終我們都很要好，對不對？雖然也孩子氣的吵過架，但妳總是我最關心的一個朋友！」她伏在江雁容耳邊，低低的說：「早上我見到康南，他問起妳！」

康南！江雁容覺得腦子裡又「轟」然一響。考大學是她的一個碎了的夢，康南是另一個碎了的夢。她把頭轉開，眼淚又滾了下來。

❖

三天之後，江雁容才能面對她所遭遇的問題了。那是個晴朗的好天氣，她落榜後第一次走出了家門。站在陽光普照的柏油路上，她茫然回顧，不能確定自己的方向。最後，她決心去看看周雅安，她奇怪，落榜以來，周雅安居然沒有來看她。「看樣子，朋友是最容易忘記被幸福所遺棄的人！」她想，這是白朗蒂在《簡愛》中寫的句子。走出巷子，她向周雅安的家走去，才走了幾步，她聽到有人叫她：

「江雁容！」

她回過頭，是葉小蓁和何淇，她們都已考上臺大。

「我們正要來看妳。」葉小蓁說。

「我剛要去找周雅安。」江雁容站住了說。

「真巧，我們正是從周雅安家裡來的。」何淇說。

「她在家？」

「嗯。」葉小蓁挽住了江雁容。「我們走走，我有話和妳談。」

江雁容順從的跟著她們走，葉小蓁沉吟了一下說：

「周雅安告訴我們，康南毀了妳，因為他，妳才沒考上大學，是嗎？」

周雅安！江雁容頭昏腦脹的想：「妳真是個好朋友，竟在我失敗的時候，連康南一起打擊進去！」她語塞的望著葉小蓁。何淇接著說：

「周雅安告訴我們好多事，我真沒想到康南會在妳本子裡夾信來誘惑妳，江雁容，妳應該醒醒了，康南居然這樣無恥……」

「周雅安出賣了我！」江雁容憤憤的說。

「妳別怪周雅安，是我們逼她說的。」葉小蓁說。

「她不該說，那些信沒有一絲引誘的意思，感情的發生妳不能責怪哪一方，周雅安錯了！她不該說，我太信任她了！」江雁容咬著嘴唇說。

「江雁容，我們在學校裡那麼要好，我勸妳一句話：躲開康南，他不是個君子！」葉小蓁說。

「妳不是最崇拜他的嗎？」江雁容問。

「那是以前，那時候我並不知道他的道德面孔全是偽裝呀！現在想起來，這個人實在很可怕！」

「我知道了，葉小蓁，妳們放心，我會躲開他的！」

和葉小蓁她們分了手，江雁容趕到周雅安家裡，劈頭就是一句：

「周雅安，妳好，沒忘記我是誰吧？」

「怎麼了？妳？」周雅安問：「怪我沒去看妳嗎？我剛生了一場病。」

「周雅安，妳出賣了我！妳不該把那些事告訴葉小蓁她們，妳不該把我考不上大學的責任歸在康南身上！」

「難道他不該負責任嗎？假如妳不是天天往他房間裡跑，假如妳不被愛情沖昏了頭，妳會考不上大學嗎？」

「周雅安，我太信任妳了，現在我才知道妳是個不足信賴的朋友！」

「江雁容，」周雅安困惑的說：「妳是來找我吵架的嗎？」

「我是來找妳吵架的，」江雁容一肚子的傷心、委屈全爆發在周雅安的身上。「我來告訴妳，我們的友誼完蛋了！」

「妳是來宣布跟我絕交？為了這麼一點小事？」

「是的！為了這一點小事！我母親常說：『有朋友不如沒朋友。』我現在才懂得這意思！周雅安，我來跟妳說再見！我以後再也不要朋友了！」說完，她轉過身子，頭也不回的向大路走去。

離開了周雅安的家，她覺得茫然若失，搭上公共汽車，她無目的的在西門町下了車。她順著步子，沿著人行道向前走，街上全是人，熙來攘往，匆匆忙忙，但她只覺得孤獨寂寞。在一個電影院門口，她站住了，毫無主見的買了一張票，跟著人群湧進戲院。她並不想看電影，只是不知道該做什麼好。剛剛坐定，她就聽到不遠處有個聲音在說：

「看！那是江雁容！」

「是嗎？」另一個聲音說，顯然是她們的同學。「在哪兒？康南有沒有跟她在一起？」

「別糊塗了，康南不會跟她一起出入公共場合的！」

「妳知道嗎？」一個新的聲音插入了：「江雁容是江仰止的女兒，真看不出江仰止那樣有學問的人，會有一個到男老師房裡投懷送抱的女兒！」

「據說康南根本不愛她，是她死纏住康南！」

完了！這裡也是待不住的！江雁容站起身來，像逃難似的衝出了電影院。回到大街上，她閉上眼睛，深深的吸了一口氣。

「天！我該怎麼辦？」

靠在電影院的牆上，她用手緊緊壓著心臟，一股冷氣從她胸腔裡升了上來，額上全是冷汗。她感到頭昏目眩，似乎整個大街上的人都在望著她，成千成萬隻手在指著她，幾個聲音在她耳邊狂喊：

「看哪，那是江雁容！那個往男老師房裡跑的小娼婦！」

「看到嗎？那個是江仰止的女兒，考不上大學，卻會勾引男老師！」

她左右四顧，好像看到許許多多張嘲笑的臉龐，聽到許許多多指責的聲音，她趕快再閉上眼睛。「不！不！不！」她對自己低聲說，拭去了額上的汗，踉蹌著向大街上衝去。

「給我一條路走，請給我一條路走！」

她心裡在反覆叫著，一輛汽車從她身邊緊擦而過，司機從窗口伸出頭來對她拋下一聲咒罵：

「不長眼睛嗎？找死！他媽的！」

她跌跌衝衝的穿過了街道，在人行道上無目的的亂走。「找死」，是的，找死！她猛然停住，回頭去看那輛險些撞著她的車子，卻早已開得沒有影子了。她呆呆的看著街道上那些來往穿梭不停的汽車，心臟在狂跳著，一個思想迅速的在她腦中生長、成形。「是的，找死！人死了，也就解脫了，再也沒有痛苦，沒有煩惱，沒有悲哀和愁苦了！」她凝視著街道，一瞬間，好像世界上所有的聲音都匯成一種聲浪，在她耳畔不斷的叫著：「**死吧！死吧！死吧！**」

她跨進了一家藥房，平靜的說：「請給我三片安眠藥片！」拿著藥片，她又跨進另一家藥房。一小時內，她走了十幾家藥房。回到家裡，她十分疲倦了，把收集好的三十幾片安眠藥藏在抽屜中，她平靜的吃飯，還幫媽媽洗了碗。

黃昏的時候，天變了。窗外起了風，雨絲從窗戶斜掃了進來。江雁容倚窗而立，涼絲絲的雨點飄在她的頭髮和面頰上。窗外是一片朦朦朧朧的夜霧。「人死了會有靈魂嗎？」她自問著。「如果有靈魂，這種細雨濛濛的夜應該是魂魄出來的最好時光。」她靜靜的站著，體會著這夜色和這雨意。「我還應該做些什麼？在我離開這個世界之前？」她回到桌邊，抽出一張信紙，順著筆寫：

「我值何人關懷？
我值何人憐愛？
願化輕煙一縷，
來去無牽無礙！」

她怔了一下，望了望窗外的夜色和雨絲，又接著寫下去：

「當細雨濕透了青苔，
當夜霧籠罩著樓臺，
請把你的窗兒開，
那飄泊的幽靈啊，四處徘徊！
那遊蕩的魂魄啊，渴望進來！」

用手托住面頰，她沉思了一會兒，又寫了下去：

「啊，當雨絲濕透了青苔，
當夜霧籠罩了樓臺，
請把你的窗兒開，
沒有人再限制我的腳步，
我必歸來，與你同在！
我必歸來，與你同在！」

寫完，她把頭仆在桌上，氣塞喉堵，肝腸寸斷。過了一會兒，她換了張信紙，開始寫一封簡單的信。

「南：

再見了！

我去了，別罵我懦弱，別責備我是弱者，在這個世界上，你給過我快樂，給過我哀傷，也給過我幻想和絕望。現在，帶著你給我的一切一切，我走了，相信我，在我寫這封信的時候，心中的難過一定賽過你看信的時候。別為我傷心，想想看，我活著的時候就與歡笑無緣，走了或者反會得到安寧與平靜。因此，當你為我的走而難過的時候，也不妨為我終於得安寧而慶幸。但願我能把你身上的不幸一起帶走，祝福你，希望在以後的歲月裡，你能得到快樂和幸福。

你曾說過，你懷疑你妻子的死訊，我也希望那死訊只是個謠言。假如你終於有一天能和你妻子團圓，請告訴她，在這世界上，曾有這麼一個小小的女孩子，愛過她所愛的人，並且羨慕她所擁有的一切！

記得嗎？有一天你在一張紙上寫過：『今生有願不能償，來世相逢又何妨？』好的，讓我期待著來世吧。只是，那時候應該注意一下，不要讓這中間再差上二十年！

再見了！老師！讓我再最後說一句：我——愛你！

容」

信寫完了，她把剛剛寫的那首詩和信封在一起，冒雨走到巷口去寄了信。回到家裡，夜已經深了。江太太正在畫畫。她走到江太太身邊，默默的望著江太太的頭髮，臉龐，那專注的眼睛，那握著筆的手……一種依戀的孺慕之思油然而生，她覺得喉嚨縮緊了，眼淚湧進了眼眶。她顫著聲音叫：

「媽媽！」

江太太回過頭來，江雁容猛然投進她的懷裡，用手抱住了她的腰，把臉埋在她的胸前，哭著說：

「媽媽，請原諒我，我是個壞孩子，我對不起妳這麼多年的愛護和教育！」

江太太被她這突然的動作弄得有點驚異，但，接著，就明白了，她撫摸著江雁容的頭髮，溫柔的說：

「去睡吧，今年考不上，明年再考就是了！」

「媽媽，妳能原諒我，不怪我嗎？」江雁容仰著頭，眼淚迷離的望著江太太。「當然。」江太太說，感到鼻子裡酸酸的。

江雁容站起身來，抱住母親的脖子，在江太太面頰上吻了一下。「媽媽，再見！」她不勝依依的說。

「再見！早些睡吧！」

江雁容離開了母親的房間，看到江仰止正在燈前寫作，她沒有停留，只在心裡低低的說了一聲：「爸爸，也再見了！」回到了自己的房裡，她怔怔的望著床上熟睡的江雁若，像祈禱般對妹妹低低的說：「請代替我，做一個好女兒！請安慰爸爸和媽媽！」

走到桌前，她找出了藥片，本能的環視著室內，熟悉的綠色窗簾，檯燈上的小天使，書架上的書本，牆上貼的一張江麟的水彩畫……她呆呆的站著，模模糊糊的想起自己的童年，跟著父母東西流浪，她彷彿看到那拖著兩條小辮子的女孩，跟在父母身後長途跋涉。在兵荒馬亂的城裡，在蔓草叢生的山坡，她送走了自己的童年。只怪她生在一個戰亂的時代，先逃日軍，再逃中共，從沒有過過一天安靜的日子。然後，長大了，父母的注意力全集中在弟妹身上，她是被冷落的。她離撒嬌的年齡已經很遠了，而在她能撒嬌的那些時候，她正背著包袱，赤著腳，跋涉在湘桂鐵路上。

細雨打著玻璃窗，風大了，江雁容深深的吸了口氣。她想起落霞道上，她和周雅安手挽著手，並肩互訴她們的隱祕，和她們對未來的憧憬。她依稀聽到周雅安在彈著吉他唱她們的歌：「海角天涯，浮萍相聚，嘆知音難遇！山前高歌，水畔細語，互剖我愁緒。昨日悲風，今宵苦雨，聚散難預期。二人相知，情深不渝，永結金蘭契！」這一切都已經隔得這麼遙遠。她覺得眼角濕潤，不禁低低的說：

「周雅安，我們始終是好朋友，我從沒有恨過妳！」

接著，她眼前浮起程心雯那坦率熱情的臉，然後是葉小蓁、何淇、蔡秀華……一張張的臉從她面前晃過去，她嘆了口氣。

「我生的時候不被人所瞭解，死了也不會有人同情。十九年，一夢而已！」

她迷迷離離的看著檯燈上的小天使。

「再見！謐兒！」

她低低的說，拿起杯子，把那些藥片悉數吞下。然後，平靜的換上睡衣，扭滅了檯燈，在床上躺下。

「我從哪裡來，沒有人知道，我往何處去，沒有人明瞭！」她彷彿聽到有人在唱著。「一首好歌！」她想，凝視著窗子。「或者，我的『窗外』不在這個世界上，在另外那個世界上，能有我夢想的『窗外』嗎？」她迷迷糊糊的想著，望著窗外的夜、雨……終於失去了知覺。

❖

沒有人能解釋生死之謎，這之間原只一線之隔。但是，許多求生的人卻不能生，也有許多求死的人卻未見得能死。江雁容在迷迷糊糊之中，感到好像有一萬個人在拉扯她，分割她，她掙扎著，搏鬥著，和這一萬個撕裂她的人作戰。終於，她張開了眼睛，恍恍惚惚的看到滿屋子的人，強烈的光線使她頭痛欲裂。她繼續掙扎，努力想弄清楚是怎麼回事，她的耳邊充滿了亂糟糟的聲音，腦子裡彷彿有人在裡面敲打著鑼鼓，她試著把頭側到一邊，於是，她聽到一連串的呼喚聲：

「雁容！雁容！雁容！」

她再度張開眼睛，看到幾千幾萬個母親的臉，她努力集中目力，定定的望著這幾千幾萬的臉，終於，這些臉合成了一個，她聽到母親在說：

「雁容，妳到底是為什麼？為什麼？」

她醒了，那個飄散的「我」又回來了，是，她明白，一切都過去了，她沒死。閉上眼睛，眼淚沿著眼角滾了下來，她把頭轉向床裡，眼淚很快的濡濕了枕頭。

「好了，江太太，放心吧，已經沒有危險了！」這是她熟悉的張醫生的聲音。

「你看不用送醫院嗎？張大夫？」是父親的聲音。

「不用了，勸勸她，別刺激她，讓她多休息。」

醫生走了，江雁容淚眼模糊的看著母親，淡綠的窗簾、書架、小檯燈……這些，她原以為不會再看到的了，但，現在又一一出現在她面前了。江太太握住了她的手，說：

「雁容，妳為什麼要這樣做？」

江雁容費力的轉開頭，淚水不可遏止的滾了下來。

「告訴媽媽，妳為什麼？」江太太追問著。

「落——榜。」她吐出兩個字，聲音的衰弱使她自己吃了一驚。

「這不是真正的原因，我要那個真正的原因！」江太太緊追著問。

「哦，媽媽。」江雁容的頭在枕上痛苦的轉側著，她閉上眼睛，逃避母親的逼視。「媽媽別問了，讓姊姊休息吧。」在一邊的雁若說，用手帕拭去了江雁容額上的冷汗。

「不行！我一定要知道事實。雁容，告訴我！」

「媽媽，不、不！」江雁容哭著說，哀求的望著母親。

「意如，妳讓她睡睡吧，過兩天再問好了！」江仰止插進來說，不忍的看著江雁容那張小小的、慘白的臉。

「不，我一定要現在知道真相！雁容，妳說吧！有什麼事不能告訴母親？」

江雁容張大眼睛，母親的臉有一種權威性的壓迫感，母親那對冷靜的眼睛正緊緊的盯著她。她感到無從逃避，閉上眼睛，她的頭在劇烈的痛著，渾身都浴在冷汗裡，江太太的聲音又響了：「妳是不是為了一個男人？妳昏迷的時候叫過一個人的名字，告訴我，妳是不是為了他？」

「哦，媽媽，媽媽！」江雁容痛苦的喊，想加以解釋，但她疲倦極了，頭痛欲裂，她哭著低聲哀求：「媽媽，原諒我，我愛他。」

「誰？」江太太緊逼著問。

「康南，康南，康南！」江雁容喊著說，把頭埋在枕頭裡痛哭起來。

「就是妳那個男老師？在省立×中教書的？」江太太問。

「哦，媽媽，哦，媽媽，哦！」她的聲音從枕頭裡壓抑的飄出來：「我愛他，媽媽，別為難他，媽媽，請妳，請妳！」

「好，雁容，」江太太冷靜的說：「我告訴妳，天下最愛妳的是父母，有什麼問題妳應該和母親坦白說，不應該尋死！我並不是不開明的母親，妳有絕對的戀愛自由和婚姻自由，假如你們真的彼此相愛，我絕不阻擾你們！妳為什麼要瞞著媽媽，把媽媽當外人看待？妳有問題為什麼不找媽媽幫忙？世界上最愛妳的是誰？最能幫助妳的又是誰？假如妳不尋死，我還不會知道妳和康南的事呢！如果妳就這樣死了，我連妳為什麼死的都不知道！雁容，妳想想，妳做得對不對？」

「哦，媽媽。」江雁容低聲喊。

「好了，現在妳睡睡吧，相信媽媽，我一定不干涉妳的婚姻，妳隨時可以和康南結婚，只要妳願意。不過我要先和康南談談。妳想吃什麼嗎？」

「不，媽媽，哦，媽媽，謝謝妳。」江雁容感激的低喊。

江太太緊緊的閉著嘴，看著江雁容在過度的疲倦後，很快的睡著了。她為她把棉被蓋好，暗示雁若和江麟都退出房間。她走到客廳裡，在沙發中沉坐了下來，望著默默發呆的江仰止，冷笑了一聲說：「哼，現在的孩子都以為父母是魔鬼，是他們的敵人，有任何事，他們寧可和同學說，絕不會和父母說！」

「康南是誰？媽媽？」江麟問。

「我怎麼知道他是誰？」江太太憤憤的說：「他如果不是神，就是魔鬼！但以後者的成分居多！」她看看江仰止。「仰止，我們為什麼要生孩子帶孩子？」

江仰止仍然默默的站著，這件突如其來的事整個沖昏了他的頭，他覺得一片茫茫然！他的學問在這兒似乎無用了。

「哼！」江太太站起身來。「我現在才知道雁容為什麼沒考上大學！」抓起了她的皮包，她衝出了大門。

12

康南接到江雁容那封信，已經是寫信的第二天下午了。信封上熟悉的字跡使他心跳，自從江雁容落榜以來，他一直沒見到過她，想像中，她不知如何悲慘和失望。但他守著自己的小房間，既不能去探視她，也不能去安慰她，這咫尺天涯，他竟無法飛度！帶著無比的懊喪，他等待著她來，可是，她沒有來，這封信卻來了。

康南握著信，一種本能的預感使他不敢拆信，最後，他終於打開信封，抽出了信箋。最先映入他眼中的是那首詩，字跡潦草零亂，幾不可辨。看完，他急急的再看那封信，一氣讀完，他感到如同挨了一棍，呆呆的坐著，半天都不知道在做什麼。然後，抓起信箋，他再重讀了一遍，這才醒悟過來。

「雁容！」

他絕望的喊了一聲，把頭埋在手心中。接著，他跳了起來。「或者還能夠阻止！」他想，急急的換上鞋子，但，馬上他又愣住了。「怎樣阻止她呢？到她家裡去嗎？」他繫上鞋帶，到了這時候，他無法顧慮後果了。「雁容，不要傻，等著我來！」他心裡在叫著，急切中找不到鎖門的鑰匙。「現在還鎖什麼門！」他生氣的說，心臟在狂跳，眉毛上全是冷汗。「但願她還沒有做！但願她還沒有做！天，一切的痛苦讓我來擔承，饒了她吧！」

衝到門口，他正預備開門，有人在外面敲門了，他打開門。外面，江太太正傲然挺立著，用一對冰冷而銳利的眼睛打量著眼前這個男人。

「請問，您找那一位？」康南問，望著這個陌生的中年婦人。她的臉色凝肅，眼光灼灼逼人，康南幾乎可以感到她身上那份壓倒性的高傲氣質。

「我是江雁容的母親，你大概就是康先生吧！」江太太冷冷的說。

「哦，」康南吃了一驚，心裡迅速的想：「雁容完了！」他的嘴唇失去了顏色，面容慘白，冷汗從額上滾了下來。但他不失冷靜的把江太太請了進來，關上房門，然後怯怯的問：「江雁容──好嗎？」

「她自殺了，你不知道嗎？」

果然，康南眼前發黑，他顫抖的扶住了桌子，顫聲問：「沒有救了？」

「不，已經救過來了！」江太太說，繼續冷靜的打量著康南。

「謝謝天！」康南心中在叫著：「謝謝天！」他覺得有眼淚衝進了眼眶。不願江太太看到他的窘狀，他走開去給江太太泡了一杯茶，他的手無法控制的抖著，以至於茶潑出了杯子。江太太平靜的看著他，傲然說：

「康先生，雁容剛剛才告訴我她和你的事。」她的眼睛緊逼著康南，從上到下的注視著他，康南不由自主的垂下了眼睛。

「是的，」他說，考慮著如何稱呼江太太，終於以晚輩的身分說：「伯母……」

「別那麼客氣，」江太太打斷他。「彼此年齡差不多！」

康南的臉紅了。

「我想知道，雁容有沒有信給你？」江太太問。

「剛剛收到一封。」

「我想看看！」

康南把那封信從口袋裡拿出來，遞給江太太，江太太匆匆的看了一遍，一語不發的把那封信收進了皮包裡。她盯著康南，咄咄逼人的說：

「看樣子，你們的感情已經很久了，康先生，你也是個做過父親的人，當然不難體會父母的心。雁容只是個孩子，我們吃了許多苦把她撫育到十九歲，假如她這次就這樣死了，你如何對我們做父母的交代？」

康南語塞的看著江太太，感到她有種控制全場的威力。他囁嚅的說：

「相信我，我對江雁容沒有一點惡意，我沒料到她竟這麼傻！」

「當然，」江太太立即抓住他的話。「在你，不過逗逗孩子玩，你不會料到雁容是個認真的傻孩子，會認真到尋死的地步……」

「不是這樣，」康南覺得被激怒了，他壓抑著說：「我絕沒有玩弄她的意思……」

「那麼，你一開始就準備跟她結婚？」

「不，我自知沒有資格……」

「既然知道沒有資格，你還和她談戀愛，那你不是玩弄又是什麼呢？」

康南感到無法解釋，他皺緊了眉。

「江太太，」他於是勉強的說：「我知道我錯了，但感情的發生是無話可說的，一開始，我也努力過，我也勸過她，但是……」他嘆口氣，默然的搖搖頭。

「那麼，你對雁容有什麼計畫？你既不打算娶她，又玩弄她的感情……」

「我沒有說不打算娶她！」康南分辯。

「你剛才不是說你自知不能娶她嗎？現在又變了，是不是？好吧，那你是打算娶她了？請恕我問一句，你今年多少歲？你能不能保證雁容的幸福？雁容在家裡，是一點事都不做的，一點委屈都不能受的，你能給她一份怎麼樣的生活？你保證她以後會不吃苦，會過得很快樂？」

康南低下了頭，是的，這就是他自己所想的問題，他不能保證，他始終自認為未見得能給她幸福。最起碼，自己比她大了二十幾歲，終有一天，他要把她拋下來，留她一個人在世界上，他不忍想，到那一天，他柔弱的小容會怎麼樣！

「康先生，」江太太繼續緊逼著說：「在這裡，我要問問你，什麼是真正的愛情？你是不是想占有雁容，剝奪她可以得到的幸福？這叫作真愛情嗎？」

「您誤會了，我從沒有想占有雁容……」

「好！這話是你說的，如果雁容問起你，希望你也這樣告訴她！你並不想要她，是不是？」

「江太太，」康南漲紅了臉。「我愛雁容，雖然我知道我不配愛，我希望她幸福，哪怕是犧牲了我……」

「如果沒有你，她一定會幸福的，你不是愛她，你是在毀她！想想看，你能給她什麼？除了嘴巴上喊的愛情之外？她還只是個小孩，你已經四十幾了，康先生，做人不能做得太絕！假如雁容是你的女兒，你會怎麼樣想？」

「江太太，您是對的。」康南無力的說：「只要你們認為雁容會幸福，我絕不阻礙她。」他轉開頭，燃起一支菸，以掩飾心中的絕望和傷感。

「好吧，」江太太站起身來。「有你這句話，我就放心了，請你體諒做父母的心，給雁容一條生路！我相信你是君子，也相信你說的不想占有雁容的話，既然當初你也沒存要和她結婚的心，現在放開她對你也不是損失。好吧，再見！」

「等一等，」康南說：「我能去看她一次嗎？」

江太太冷笑了一聲。

「我想不必了，何必再多此一舉！」

「她——身體——」康南困難的說，想知道江雁容現在的情況。

「康先生放心吧，雁容是我的女兒，我絕對比你更關心她！」她走到門口，又回過頭來說：「如果雁容來找你，請記住你答應我的話！」開開門，她昂著頭走了。

康南關上門，倒進椅子裡，用手蒙住了臉。

「雁容！小容！容容！」他絕望的低喊：「我愛妳！我要妳！我愛妳！我要妳！」他把頭仆在桌上，手指插進頭髮裡，緊緊的拉扯住自己的頭髮。

❖

江太太回到家裡的時候，已經是黃昏時分了。江雁容剛剛醒來，正凝視著天花板發呆。現在，她的腦子已比較清楚了，她回憶江太太對她說的話，暗中感嘆著，她原以為母親一定反對她和康南，沒想到母親竟應允了，早知如此，她何必苦苦的瞞著母親呢？「我有個好媽媽。」她想：「康南，別愁了，一切問題都解決了！」她閉上眼睛，幻想著和康南以後那一連串幸福的日子。

江太太進了門，先到書房中和江仰止密談了一下，然後走到江雁容房裡。

「雁容，好些嗎？」她問，坐在雁容的床頭。

「哦，媽媽，」江雁容溫柔的笑笑，微微帶著幾分靦腆。「我真抱歉會做這種傻事！」

「年輕人都會有這種糊塗的時候，」江太太微笑著說：「妳舅舅讀中學的時候，為了一個女孩子吞火柴自殺，三個月之後卻和另一個女孩子戀愛了。」

江雁容感到舅舅的情況不能和她並提，她轉變話題問：

「媽媽剛才出去了？」

「雁容，」江太太收起了笑容，嚴肅而溫和的望著江雁容。「我剛才去看了康南，現在，告訴我，你們是怎麼開始戀愛的？」

江雁容不安的看著江太太，蒼白的臉浮起一片紅暈。

「我不知道怎麼說，我箱子裡有個小本子，裡面有片段的記載。」

「好，我等下去看吧，」江太太說，沉下臉來。「雁容，每個女孩子都會有一段初戀，每個人的初戀也都充滿了甜蜜和美好的回憶。現在，保留妳這段初戀的回憶吧，然後把這件事拋開，不要再去想它了。」

「媽媽，」江雁容驚惶的說：「妳是什麼意思？」

「忘掉康南，再也不要去理他了！」江太太一字一字的說。

「媽媽！」江雁容狐疑的望著江太太。「妳變了卦！」

「雁容，聽媽媽的話，世界上沒有一種愛可以代替母愛。媽媽是為了妳好，不要去追究原因，保留妳腦子裡那個美好的初戀的印象吧，再追究下去，妳就會發現美的變成醜的了。」

「媽媽，妳是什麼意思？妳見到康南了？」江雁容緊張的問，臉色又變白了。

「是的，」江太太慢吞吞的說：「我見到康南了。」

「他對妳說了些什麼？」

「妳一定要聽嗎？雁容？」江太太仍然慢吞吞的說：「我見到了他，他告訴我，他根本無意於娶妳，而且還勸妳不要愛他！雁容，他沒有愛上妳，是妳愛上他！」

「不！不！不！」江雁容喊，淚水迷糊了視線。「他不會這樣說，他不能這樣說！」

「他確實這樣說的！妳應該相信我，媽媽不會欺騙妳！雁容，他是個懦夫！他不敢負責任！他說他從沒有要娶妳，從沒有想要妳！雁容，他毫無誠意，他只是玩弄妳！」

「不！不！不！」江雁容大聲喊。

「我今天去，只要他對我說：他愛妳，他要妳，我就會把妳交給他。但他卻說他沒有意思要娶妳。雁容，妳受騙了，妳太年輕！我絕沒有造謠，妳可以去質問他！現在，把他忘掉吧，他不值得妳愛！」

「不！不！不！不！」江雁容喊著，把頭埋在枕頭裡痛哭，從沒有一個時候，她覺得這樣心碎，這樣痛恨，她捶著枕頭，受辱的感覺使她血脈僨張。她相信江太太的話，因為江太太從沒說過謊。她咬住嘴唇，直到嘴唇流血，在這一刻，她真想撕碎康南！她再也沒想到康南會這樣不負責任，竟說出無意娶她的話！那麼，這麼久刻骨銘心的戀愛都成了笑話！這是什麼樣的男人！這世界多麼可怕！她哭著喊：「我為什麼不死，我為什麼不死！」

江太太俯下身來，攬住了她的頭。

「雁容，哭吧，」她溫柔的說：「這一哭，希望像開刀一樣，能割去妳這個戀愛的毒瘤。哭吧，痛痛快快的哭一次，然後再也不要去想它了。」

「媽媽哦！媽媽哦！」江雁容緊緊的抱住母親，像個溺水的人抓著一塊浮木一樣。「媽媽哦！」

江太太愛憐的撫摸著她的短髮，感到鼻中酸楚。

「傻孩子！傻雁容！妳為什麼不信任母親？如果一開始妳就把妳的戀愛告訴我，讓我幫助妳拿一點主意，妳又怎麼會讓他欺騙這麼久呢？好了，別哭了。雁容，忘掉這件事吧！」

「哦，」雁容哭著說：「我怎麼忘得掉？我怎麼能忘掉！」

「雁容，」江太太忽然緊張了起來。「告訴我，他有沒有和妳發生肉體關係？」江雁容猛烈的搖搖頭。江太太放下心來，嘆了口長氣說：「還算好！」

「媽媽，」江雁容搖著頭說：「妳不知道我是多麼愛他，哦，他怎麼能這樣卑鄙！」她咬緊牙齒，捶著枕頭說：「我真想殺了他！殺了他！殺了他！」

她又哭又叫，足足鬧了半小時，終於被疲倦所征服了，她的頭在劇烈的痛著，但是心痛得更厲害。她軟弱的躺在床上，不再哭也不說話，眼睛茫然的望著窗子，和窗外黑暗的世界。在外表上，她是平靜了。但，在內心，卻如沸水般翻騰著。「我用全心愛過你，康南，」她心裡反覆的說著：「現在我用全心來恨你！看著吧！我要報復的，我要報復的！」

她虛弱的抬頭，希望自己能馬上恢復體力，她要去痛罵他，去質問他，甚至於去殺掉他！但她的頭昏沉得更厲害，四肢沒有一點力氣，被衰弱所折倒，她又熱淚盈眶了。「上帝，」她胡亂的想著：「如果祢真存在，為什麼不讓我好好的活又不讓我死？這是什麼世界？什麼世界？」眼淚已乾，她絕望的閉上眼睛，咬緊嘴唇。

三天之後，江雁容仍然是蒼白憔悴而虛弱的，但她堅持要去見一次康南，堅持要去責問他，痛斥他，她抓住江太太的手說：「媽媽，這是最後一次見他，我不出這一口氣永不能獲得平靜，媽媽，讓我去！」

江太太搖頭，但是，站在一邊的江仰止說：「好吧，讓她去吧，不見這一次她不會死心的！」

「等妳身體好一點的時候。」江太太說。

「不！我無法忍耐！」

江太太不得已，只得叫江麟送江雁容去。但，背著江雁容，她吩咐江麟要在一邊監視他們，並限定半小時就要回來。她不放心的對江雁容說：

「只怕妳一見他，又會被他的花言巧語所迷惑了！記住，這個人是條毒蛇，妳可以去罵他，但再也不要聽信他的任何一句話！」

江雁容點點頭，和江麟上了三輪車。在車上，江雁容對江麟說：

「我要單獨見他，你在校園等我，行不行？」

「媽媽要我……」江麟不安的說。

「請你！」

「好吧！」江麟同情的看了姊姊一眼，接著說：「不過，妳不要再受他的騙！姊姊，他絕對不愛妳，告訴妳，如果我的女朋友為我而自殺，那麼，刀擱在我脖子上我也要去看她的！他愛妳，他會知道妳自殺而不來看妳嗎？」

「你是對的，我現在夢已經醒了！」江雁容說：「我只要問他，他的良心何在？」

當江雁容敲著康南的門的時候，康南正在房間裡踱來踱去，從清晨直到深夜。江太太犀利的話一直迴蕩在他的耳邊，是的，真正的愛是什麼？為了愛江雁容，所以他必須撤退？他沒有資格愛江雁容，他不能妨礙江雁容的幸福！是的，這都是真理！都是對的！他應該為她犧牲，哪怕把自己打入十八層地獄！但，江雁容離開他是不是真能得到幸福呢？誰能保證？他的思想紊亂而矛盾，他渴望見到她，但他沒有資格去探訪，他只能在屋裡和自己掙扎搏鬥。他不知道江太太回去後和江雁容怎麼說，但他知道一個事實，雁容已經離開他了，他再也不能得到她了！「假如妳真得到幸福，一切都值得！如果妳不能呢？我這又是何苦？」他憤憤的擊著桌子，也擊著他自己的命運。

敲門聲傳來，他打開了門，立即感到一陣暈眩。江雁容站在那兒，蒼白、瘦弱，而憔悴。他先穩定了自己，然後把她拉進來，關上房門。她的憔悴使他吃驚，那樣子就像一根小指頭就可以把她推倒。但她的臉色憤怒嚴肅，黑眼睛裡冒著瘋狂的火焰，康南感到這火焰可以燒熔任何一樣東西。他推了張椅子給她，她立即身不由主的倒進椅子裡，康南轉開頭，掩飾湧進眼眶裡的淚水，顫聲說：

「雁容，好了嗎？」

江雁容定定的注視著他，一語不發，半天後才咬著牙說：

「康南，你好……」才說了這兩個字，她的聲音就哽塞住了，眼淚衝進了眼眶裡，好一會，她才能控制住自己的聲音，一字一字的說：「康南，我一直以為你是個正大光明的人，誰知道你是個卑鄙無恥的魔鬼！」

康南身子搖晃了一下，眼前發黑。江雁容滿臉淚痕，繼續說：

「你告訴我母親，你根本沒意思要娶我！康南，你玩弄我的感情，你居然忍心欺騙我，你的良心呢？你……」她哽塞住，說不出話來，臉色益發蒼白。康南衝到她身前，抓住她的手，蹲伏在她的腳前。她的手冷得像塊冰，渾身劇烈的顫抖著，他的手才接觸到她，她就迅速的抽出手去，厲聲說：

「不許你碰我！」然後，她淚眼迷離的望著他的臉，舉起手來，用力對他的臉打了一個耳光。康南怔了一下，一把拉住她的手，把江太太臨走時警告他的話全拋在腦後，憤怒的說：

「我沒說過無意娶妳！」

「你說過，你一定說過！媽媽從不會無中生有！」她痛苦的搖著頭，含淚的眼睛像兩顆透過水霧的寒星，帶著無盡的哀傷和怨恨注視著他，這把他折倒了，他急切的說：

「妳相信我會這樣說？我只說過我自知沒資格娶妳，我說過我並沒有要占有妳……」

「這又有什麼不同！」

「這是不同的，妳母親認為我占有妳是一種私欲，真正愛妳就該離開妳，讓妳能找到幸福，否則是我毀妳，是我害妳，妳懂嗎？我不管世界上任何一切，我只要妳幸福！離開妳對我說是犧牲，這麼久以來妳還不瞭解我？如果連妳都在誤會我在欺騙妳，玩弄妳，我還能希望這世界上有誰能瞭解我！好吧！雁容，妳恨我，我知道，繼續恨吧，如果恨我而能帶給妳幸福的話！妳母親措詞太厲害，她逼得我非說出不占有妳的話，但是我說不占有妳並不是不愛妳！我如果真存心玩弄妳，這麼久以來，發乎情，止乎禮，我有沒有侵犯妳一分一毫？雁容，假如我說了我無意娶妳，我不要妳……或任何不負責任的話，我就馬上死！」他握緊了那隻小小的冰冷的手，激動和難過使他滿盈熱淚，他轉開頭，費力的說：「隨妳怎麼想吧！雁容，隨妳怎麼想！」

江雁容看著他，淚珠停在睫毛上，她思索著，重新衡量著這件事情。康南拿出一支菸，好不容易點著了火，他鬱悶的吸了一大口，站起身來，走到窗口，竭力想平靜自己，四十幾歲的人了，似乎不應該如此激動，對窗外噴了一口煙，他低聲說：

「我除了口頭上喊的愛情之外，能給妳什麼！這是妳母親說的話，是的，我一無所有，除了這顆心，現在，妳也輕視這顆心了！我不能保證妳舒適的生活，我不配有妳！我不配，

我不配，妳懂嗎？」

「康南，你明明知道我的幸福懸在你身上，你還準備離開我！你明知沒有你的日子是一連串的黑暗和絕望，你明知道我不是世俗的追求安適的女孩子！你為什麼不敢對我母親說：『我愛她！我要她！我要定了她！』你真的那麼懦弱？你真是個屠格涅夫筆下的羅亭？」

康南迅速的轉過身子來面對著她。

「我錯了，我不敢說，我以為我沒資格說，現在我明白了！」他走到江雁容身邊，蹲下來望著她。「妳打我吧！我真該死！」

他們對望著，然後，江雁容哭著倒進了他的懷裡，康南猛烈的吻著她，她的眼睛、眉毛、面頰，和嘴唇，他摟住她，抱緊了她，在她耳邊喃喃的說：

「我認清了，讓一切反對的力量都來吧，讓一切的打擊都來吧，我要定了妳！」

他們擁抱著，江雁容小小的身子在他懷裡抽搐顫抖，蒼白的臉上淚痕狼藉，康南捧住她的臉，注視她消瘦的面頰和憔悴的眼睛，感到不能抑制的痛心，眼淚湧出了他的眼眶，他緊緊的把她的頭壓在自己的胸前，深深的顫慄起來。

「想想看，我差點失去妳！妳母親禁止我探視妳，妳……怎麼那麼傻？怎麼要做這種傻事？」他吻她的頭髮。「身體還沒好，是不是？很難過嗎？」

「身體上的難過有限，心裡才是真正的難過。」

「還恨我？」

她望著他。「是的，恨你沒勇氣！」

康南深深的嘆了口氣。「如果我沒結過婚，如果我比現在年輕二十歲，妳再看看我有沒有勇氣。」

一陣高跟鞋的聲音從走廊傳來，他們同時驚覺到是誰來了，江雁容還來不及從康南懷裡站起來，門立即被推開了。江太太站在門口，望著江雁容和康南的情形，氣得臉色發白，她冷笑了一聲，說：

「哼，我就猜到是這個局面，小麟呢？」

「在校園裡。」江雁容怯怯的說，離開了康南的懷抱。

江太太走進來，關上房門，輕蔑而生氣的望著江雁容說：

「妳說來罵他，責備他，現在妳在這裡做什麼！」

「媽媽！」江雁容不安的叫了一聲，低下了頭。

「康先生，你造的孽還不夠？」江太太逼視著康南。「你說過無意娶她……」

「江太太！」康南嚴肅的說：「我不是這樣說的，我只是說如果她離開我能得到幸福，我無意占有她！可是，現在我願向您保證我能給她幸福，請求您允許我們結婚！」

江太太愕然的看著康南，這個變化是她未曾料及的。一開始，從江雁容服毒自殺，到她供出和康南的戀愛，江太太就自覺捲進一個可怕的狂瀾中。她只有一個堅定的思想，這個戀愛是反常的，是違背情理的，也是病態而不自然的。她瞭解江雁容是個愛幻想的孩子，她一定把自己的幻想塑成一個偶像，而把這偶像和康南揉和在一起，然後盲目的愛上這個自己的幻像。而康南也一定是個無行敗德的男老師，利用雁容的弱點而輕易的攫取了這顆少女的心。所以，她堅定的認為自己要把江雁容救出來，一定要救出來，等到和康南見了面，她更加肯定，覺得康南言詞閃爍，顯然並沒有甘冒天下之大不韙而娶江雁容的決心。於是她對於挽救雁容有了把握，斷定康南絕對不敢硬幹，絕對不會有誠意娶雁容，這種四十幾歲的男人她看多了，知道他們只會玩弄女孩子而不願負擔起家庭的責任，尤其要付出相當代價的時候。康南開口求婚使她大感詫異，接著，憤怒就從心底升了起來。哦，這是個多麼不自量力的男人，有過妻子，年過四十，竟想娶尚未成人的小雁容！她不是個勢利的母親，但她看不起康南，她斷定雁容跟著他絕不會幸福。望了康南好一會兒，她冷冷的笑著說：

「怎麼語氣又變了？」她轉過頭，對江雁容冷冰冰的諷刺著說：「雁容，妳怎麼樣哀求得他肯要妳的？」

「哦，媽媽。」江雁容說，臉色更加蒼白了。

「江太太，」看到江太太折磨雁容使康南憤怒，他堅定的說：「請相信我愛江雁容的誠意，請允許我和她結婚，我絕對盡我有生之年來照料她，愛護她！我說這話沒有一絲勉強，以前我怕我配不上她……」

「現在你覺得配得上她了？」江太太問。

康南的臉紅了，他停了一下說：

「或者大家都認為配不上，但是，只要雁容認為配得上，我就顧不了其他了！」

江太太打量著康南，後者挺然而立，有種挑戰的意味，這使江太太更加憤怒。轉過身來，她銳利的望著江雁容，嚴厲的說：

「妳要嫁這個人，是不是？」

江雁容低下頭去。

「說話呀！」江太太逼著問：「是不是？」

「哦，媽媽，」江雁容掃了母親一眼，輕輕的說：「如果媽媽答應。」

「假如我不答應呢？」江太太問。

江雁容低頭不語，過了半天，才輕聲說：

「媽媽說過不干涉我的婚姻。」

「好，我是說過，那麼妳決心嫁他了？」

江雁容不說話。江太太怒沖沖的轉向康南。

「你真有誠意娶雁容？」

「是的。」

「你能保證雁容的幸福？保證她不受苦？」

康南望了江雁容一眼。「我保證。」他說。

「好，那麼，三天之內你寫一張書面的求婚信給雁容的爸爸和我，上面要寫明你保證她以後絕不受苦，絕對幸福。如果三天之內你的信不來，一切就作罷論。信寫了之後，你要對這信負全責，假如將來雁容有一丁點兒的不是，我就唯你是問！」

康南看著那在憤怒中卻依然運用著思想的江太太，知道自己碰到了一個極強的人物。要保證一個人的未來幾乎是不可能的，誰能預測命運？誰又能全權安排未來？他又望了江雁容一眼，後者正靜靜的看看他，眼睛裡有著單純的信賴和固執的深情，就這麼一眼相觸，他就感到一陣痙攣，他立即明白，現在不是她離不離得開他的問題，而是他根本離不開她！他點點頭，堅定的望著江太太。

「三天之內，我一定把信寄上！」

江太太銳利的看著康南，幾乎穿過他的身子，看進他的內心裡去。她不相信這個男人，更不相信一個中年男人會對一個小女孩動真情。山盟海誓，不顧一切的戀愛是屬於年輕人的，度過中年之後的人，感情也都滑入一條平穩的槽，揆之情理，大都不會像年輕人那樣衝動了。難道這個男人竟真的為雁容動了情？她打量他，不相信自己幾十年閱人的經驗會有錯誤，康南的表情堅定穩重，她簡直無法看透他。「這是個狡猾而厲害的人物，」她想，直覺的感到面前這個人是她的一個大敵，也是一隻兀鷹，正虎視眈眈的覬覦著像隻小雛雞般的雁容。母性的警覺使她悚然而驚，無論如何，她要保護她的雁容，就像母雞護佑她的小雞一般。她昂著頭，已準備張開她的翅膀，護住雁容，來和這隻兀鷹作戰。

「好！」她咬咬牙說：「我們等你的信來再說！雁容，現在跟我回去！在信來之前，不許到這兒來！」

江雁容默默的望了康南一眼，依然是那麼信賴，那麼深情，引起康南內心一股強烈的衝擊力。他回望了她一眼，盡量用眼睛告訴她：「妳放心，我可以不要全世界，但是要定了妳！」他看出江雁容瞭解了他，她臉上掠過一層欣慰的光彩，然後跟著江太太走出了房間。

帶著江雁容，找到了江麟，他們坐上三輪車回家，江太太自信的說：

「雁容，我向妳打包票，康南絕不敢寫這封信，妳趁早對這個人死心吧！」

江雁容一語不發，江太太轉過頭去看她。她蒼白的小臉煥發著光彩，眼睛裡有著堅定的信任。那兩顆閃亮的眸子似乎帶著一絲對母親的自信的輕蔑，在那兒柔和的說：「他會寫的！他會寫的！」

接著而來的三天，對江太太來說，是極其不安的，她雖相信康南不敢寫這封信，但，假如他真寫了，難道她也真的就把雁容嫁給他嗎？如果再反悔不嫁，又違背了信用，而她向來是言出必行的！和江太太正相反，江雁容卻顯得極平靜，她安靜的期待著康南的信，而她知道，這封信是一定會來的！

這是整個家庭的低潮時期，江家被一片晦暗的濃霧所籠罩著，連愛笑愛鬧的江麟都沉默了，愛撒嬌的雁若也靜靜的躲在一邊，敏感的覺得有大風暴即將來臨。江仰止的大著作已停頓了，整天背負著兩隻手在房裡踱來踱去，一面嘆氣搖頭。對於處理這種事情，他自覺是個低能，因此，他全由江太太去應付。不過，近來，從雁容服藥，使他幾至於失去這個女兒，到緊接著發現這個女兒的心已流落在外，讓江仰止憬然而悟，感到十幾年來，他實在太忽略這個女兒了。江太太看了江雁容的一本雜記，實際上等於一本片段的日記，這之中記載了她和康南戀愛的經過，也記載了她在家庭中受到的冷落和她那份追求情感生活的渴望。這本東西江仰止也看了，他不能不以一種新的眼光來看江雁容，多麼奇怪，十幾年的父女，他這才發現他以前竟完全不瞭解江雁容！那些坦白的記載提醒了他的偏愛江麟，也提醒了他是個失職的父親。那些哀傷的句子和強烈的感情使他感到愧疚和難過，尤其，他發現了自己竟如此深愛江雁容！深愛這個心已經離棄了父母的女兒。他覺得江雁容愛上康南，只是因為缺乏了父母的愛，而盲目的抓住一個使她能獲得少許溫情的人，這更加使他感到江雁容的可愛和可憐。他知道自己有救助江雁容的責任，他想彌補自己造成的一份過失，再給予她那份父愛。但，他立即發現，他竟不知如何做才能讓江雁容瞭解，他竟不會表達他的感情和思想，甚至於不會和江雁容談話！江太太總是對他說：

「你是做爸爸的，你勸勸她呀！讓她不要那麼傻，去上康南的當！」

怎麼勸呢，他茫然了。他向來拙於談話，他的談話只有兩種，一種是教訓人，一種是發表演說，要不然，就是輕輕鬆鬆的開開玩笑。讓他用感情去說服一個女孩子，他實在沒有這份本領。在他們等信的第三天早上，江仰止決心和江雁容談談。他把江雁容叫過來，很希望能輕鬆而誠懇的告訴江雁容，父母如何愛她，要她留在這個溫暖的家裡，不要再盲目的被人所欺騙。可是，他還沒開口，江雁容就以一副忍耐的，被動的，準備挨罵的眼色看著他。在這種眼色後面，江仰止還能體會出一種反叛性，和一種固執的倔強。嘆了口氣，江仰止只能溫柔的問：

「雁容，妳到底愛康南一些什麼地方？聽媽媽說，他並不漂亮，也不瀟灑，也沒什麼特別了不起的地方。」

江雁容垂下眼睛，然後，輕輕的說：

「爸爸，愛情發生的時候，是沒有什麼道理可講的，也無法解釋的。爸爸，你不會用世俗的眼光來衡量愛情吧！」

「可是，妳想過沒有，妳這份愛情是不合常理的，是會遭到別人攻擊的？」

「我不能管別人，」江雁容倔強的說：「這是屬於我自己的事，與別人無關，是不是？人是為自己而活著，不是為別人而活著，是不是？」

「不，妳不懂，人也要為別人而活！人是不能脫離這個社會的，當全世界都指謫妳的時候，妳不會活得很快樂。而且，人不能只憑愛情生活，妳還會需要很多東西，包括父母、兄弟、姊妹，和朋友！」

「如果這些人因為我愛上了康南而離棄我，那不是我的過失。爸爸！」江雁容固執的說。

「這不是誰的過失的問題，而是事實問題，造成孤立的事實後，妳會發現痛苦超過妳所想像的！」

「我並不要孤立，如果大家逼我孤立，我就只好孤立！」江雁容一口氣說完，眼睛裡已充滿了淚水。

「雁容，」江仰止無可奈何的嘆了口氣。「把眼界放寬一點，妳將會發現這世界上的男人多得很……」

「爸爸，」江雁容打斷了他，魯莽的說：「世界上的女人也多得很，你怎麼單單娶了媽媽？」

江仰止啞然無言，半天後才說：

「妳如果堅持這麼做，就一點都不顧慮妳會傷了父母的心？」

江雁容滿眼淚水，她低下頭，猛然醒悟，以父母和康南相提並論，她是如此偏向於康南！在她心裡，屬於父母的地位原只這麼狹小！十九年的愛護養育，卻敵不住康南的吸引力！她把父母和康南放在她心裡的天秤上，詫異的發現康南的那一端竟重了那麼多！是的，她是個不孝的孩子，難怪江太太總感慨著養兒女的無用，十九年來的撫養，她羽毛未豐，已經想振翅離巢了。望著父親斑白的頭髮，和少見的，傷感的臉色，她竟不肯說出放棄康南的話。她哀求的望了父親一眼，低低的說：

「爸爸，我不好，你們原諒我吧！我知道不該傷了你們的心，但是，要不然我的心就將碎成粉末！」她哭了，逃開了父親，鑽進自己的臥室裡去了。

江仰止看著她的背影，覺得眼中酸澀。孩子長成了，有他們自己的思想和意志，他們就不再屬於父母了。兒女可以不顧慮是否傷了父母的心，但做父母的，又怎忍讓兒女的心碎成粉末?他感到自己的心意動搖，主要的，他發現江雁容內在的東西越多，他就越加深愛這個女兒。這變成他心中的一股壓力，使他不忍也不能看到她痛苦掙扎。

江太太走進來，問：

「怎麼樣?你勸了她嗎?」

江仰止無可奈何的搖搖頭。

「她已經一往情深了，我們的力量已太小了。」

「是嗎?」江太太挺起了背脊。「你看吧！不顧一切，我要阻止這件事！首先，我算定他不敢寫那封信！他是個小人，他不會把一張追求學生的字據落在我手裡，也不敢負責任！你看吧！」

但是，下午三點鐘，信準時寄到了。江仰止打開來細看，字跡勁健有力，文筆清麗優雅，詞句謙恭懇切，全信竟無懈可擊！他的求婚看來是真切的，對江雁容的情感也頗真摯。江仰止看完，把信遞給江太太，嘆口氣說：

「這個人人品姑且不論，才華確實很高。」

江太太狠狠的盯了江仰止一眼，生氣的說：

「什麼才華！會寫幾句詩詞對仗的玩意，這在四十幾歲的人來說，幾乎人人能寫！」看完信，她為自己的判斷錯誤而生氣，厲聲說：「雁容，過來！」

事實上，江雁容根本就站在她旁邊，她冷冷的看著江雁容說：

「好，康南的求婚信已經來了，我曾經答應過不干涉妳的婚姻，現在，妳是不是決定嫁給這個人？」

江雁容在江太太的盛氣下有些瑟縮，但她知道現在不是畏縮的時候，她望著榻榻米，輕輕的點了兩下頭。

「好！」江太太咬咬牙。「既然妳已經認定了嫁他，我就守信不干涉妳，妳去通知康南，叫他一個月之內把妳娶過去，不過，記住，從此妳算是和江家脫離了關係！以後妳不許承認是江仰止的女兒，也永遠不許再走進我的家門！」

「哦，媽媽！」江雁容低喊，抬頭望著江太太，乞求的說：「不！媽媽，別做得那麼絕！」

「我的話已經完了，妳只有在家庭和康南中選一條路，要不然和康南斷絕，要不然和家庭斷絕！」

「不！媽媽！不！」江雁容哀求的抓住母親的袖子，淚水盈眶。「不要這樣，媽媽！」

「妳希望怎麼樣？嫁給康南，讓人人都知道江仰止有一個康南那樣的女婿？哼？雁容，妳也未免太打如意算盤了。假如妳珍惜這個家，假如妳還愛爸爸媽媽和妳的弟弟妹妹，妳就和康南斷絕！」

「不！」江雁容搖著頭，淚如雨下。「我不能！我不能！」

「雁容，」江仰止插進來說：「想想看，妳有個很好的家，爸爸媽媽都愛妳，弟弟妹妹也捨不得妳離開，想想看，十九年的恩情，妳是不是這麼容易斬斷？如果妳回到爸爸媽媽的懷抱裡來，我相信，半年內妳就會忘了康南……」

「不！不！不！」江雁容絕望的搖著她的頭。

「好！」江太太氣極了，這就是撫育兒女的好處！當他們要離開的時候，對這個家的溫情竟這樣少！父母弟妹加起來，還敵不過一個康南！「好！」她顫聲說：「妳滾吧！叫康南馬上把妳娶過去，我不想再見到妳！就算我沒有妳這個女兒！去通知康南，一個月之內不迎娶就作罷論！現在，從我面前滾開吧！」

「哦，媽媽。哦，媽媽！不要！」江雁容哭著喊，跪倒在江太太腳前，雙手抓緊了江太太的旗袍下襬，把面頰緊挨在江太太的腿上。「媽媽，媽媽！」

江太太俯頭看著江雁容，一線希望又從心底萌起，她撫摩著江雁容的頭髮，鼻子裡酸酸的。

「雁容，」她柔聲說：「再想想，妳捨得離開這個家？連那隻小白貓，都是妳親手餵大的，後院裡的蔦蘿，還是妳讀初二那年從學校裡弄回來的種子……就算妳對父母沒有感情，妳對這些也一無留戀嗎？雁若跟妳睡慣了，到現在還要攬住妳的脖子睡，她夜裡總是怕黑，有了妳才覺得安全……這些，妳都不顧了？」

「媽媽！哦，媽媽！」江雁容喊。

「妳捨不得？是不是？好孩子，告訴媽媽，妳願意留下來，願意和康南斷絕！爸爸媽媽也有許多地方對不起妳，讓我們再重新開始，重新過一段新生活，好不好？來，說，妳願意和康南斷絕！」

「哦，媽媽，」江雁容斷斷續續的說：「別逼我，媽媽，我做不到！媽媽哦！」她搖著頭，淚水弄了江太太一身。

「好，」江太太的背脊又挺直了。「媽媽這樣對妳說，都不能讓妳轉變！那麼，起來吧！去嫁給康南去！以後永遠不要叫我作媽媽！我白養了妳，白帶了妳！滾！」她把腿從江雁容手臂裡拔出來，毅然的抬抬頭，走到裡面去了。

失去了倚靠，江雁容倒在地下，把頭埋在手腕裡，哭著低聲喊：

「上帝哦，我寧願死！」

江仰止走過去，眼角是濕潤的。他托起江雁容的頭，江雁容那對充滿了淚的眼睛正哀求的看著他。他搖搖頭，嘆了口氣，感慨的唸了兩句：

「世間多少癡兒女，可憐天下父母心！」然後，他站起身，蹌踉的走開說：「起來吧！雁容，做爸爸的答應妳和他結婚了！」

13

康南在他的小屋裡生起了一個炭爐子，架上一口鍋，正在炒著一個菜，菜香瀰漫了整間屋子。他看看靠在椅子裡的江雁容，她正沉思著什麼，臉上的神情十分寥落。

「來，讓妳看看我的手藝，」康南微笑著說：「以前在湖南的時候，每到請客，我就親自下廚，炒菜是一種藝術。」

江雁容仍然沉思著，黑眼睛看起來毫無生氣。康南走過去，用手臂支在椅背上，在她額上輕輕的吻了一下，俯視著她。

「想什麼？」

江雁容醒了過來，勉強的笑了笑，眨眨眼睛。

「你娶了我之後會不會後悔？」

「妳怎麼想的？」

「我什麼都不會，炒菜燒飯不行，甚至洗不乾淨一條小手帕，你將會發現我是一個很無能的笨妻子！」

「讓我伺候妳！妳會是個十分可愛的小妻子！讓我為妳做一切的事，我高興做，只要是為妳！」

江雁容笑笑，又嘆了口氣。

「婚事準備得怎麼樣？越快越好，我怕媽媽會變卦！」

「房子已經租定了，剩下的工作是買傢俱，填結婚證書，和做衣服。」

「還做什麼衣服，公證結婚簡單極了！」江雁容望著窗外，又嘆了口氣。

康南把菜裝出來，放在桌子上，望著江雁容。

「怎麼了？」

「有點難過，」江雁容說，眼睛裡升起一團霧氣。「康南，你會好好待我？為了你，我拋棄了十九年的家，斷絕了父母弟妹和一切原有的社會關係。等我跟你結了婚，我就只有你了！」

康南捧住她的臉，看著她那對水汪汪的眼睛，小小的嘴角浮著個無奈的，可憐兮兮的微笑。他簡直不敢相信，這個女孩子終於要屬於他了，完完全全的屬於他。他不知道自己到底有什麼地方值得她拋棄家庭來奔向他，她那種火一般的固執的熱情使他感動，她那蠶絲般細韌的感情把他包得緊緊的。他溫柔的吻她。

「小雁容，請相信我。」他再吻她。「我愛妳，」他輕聲說：「愛得發狂。」他的嘴唇輕觸著她的頭髮，她像個小羊般依偎在他胸前，他可以聽到她的心臟跳動，柔和細緻，和她的人一樣。他們依偎了一會兒，她推開他，振作起來說：

「來，讓我嚐嚐你炒的菜！」

他們開始吃飯，她望著他笑。

「笑什麼？」他問。

「你會做許多女人的事。」她說。

他也笑了。「將來結了婚，妳不願意做的事，我都可以幫妳做。」

她沉默了一會兒，皺皺眉。

「不知道為什麼，」她說：「我有點心驚肉跳，我覺得，我們的事還有變化。」

「不至於了吧，一切都已經定了！」康南說，但他自己也感到一陣不安，他向來很怕江雁容的「預感」。

「今天下午兩點鐘，我的堂弟和一個最好的朋友要從臺南趕來，幫忙籌備婚事。」

「那個朋友就是你提過的羅亞文？」江雁容問。

「是的。」羅亞文本是康南在大陸時的學生，在臺灣相遇，適逢羅亞文窮病交迫，康南幫助了他，為他治好了肺病，又供給學費使他完成大學教育。所以，羅亞文對於康南是極崇拜也極感激的。

「你弟弟叫什麼名字？」

「康平。」

「好吧，我等他們來。」江雁容說。

「我弟弟寫信來，要我代他向大嫂致意。」

「大嫂？」

「就是妳呀！」江雁容驀的臉紅了。

吃過了飯，他們開始計畫婚禮的一切，江雁容說：

「我爸爸媽媽都不會參加的。但是我還沒有到法定年齡，必須爸爸在婚書上簽字，我不認為他會肯簽。」

「既然已經答應妳結婚，想必不會在婚書上為難吧！」康南說。

江雁容看著窗外的天，臉上憂思重重。

「我右眼跳，主什麼？」她問。

「左眼跳財，右眼跳災——」康南說，接著說：「別迷信了吧！一點意義都沒有！」但是，江雁容的不安影響了他。他也模糊的感到一層陰影正對他們籠罩過來。

兩點鐘，羅亞文和康平來了。康平年紀很輕，大約只有二十幾歲，英俊漂亮，卻有點靦腆畏羞。羅亞文年約三十，看起來是個極聰明而理智的男人。他們以一種新奇的眼光打量江雁容，使江雁容覺得臉紅，羅亞文笑笑，露出一口白牙，給人一種親切感。

「沒想到江小姐這麼年輕！」他說。

江雁容的臉更紅了，康南也微微感到一陣不安。然後他們開始計畫婚事，江雁容顯得極不安，坐了一會兒，就起身告辭。走出了康南的房間，她奇怪的看了看天，遠處正有一塊烏雲移過來。「是我命運上的嗎？」她茫然自問：「希望不是！老天，饒了我吧！」

回到家裡，一切如常，江太太不理她，江仰止在書房中嘆氣。只有江雁若和她打招呼，告訴她周雅安和程心雯來看過她，向她辭行，她們坐夜車到臺南成大去註冊了。

「去了兩個好朋友，」她想。「我更孤獨了。」

以後半個月，一切平靜極了。江仰止又埋在他的著作裡，江太太整天出門，在家的時候就沉默不語。一切平靜得使人窒息。江雁容成了最自由的人，沒有任何人過問她的行動。她幾乎天天到康南那兒去，她和康平羅亞文也混熟了，發現他們都是極平易近人的青年。他們積極的準備婚事，康平已戲呼她大嫂，而羅亞文也經常師母長師母短的開她的玩笑了。只有在這兒，她能感到幾分歡樂和春天的氣息，一回到家裡，她的笑容就凍結在冰冷的氣氛中。

這天，她從康南那兒回來，江太太正等著她。

「雁容！」她喊。

「媽媽！」江雁容走過去，敏感到有問題了。她搶先一步說：「我們已經選定九月十五日結婚。」

江太太上上下下的看著她，然後冷冰冰的說：

「收回這個日期，我不允許你們結婚！」

像是青天中的一個霹靂，江雁容立即被震昏了頭。她愕然的看著江太太，感到江太太變得那麼高大，自己正被掌握在她手中，她恐懼的想，自己是沒有力量翻出她的掌心的，正像孫悟空翻不出如來佛的掌心一樣。她囁嚅的說：

「爸爸已經答應了的！」

「要結婚妳去結婚吧，」江太太說：「我們不能簽字，要不然，等到妳自己滿了法定年齡再結婚，反正你們相愛得這麼深，也不在乎再等一年多，是不是？你們就等著吧！我不干涉妳的婚姻，但我也絕不同意妳這個婚姻，明白嗎？去吧！一年多並不長，對妳對他，也都是個考驗，我想，妳總不至於急得馬上要結婚吧？」

「妳不是說一個月內讓他娶我嗎？」

「那句話我收回了！行不行？」

江雁容望著江太太，母親的臉那麼堅決而冰冷，完全沒有轉寰的餘地，她頓時明白了！她根本沒有辦法改變母親的主意。是的，一年多並不長。只是，這一年多是不是另藏著些東西？它絕不會像表面那樣平靜。但，她又能怎樣呢？江太太的意志是不容反叛的！她踉踉的退出房間，知道自己必須接受這安排，不管這後面還有什麼。

當江雁容帶著這消息去看康南的時候，康南上課去了，羅亞文正在他房間裡。江雁容把婚禮必須延到一年後的事告訴羅亞文，羅亞文沉思了一段長時間，忽然望著江雁容說：

「江小姐，我有一種感覺，妳不屬於康南！」

人。

江雁容看著他，覺得他有一種超凡的智慧和穎悟力，而且，顯然是個懂得感情生活的人。

「就是到了一年後，」羅亞文說：「阻力依然不會減少！妳母親又會有新的辦法來阻止了。」他望著她嘆了口氣。「妳和康南只是一對有情人，但不是一對有緣人，有的時候，我們是沒有辦法支配命運的！妳覺得對嗎？」

江雁容茫然的坐著，羅亞文笑笑說：

「既然你們不結婚，我也要趕回臺南去了。」停了一會兒，他又說：「江小姐，如果我是妳，我就放棄了！」

「你是什麼意思？」江雁容問。

「這道傷口已經劃得很深了，再下去，只有讓它劃得更深。」羅亞文說，誠懇的望著江雁容。「妳自己覺得妳有希望跟他結合嗎？」他搖搖頭。「太渺茫了。」

是的，太渺茫了，在接下來的日子中，江雁容才更加感到這希望的渺茫。江太太的態度忽然有了一百八十度的轉變，她用無限的溫柔和母愛來包圍住江雁容，在江雁容面前，她絕口不提康南。同時對她亦步亦趨的跟隨著，無形中也限制了她去探訪康南。她發現，她等於被母親軟禁了。在幾度和康南偷偷見面之後，江太太忽然給江雁容一個命令，在她滿二十歲之前，不許她和康南見面！否則，江太太要具狀告康南引誘未成年少女。江雁容屈服了，她在家裡蟄居下來，一天一天的捱著日子，等待二十歲的來臨。

生活變得如此的寂寞空虛和煩躁，江雁容迅速的憔悴下去，也委頓了下去。對於母親，她開始充滿了恨意。江太太的感覺是敏銳的，她立即覺出了江雁容對她的仇恨。這些日子以來，她內心的掙扎和痛苦不是外人所能瞭解的。眼望著江雁容，一朵她所培育出來的小花，那麼稚嫩、嬌弱，卻要被康南那個老狐狸所攀折，這使她覺得要發狂。為江雁容著想，無論如何，跟著康南絕不會幸福。雁容是個太愛幻想的孩子，以為「愛情」是人生的一切，殊不知除了愛情之外，生存的條件還有那麼多！她不能想像雁容嫁給康南之後的生活，在所有人的鄙視下，在貧窮的壓迫下，伴著一個年已半百的老頭，那會是一種多麼悲慘的生活。她現在被愛情弄昏了頭，滿腦子綺麗的夢想，一旦婚後，在生活的折磨下，她還有心情來談情說愛嗎？江太太想起她自己，為了愛情至上而下嫁一貧如洗的江仰止，此後二十年的生活中，她每日為了幾張嗷嗷待哺的小嘴發愁，為三餐不繼憂心，為前途茫茫困擾，為做不完的家務所壓迫……愛情，愛情又在哪裡？但是，這些話江雁容是不會瞭解的，當她對江雁容說起這些，江雁容只會以鄙夷的眼光望著她，好像她是個金錢至上的凡夫俗子！然後以充滿信心的聲音說：

「媽媽，只要有愛情，貧窮不當一回事！」

是的，只要有愛情，貧窮不當一回事，社會的抨擊不當一回事，親友的嘲笑也不當一回事！可是，她怎能瞭解日久天長，這些都成了磨損愛情的最大因素！等到愛情真被磨損得黯然無光，剩下的日子就只有貧窮、孤獨、指責，和困苦了！到那時再想拔步抽身就來不及了！江太太不能看著江雁容陷到那個地步，她明知如果江雁容嫁給康南，那一天是一定會來臨的！但是，要救這孩子竟如此困難，她在江雁容的眼睛裡看出仇恨。「為了愛她，我才這麼做，但我換得的只是仇恨！可是，我不能撒手不管，不能等著事實去教訓她，因為我是母親！」

當著人前，江太太顯得堅強冷靜，背著人後，她的心在流血。「為了救雁容，我可以不擇手段，哪怕她恨我！只希望若干年後，當她也長大了，體驗過了人生，看夠了世界，那時候，她能瞭解我為她做了些什麼！」她想著，雖然每當江雁容以怨恨的眼光看她一眼，她就覺得自己的心被猛抽了一下，但她仍然咬著牙去安排一切。有的時候，看到江雁容那冷漠的小臉，她就真想隨江雁容去，讓她自己去投進火坑裡。可是，她知道她不能那麼做，因為她是母親，孩子的一生握在她的手裡！「母愛真是個奇怪的東西，妳竟然不能不愛她！」她想著，感到泫然欲涕。短短的幾十天，她好像已經老了幾十年了。

江雁容更加蒼白了，她的臉上失去了歡笑，黑眼睛裡終日冷冷的發射著仇恨的光。她變得沉默而消極，每日除了斜倚窗前，對著窗外的青天白雲發呆之外，幾乎什麼事都不做，看起來像一隻被關在籠子裡的小鳥。

「這樣不行！這樣她會生病的！」江太太想，那份蠢動在她心頭的母愛又迫著她另想辦法。她感到她正像隻母貓，啣著她的小貓，不知道放在什麼地方才能安全。

沒多久，江雁容發現家裡熱鬧起來了，許多江仰止的學生，和學生的朋友，開始川流不息的出入江家。江麟和江雁若都捲進了這批青年中，並且把江雁容拉了進去，他們打橋牌，做遊戲，看電影……這些年輕人帶來了歡笑，也帶來了一份年輕人的活力。家庭中的空氣很快的改觀了，日日高朋滿座，笑鬧不絕，江麟稱家裡作「青年俱樂部」。江雁容冷眼看著這些，心中感嘆著：「媽媽，妳白費力氣！」可是，她也跟著這些青年笑鬧，她和他們玩，和他們談笑，甚至於跟他們約會、跳舞。她有一種自暴自棄的心理，這些人是母親選擇的，好吧，管你是誰，玩吧！如果得不到康南，那麼，任何男孩子還不都是一樣！於是，表面上，她有了歡笑。應酬和約會使她忙不過來。但，深夜裡，她躺在床上流淚，低低的喊：「康南！康南！」

和這些年輕人同時而來的，是親友們的諫勸。曾經吞火柴自殺的舅舅把年輕時的戀愛一樁樁搬了出來，以證明愛情的短暫和不可靠。一個舊式思想的老姑姑竟曉以大義，婚姻應聽從父母之命，要相信老年人的眼光。一個爸爸的朋友，向來自命開明，居然以「年齡相差太遠，兩性不能諧調」為理由來說服江雁容，弄得她面紅耳赤，瞠目結舌……於是，江雁容明白她已經陷入了八方包圍。憑她，小小的江雁容，似乎再也不能突圍了。

❖

兩個月後。這天，康南意外的收到江雁容一封信。

「南：

媽媽監視得很嚴，我偷偷的寫這信給你！我渴望見到你，在寶宮戲院隔壁，有一家小小的咖啡館，明天下午三點鐘，請在那咖啡館中等我！我將設法擺脫身邊的男孩子來見你！南，你好嗎？想你，愛你！想你，愛你！想你，愛你！

容」

準三點鐘，康南到了那家咖啡館，這是個道地的伸手不見五指的地方，而且每個座位都有屏風相隔，康南不禁驚異江雁容怎麼知道這麼一個所在！大約四點鐘，江雁容被服務生帶到他面前了，在那種光線下，他無法辨清她的臉，只看得到她閃亮的眼睛。侍應生走後，她在他身邊坐下來，一股脂粉香送進了他的鼻子，他緊緊的盯著她，幾乎懷疑身邊的人不是江雁容。

「康南！」她說話了，她的小手抓住了他。「康南！」

像一股洪流，康南被淹沒了！他把她拉進懷裡，找尋她的嘴唇。

「不要，康南！」她掙扎著坐起來，把他的手指壓住在自己的唇上，低聲說：「康南，這嘴唇已經有別的男孩子碰過了，你還要嗎？」康南捏緊她的手臂，他的心痙攣了起來。

「誰？」他無力的問。

「一個年輕人，政大外交系三年級的高材生，很漂亮，很有天才。有一副極美的歌喉，還能彈一手好鋼琴。父親是臺大教授，母親出自名門，他是獨生子。」江雁容像背家譜似的說。

「嗯。」康南哼了一聲，放開江雁容，把身子靠進椅子裡。

「怎麼？生氣了？」

「沒有資格生氣。」康南輕輕說，但他呼吸沉重，像一隻被激怒的牛。他伸手到口袋裡拿出菸，打火機的火焰顫動著，菸也顫動著，半天點不著火。江雁容從他手上接過打火機，穩定的拿著，讓他燃著了菸。火焰照亮了她的臉，她淡淡的施了脂粉，小小的紅唇豐滿柔和，粉紅色的雙頰細膩嬌豔，她穿著件大領口的湖色襯衫，露出白皙的頸項。康南目不轉睛的望著她，她抬了抬眼睛，微微一笑，吹滅了火。

「不認得我了？」她問。

「嗯。」他又哼了一聲。

「你知道，媽媽和姨媽她們整天在改變我，她們給我做了許多新衣服，帶我燙頭髮，教我化妝術，舅母成了我的跳舞老師……你知道，我現在的跳舞技術很好了！前天晚上的舞會，我幾乎沒有錯過一個舞！前天不是和政大的，是一個臺大的男孩子，他叫我『小茉莉花』。」

「嗯。」

「人要學壞很容易，跳舞、約會，和男孩子打情罵俏，這些好像都是不學就會的事。」

「嗯。」

江雁容沉默了一會兒。

「你為什麼不說話？」她問。

「還有什麼話好說？」他噴出一大口煙。

江雁容默默的看著他，然後，她投進了他的懷抱，她的胳膊勾住了他的脖子，她的臉緊貼在他的胸前。她啜泣著說：

「康南，啊，康南！」

他撫摩她的頭髮，鼻為之酸。

「我竟然學不壞，」她哭著說：「我一直要自己學壞，我和他們玩，讓他們吻我，跟他們到黑咖啡館……可是，我仍然學不壞！只要我學壞了，我就可以忘記你，可是，我就是學不壞！」

他捧起她的臉，吻她。他的小雁容，純潔得像隻小白鴿子似的雁容！無論她怎麼妝扮，無論她怎麼改變，她還是那個小小的、純潔的小女孩！

「雁容，不要折磨妳自己，妳要等待。」他說。

「等待？等到你娶我的時候嗎？告訴你，康南，這一天永遠不會來的！」

「妳要有信心，是不是？」

「信心？對誰有信心？命運不會饒我們的，別騙我，康南，你也沒有信心，是不？」

是的，他也沒有信心。從一開始，他就知道這孩子不會屬於他。可是，在經過這麼久的痛苦、折磨、奮鬥，和掙扎之後，他依然不能獲得她，他不禁感到一陣不甘心。尤其，他不能想像她躺在別的男人懷裡的情形，他覺得自己被嫉妒的火焰燒得發狂。這原不該是他這個度過中年之後的男人所有的感情，為什麼這孩子竟能如此深的打進他心中？竟能盤踞在他心裡，使他渾身痙攣顫抖？

「康南，別騙我，我們誰都沒有辦法預卜一年後的情形，是不是？媽媽個性極強，她不會放我的，她寧可我死都不會讓我落進你手中的！康南，我們毫無希望！」

「我不信，」康南掙扎的說：「等妳滿了二十歲，妳母親就沒有辦法支配妳了，那時候，一切還是有希望！」

「好吧，康南，我們等著吧！懷著一個渺茫的希望，總比根本不懷希望好！」江雁容嘆了口氣，把頭靠在康南的肩上。咖啡館的唱機在播送著一曲柔美的小提琴獨奏《夢幻曲》，江雁容幽幽的說：「夢幻曲，這就是我們的寫照，從一開始，我們所有的就是夢幻！」

他們又依偎了一會兒，江雁容說：

「五點鐘以前，我要趕回去，以後，每隔三天，你到這裡來等我一次，我會盡量想辦法趕來看你！」

就這樣，每隔幾天，他們在這小咖啡館裡有一次小小的相會，有時候短得只有五分鐘，但是，夠了。這已經足以鼓起江雁容的生氣，她又開始對未來有了憧憬和信心。她恢復了歡笑，活潑了，愉快了，渾身都散發著青春的氣息。這引起了江太太的懷疑，但江雁容是機警的，她細心的安排了每次會面，竟使江太太無法捉住她。可是，世界上沒有永久的祕密，這天，她才回到家裡，江太太就厲聲叫住了她：

「雁容！說出來，妳每次和康南在什麼地方見面？」

江雁容的心沉進了地底下，她囁嚅的說：

「沒有呀！」

「沒有！」江太太氣沖沖的說：「妳還說沒有！胡先生看到你們在永康街口，妳老實說出來吧，你們在哪裡見面？」

江雁容低下頭，默然不語。

「雁容，妳怎麼這樣不要臉？」江太太氣得渾身發抖。「妳有點出息好不好？現在爸爸所有的朋友都知道江仰止有個女兒到男老師房裡去投懷送抱！妳給爸爸媽媽留點面子好不好？爸爸還要在這社會上做人，妳知不知道？」

江雁容用牙齒咬住嘴唇，江太太的話一句一句的敲在她的心上，她的臉色變得蒼白了。

「好吧，既然你們失信於先，不要怪我的手段過分！」江太太怒氣填膺的說了一句，轉身走出了房間，江雁容驚恐的望著她的背影，感到一陣暈眩。

「風暴又來了！」她想，乏力的靠在窗上。「我真願意死，人活著到底為了什麼？」

又過了三天，她冒險到咖啡館去看康南，她要把江太太發現他們相會的事告訴他。在路口，康南攔住了她，他的臉色憔悴，匆匆的遞了一個紙條給她，就轉身走了。她打開紙條，上面潦草的寫著：

「容：妳母親已經在刑警總隊告了我一狀，說我有危害妳家庭，勾引未成年少女之種種惡行。一連三天，我都被調去審訊，我那封求婚信以及以前給妳的一封信，都被照相下來做為引誘妳的證據。雖然我問心無愧，但所行所為，皆難分辯，命運如何，實難預卜！省中諸同仁都側目而視，謠言紛紜，難以安身，恐將被迫遠行。我們周圍，遍布耳目，這張紙條看後，千萬撕毀，以免後患。雁容雁容，未料到一片癡情，只換得萬人唾罵！世界上能瞭解我們者有幾人？雁容珍重，千萬忍耐，我仍盼妳滿二十歲的日子！

南」

江雁容踉蹌的回到家裡，就倒在床上，用棉被蒙住了頭。她感到一種被撕裂的痛楚，從胸口一直抽痛到指尖。她無法運用思想，也無法去判斷面前的情況。她一直睡到吃晚飯，才起來隨便吃了兩口。江太太靜靜的看著她，她的蒼白震撼了江太太，禁不住的，江太太說：

「怎麼吃得那麼少？」

江雁容抬起眼睛來看了江太太一眼，江太太立即感到猛然被人抽了一鞭，倉促間竟無法迴避。在江雁容這一眼裡，她看出一種深切的仇恨和冷漠，這使她大大的震動，然後剩下的就是一份狼狽和刺傷的感情。她呆住了，十九年的母女，到現在她才明白彼此傷害有多深！可是，她的動機只是因為愛雁容。

吃過了晚飯，江雁容呆呆的坐在檯燈下面，隨手翻著一本《白香詞譜》，茫然的回憶著康南教她填詞的情況。她喃喃的唸著幾個康南為她而填的句子：「**儘管月移星換，不怕雲飛雨斷，無計不關情，唯把小名輕喚！……**」感到心碎神馳，不知身之所在。在今天看到康南的紙條後，她明白，他們是再也不可能逃出江太太的手心，也是再不可能結合的了。忽然，劇烈響起的門鈴聲打斷了她的沉思，突然的干擾使她渾身掠過一陣痙攣。然後，她看到門外的吉普車和幾個刑警人員。她站起身來，聽到江仰止正在和刑警辦交涉：

「不，我沒想到你們要調我的女兒，我希望她不受盤詢！」

「對不起，江教授，我們必須和江小姐談談，這是例行的手續，能不能請江小姐馬上跟我們到刑警總隊去一下？我們隊長在等著。」

江仰止無奈的回過身來，江雁容已走了出來，她用一對冷漠而無情的眼睛看了江仰止一眼，說：

「爸爸，我做錯了什麼？你們做得太過分了！你們竟把自己的女兒送到刑警總隊去受審！爸爸，我的罪名是什麼？多麼引人注目的桃色糾紛，有沒有新聞記者採訪？」

江仰止感到一絲狼狽，告到刑警總隊原不是他的意思，他早知道這樣作法是兩敗俱傷，可是，他沒有辦法阻止盛怒的江太太。望著江雁容挺著她小小的脊梁，昂著頭，帶著滿臉受傷的倔強，跟著刑警人員跨上吉普車，他覺得心中一陣刺痛，他知道他們已傷害了雁容。回過頭來，江太太正一臉惶惑的木立著，他們對望了一眼，江太太掙扎著說：

「我只是要救雁容，我只是要把她從那個魔鬼手裡救出來，我要她以後幸福！」

江仰止把手放在江太太肩上，同情而瞭解的說：

「我知道。」

江太太望著江仰止，一剎那間，這堅強的女人竟顯得茫然無助，她輕聲說：

「他們會不會為難雁容？仰止，你看能不能撤銷這個告訴？」

「我會想辦法。」江仰止說，憐惜的看看江太太，詫異最近這麼短的時間，她已經蒼老了那麼多。

❖

江雁容傲然而倔強的昂著頭，跟著刑警人員走進那座總部的大廈，上了樓，她被帶到一間小房間裡。她四面看看，房裡有一張書桌和兩把椅子，除此之外，幾乎一無所有。她覺得比較放心了，最起碼，這兒並沒有採訪社會新聞的記者，也沒有擁擠著許多看熱鬧的人。那個帶她來的刑警對她和氣的說：

「妳先坐一坐，隊長馬上就來。」

她在書桌旁的一張椅子裡坐了下來，不安的望著桌面上玻璃磚下壓著的幾張風景畫片。一會兒，隊長來了，瘦瘦的臉，溫和而深沉的眼睛，看起來文質彬彬的。他捧著一個卷宗夾子，在書桌前面的籐椅裡坐下，對江雁容笑了笑，很客氣的問：

「是江小姐吧？」

江雁容點點頭。

「江仰止是妳父親嗎？」

江雁容又點點頭。

「我聽過妳父親的演講。」那隊長慢條斯理的說：「好極了，吸引人極了。」

江雁容沒有說話。於是，那隊長打開了卷宗夾子，看了看說：

「康南是妳的老師嗎？」

「是的。」

「怎麼會和妳談戀愛的？」

「我不知道怎麼說，」江雁容迴避的把眼光調開。「他是個好老師，他愛護我，幫助我，我感激他，崇拜他……當愛情一開始的時候，我們都沒有注意，而當我們發現的時候，就已經愛得很深了。」她轉過頭來，直望著隊長的臉。「假若你要對愛情判罪，你就判吧！」

那隊長深深的注視了她一會兒，笑了笑。

「我們不會隨便判罪的。妳和他有沒有發生關係？」

「何不找個醫生來驗驗我？」江雁容生氣的說。

「妳的意思是沒有，是嗎？」

「當然，他不會那樣不尊重我！」

隊長點點頭，沉思了一會兒。

「這是他寫的嗎？」

他拿出一張信箋的照片來，這是康南某日醉後寫的，她把它夾在雜記本中，因而和雜記本一起到了母親手裡。其中有一段，是錄的趙孟頫之妻管夫人的詞：

「你濃我濃，忒煞情多，情多處，熱如火！把一塊泥，捻一個你，塑一個我，將咱兩個，一起打破，用水調合，再捻一個你，再塑一個我，我泥中有你，你泥中有我。與你生同一個衾，死同一個槨。」

江雁容點了點頭，表示承認。那隊長說：

「以一個老師的身分，寫這樣的信未免過分了吧？」

「是嗎？」江雁容挑戰的說：「一個人做了老師，就應該沒有感情了嗎？而且，我看這信的時候，並沒有想到他老師的身分，我只把他當一個朋友。」她咬了咬嘴唇，又輕聲加了一句：「假若你把所有全天下男女的情書都找來看看，比這個寫得更過分的，不知道有多少呢！」

那隊長望著她，搖了搖頭。

「江小姐，看妳的外表，妳是非常聰明的，妳又有一個很高尚的家庭，為什麼妳會做出這種事來？」

江雁容漲紅了臉，感到被侮辱了。

「我做出什麼見不得人的事來了？」她憤憤的問。

「我是指妳這個不正常的戀愛，」那隊長溫和的說：「妳看，像康南這種人的人格是沒有什麼話好說的，既不能忠於自己妻子，又不能安分守己做個好教員，給一個比自己小二十幾歲的女學生寫這種情書……任何人都能明白他是怎麼樣的一種人！而妳，江小姐，妳出自書香門第，父親也是個有名有學問的教授，妳怎麼會這樣糊塗呢？妳把自己和康南攪在一起是多麼不值得！」

江雁容漲紅的臉又轉成了灰白，她激怒得渾身發抖，好半天，才咬著牙說：

「我不能希望世界上的人會瞭解我們的愛情！」

「江小姐，」那隊長又繼續說：「妳父母把這件案子告到我們這兒來，我們只有受理。可是，為妳來想，攪進這種不大名譽的案子中來實在不太好，妳要知道，我是很同情妳，很想幫助妳的。妳也受過高等教育，一個十八、九歲的女學生，怎麼不知道潔身自愛呢？」

江雁容從椅子裡跳了起來，淚珠在眼眶裡打轉，她竭力憋著氣說：

「請你們送我回去！」

那隊長也站起身來，用一種憐憫的眼光望著她，說：

「江小姐，如果妳能及時回頭，我相信妳父母會撤銷這案子的，人做錯事不要緊，只要能改過，是不是？妳要為妳父親想，他的名譽也不能被妳拖垮。妳小小年紀，盡可利用時間多念點書，別和這種不三不四的男人鬼混……」

江雁容咬緊了嘴唇，眼淚迸了出來，她把手握緊了拳，從齒縫裡說：

「別再說！請你們送我回去！」

「好吧！回去再想想！」

那隊長叫人來帶她回去，她下樓的時候，正好兩個刑警押了一批流鶯進來，那些女的嘴裡亂七八糟的說著下流話，推推拉拉的走進去，一面好奇的望著江雁容，江雁容感到窘迫得無地自容，想起那隊長的話，她覺得在他們心目中，自己比這些流鶯也高明不了多少。

江雁容回到了家裡，走進客廳，江仰止和江太太正在客廳中焦慮的等著她。她一直走到江太太的面前，帶著滿臉被屈辱的憤恨，直視著江太太的眼睛，輕聲而有力的說：

「媽媽，我恨妳！我恨妳！我恨妳！」

說完，她轉身衝回自己的房間裡，把房門關上，倒在床上痛哭。江太太木然而立，江雁容的話和表情把她擊倒了，她無助的站著，軟弱得想哭。她知道，她和康南做了一次大戰，而她是全盤失敗了。她搖晃著走回自己的房間，江雁若正在江太太的書桌上做功課。江太太茫然的在床沿上坐下，江雁若跑了過來，用手挽住江太太的脖子，吻她的面頰，同情的喊：

「哦，媽媽，別傷心，媽媽，姊姊是一時衝動。」

江太太撫摸著江雁若的面頰，眼中充滿了淚水，輕輕的說：

「雁若，妳還小，等妳長大了，妳也會從媽媽身邊飛開，並且仇視媽媽了！」

「哦，不，不！我永遠是媽媽的！」江雁若喊著，緊緊的抱著母親。

「不會的，」江太太搖搖頭，眼淚滑了下來。「沒有一個孩子永遠屬於父母。雁若，千萬不要長大！千萬不要長大！」

江雁容哭累了，迷迷糊糊的睡著了。這一夜她睡得很不安寧，好幾次都被噩夢驚醒，然後渾身冷汗。她注意到每次醒來，江太太的房裡仍然亮著燈光，顯然，江太太是徹夜未睡。她在床上輾轉反側，深深懊悔晚上說的那幾句話，她明白自己已經傷透了母親的心，這一刻，她真想撲在母親腳前，告訴她自己是無意的。可是，倔強封住了她的嘴，終於，疲倦征服了她，她又睡著了。

早上醒來，已經日上三竿了，她起了床，雁若和江麟都上課去了，飯桌上擺著她的早餐。她整理床舖的時候，發現枕邊放著一封信，她詫異的抽出信箋，竟是江太太寫給她的！上面寫著：

「容容：

在妳很小的時候，我們都叫妳容容。那時候，妳喜歡撲在我懷裡撒嬌，我還能清晰的記得妳用那軟軟的童音說：『媽媽喜歡容容，容容喜歡媽媽！』曾幾何時，我的小容容長大了。有了她自己的思想領域，有了她獨立的意志和感情。於是，媽媽被摒絕於她的世界之外。大家也不再叫妳容容，而叫妳雁容，我那個小小的容容已經失去了。

今天，我又叫妳容容了，因為我多麼希望妳還是我的小容容！事實上，我一直忽略著妳在長大，在我心中，管妳是十七、十八、十九、二十，妳還是我的小容容，可是，妳已經背棄了我！孩子，沒有一個母親不愛她的子女，這份愛是無條件的付與，永遠不希望獲得報酬和代價。孩子，我所做的一切，無論是對是錯，全基於我愛妳！小容容，如果我能灑脫到不愛妳的地步，我也無需乎受這麼多的折磨，或者，妳也就不會恨我了。可是，我不能不愛妳，就在妳喊著妳恨我的時候，我所看到的，依然是我那個搖搖擺擺學走路的小容！孩子，事實上，妳仍在學步階段，但妳已妄想要飛了。容容，我實在不能眼看著妳振起妳未長成的翅膀，然後從高空裡摔下來，我不能看著妳受傷流血，不能看著妳粉身碎骨！孩子，原諒媽媽做的一切，原諒我是因為愛妳，媽媽求求妳，回到媽媽的懷裡來吧，妳會發現這兒依然是個溫馨而安全的所在。小容容，回來吧！

所有做兒女的，總以為父母不瞭解他們，總以為父母是另一個時代的人，事實上，年輕一代和年老一代間的距離並不是思想和時代的問題，而是年老的一代比你們多了許多生活的經驗。可是，你們不會承認這個，你們認為父母是封建、頑固，和不開明！孩子，將來，等妳到了我的年齡，妳就會瞭解我的，因為我憑經驗看出妳盲動會造成不幸，而妳還沉溺在妳的夢和幻想裡。容容，別以為我沒有經過十九歲，我也有過妳那份熱情和夢想，所以，相信我吧，我瞭解妳。我是在幫助妳，不是在陷害妳！

最近，我似乎不能和妳談話了，妳早已把妳的心關閉起來，我只能徘徊在妳的門外。所以，我迫不得已給妳寫這封信，希望妳能體會一個可憐的，母親的心，有一天，妳也要做母親，那時候，妳會充分瞭解母親那份愛是何等強烈！

孩子，我一生好強，從沒有向人乞求過什麼，但是，現在我向妳乞求，回來吧！小容容！父母的手張在這兒，等著妳投進來！回來吧，容容！做父母的曾經疏忽過妳，冷落了妳，請妳給父母一個補過的機會。兒女有過失，父母是無條件原諒的，父母有過失，兒女是不是也能這樣慷慨？回來吧！容容，求妳！

媽媽於深夜」

看完了信，江雁容早已泣不成聲。媽媽，可憐的媽媽！她握著信紙，淚如雨下。然後，她跪了下來，把頭放在床沿上，低聲的說：

「媽媽，我屈服了！一切由妳！一切由妳！」她用牙齒咬住被單，把頭緊緊的埋在被單裡。「媽媽哦！」她心中在叫著：「我只有聽憑妳了，撕碎我的心來做妳孝順的女兒！」她抬起頭，仰望著窗外的青天，喃喃的，祈禱似的說：「如果真有神，請助我，請給我力量！給我力量！」

這天下午，江雁容和康南又在那小咖啡館中見面了。她刻意的修飾了自己，淡淡的施了脂粉，穿著一套深綠色的洋裝。坐在那隱蔽的屏風後面，她盡量在暗沉沉的光線下去注視他，他沉默得出奇，眼睛抑鬱迷茫。好半天，他握住了她的手，才要說什麼，江雁容先說了：

「別擔心刑警隊的案子了，媽媽已經把它撤銷了。」

「是嗎？」康南問，凝視著江雁容。「怎麼這樣簡單就撤銷了？」

「媽媽總是媽媽，她不會傷害我的。」她輕輕的說，望著面前的咖啡杯子出神。她不能告訴他，今天早上，她們母女曾經談了一個上午，哭了說，說了哭，又親又抱。然後，江太太答應了撤銷告訴，她答應了放棄康南。她嚥下了喉嚨口堵塞著的硬塊，端起咖啡，既不加牛奶也不放糖，對著嘴灌了下去。

「好苦，」她笑笑說：「但沒有我的心苦！」

「雁容，」康南握緊了她的手。「我要告訴妳一件事，」他沉吟的看著她，終於說了出來：「我們要分離了！」

她迅速的抬起頭來，直視著他。這話應該由她來說，不是由他！她囁嚅的問：「怎麼？」

「省中已經把我解聘了，教育廳知道了我們的事，有不錄用的諭令下來，臺北已經不能容我了！」

「哦！康南！」江雁容喊。多年以來，康南是各校爭取的目標，學生崇拜的人物，而現在，教育廳竟革了他的職！教書是他終生的職業，學生是他生活上的快樂，這以後，叫他怎麼做人呢？她惶然的喊：「康南，我害了你！」

康南握住了她的小手。

「不要難過，雁容，在這世界上，只要能夠得到一個妳，其他還有什麼關係呢！」

「可是，你連我也得不到哦！」江雁容心中在喊，她已經做了允諾，想想看，經過這麼久的掙扎和努力，她還是只得放棄他，她不忍將這事告訴他，淚水湧進了她的眼眶。

「不要愁，」康南繼續說：「羅亞文在A鎮一個小小的初級中學裡教書，我可以去投靠他，或者，可在那中學裡謀一個教員的位置，吃飯總是沒問題的。我會隱居在那裡，等著妳滿二十歲，只是，以後的日子會很困苦，妳過得慣嗎？」

江雁容用手蒙住臉，心中在劇烈的絞痛，她無法壓抑的哭了起來。

「別哭，」康南安慰的拍著她的肩膀。「只是短暫的別離而已，以後的日子還長著呢！是嗎？雁容，等妳滿了二十歲，妳可以給我一封信，我們一起到臺南去結婚，然後在鄉間隱居起來，過妳所希望的茅屋三間，清茶一盞，與世無爭的生活。到那時候，妳為我所受的一切的苦，讓我慢慢的報償妳。」

江雁容哭得更厲害，她用手抓住他，把臉埋在他的胸前。

「康南，一年太長了，康南……」她絕望的搖頭。

「只要有信心，是不是？」康南捏著她的手。「我對妳有信心，妳難道對我還沒有信心嗎？」

「不！不！不！」江雁容心裡在叫著：「我已經答應過了，我怎麼辦呢？」但她嘴裡一個字都說不出來，只緊緊的抓著康南的衣服，小小的身子在發抖。

「雁容，相信我，並且答應我，」他用手托起江雁容的下巴，深深的注視著她的眼睛。「一年之後，到臺南車站來，我等妳！不要讓我等得太久。雁容，記住，一年之後，妳已經到了法定年齡，妳可以自己作主了，那時候，我會守在臺南火車站！」

「哦！康南！」江雁容深吸了口氣，恍恍惚惚的看著面前這張臉，她對江太太所做的允諾在她心中動搖。她閉上眼睛，語無倫次的說：「是的，一年後，或者我會去，沒有法律可以限制我了，我要去！是的，你等我，我會來的。但是，但是，但是……我怎麼辦呢？我會去嗎？我真會去嗎？我……」她痛苦的把頭從康南手上轉開。康南感到他握的那隻小手變得冰一樣冷，並且哆嗦著。他抓住了她的肩膀，凝視著她。

「雁容，妳一定會去，是不是？」

「我不知道，我，我……」她咬咬牙，顫抖的端起咖啡杯，喝了一口。「假如我沒有去……」

康南捏緊了她的肩膀。

「妳是什麼意思？」他問。

「我對未來沒有信心！你知道！」她叫著說，然後，痛哭了起來。「康南，」她泣不成聲的說：「我簡直不知道要怎麼辦？我是要去的，我會去的，你等我吧！只是，假若……假若……到時候我沒有去，你不要以為我變了心，我的心永遠不變，只怕情勢不允許我去。」

康南把手從她肩膀上放下來，燃起了一支菸，猛烈的吸了兩口。在煙霧和黑暗之中，他覺得江雁容的臉是那麼模糊，那麼遙遠，好像已被隔在另一個星球裡。一陣寒戰通過了他的全身，他望著她，她那淚汪汪的眼睛哀怨而無助的注視著他。他感到心中猛然掠過一陣尖銳的刺痛，拿起那支菸，他把有火的那一端按在自己的手背上，讓那個燒灼的痛苦來平定內心的情緒。江雁容撲了過來，奪去了他手裡的菸，丟在地下，喊著說：

「你幹什麼？」

「這樣可以舒服一些。」他悶悶的說。

江雁容拿起他那隻手來，撫摸著那個灼傷的痕跡，然後用嘴唇在那個傷口上輕輕摩擦，把那隻手貼在自己的面頰上。她的淚水弄痛了他的傷口，他反而覺得內心平靜了一些。她輕聲說：

「康南，你不要走，你守住我，好嗎？」

「小容，」他用手指碰著她耳邊細細的茸毛。「我不能不走，但，我把我的心留在妳這兒。」

「我可能會傷害你的心。」

「妳永遠不會，妳太善良了，太美，太好了。」

「是嗎？」江雁容仰視著他。「你相信我不會傷你的心嗎？」

「我相信！」康南說：「雁容，拿出信心來，我馬上就要離開妳了，我要妳有信心！」

「康南，」她拚命搖頭。「康南！我沒有辦法，沒有信心，命運支配著我，不是我在支配命運！」她把手握成拳。「我的力量太小了，我只是個無用的小女孩。康南，假若到時候我沒有去，你就忘了我吧！忘了我！」

康南狠狠的盯著她。

「妳好像已經算定妳不會去！」

「我不知道，」江雁容無助的說：「可是，康南，我永遠愛你，永遠愛你。不管我在哪兒，我的心永遠跟著你，相信我，康南，我永不負心！我會永遠懷念你，想你！哪怕我做了別人的妻子，我的心還是你的！」

「為什麼要說這種話？說起來像訣別似的！」

康南捧起了她的臉，注視著她的眼睛。

「康南，」她閉上了眼睛。「吻我！」

他的嘴唇才碰到她的，她就用手死命的勾住了他的脖子，她的嘴唇火熱的壓著他的，身子緊緊的靠著他。他感到她的淚水正流到嘴邊，他可以嚐出那淚水的鹹味。然後，她的身子蜷伏進他的懷裡，她小小的頭倚在他的胸口，她輕輕的啜泣著，一遍又一遍的低喊：

「康南……康南……康南……」

「容容！」他的鼻子發酸，眼睛潮濕了。「相信我，我等著妳。」

江雁容閉上眼睛，一串眼淚滴在他的衣服上。就這樣，她一語不發的靠著。唱機裡又播放起《夢幻曲》來，她依戀的靠緊了他。曲子完了，她的夢也該醒了。但她不想移動，生怕一移動他就永遠消失了。好半天，她才顫抖著問：

「幾點了？」

康南把打火機打亮，用來看錶。

「快六點了！」

江雁容在打火機的光亮下注視著康南，臉上有種奇異的表情。「不要滅掉打火機，讓我就這樣看著你！」她說。康南讓打火機亮著，也在火焰下注視江雁容，她的黑眼睛像水霧裡的寒星，亮得奇異。臉上淚痕猶在，肅穆莊嚴，有種悲壯的、犧牲的表情，看起來淒美動人。許久許久，他們就這樣彼此注視，默然不語。然後，火光微弱了，機油將盡，最後，終於熄滅了。江雁容長長的吐出一口氣。

「走吧，該回去了！」

他們走出咖啡館，一陣寒風迎著他們，外面已經黑了。冬天的暮色，另有一種蒼涼的味道。

「你什麼時候走？」江雁容問。

「明天。」

「好快！」江雁容吸了口氣。「我不送你了，就今天跟你告別。」她望著他。「康南，再見了，別恨我！」

「我永不會恨妳。」

「康南，」她吞吞吐吐的說：「多珍重，少喝點酒，也少抽點菸……」她的聲音哽住了。「如果我今生真不能屬於你，我們還可以有來生，是不是？」

康南的眼睛模糊了。

「我等妳，雁容。」

他們走到寶宮戲院前面，霓虹燈閃耀著，戲院前的電影廣告前面疏疏落落的有兩三個人在看廣告。江雁容說：

「站住！康南。以前我看過一部電影，當男女主角必須分手的時候，男的停在一個商店前面，望著櫥窗，女的在他後面走開了。現在，你也站著，五分鐘內，不許回頭，我走了！」

康南遵命站住，臉對著櫥窗。江雁容輕聲說：

「再見，康南，再見！」

康南迅速的回過頭來，問：

「雁容！妳會去的，是不是？」

江雁容默然。

「我不知道，」她輕輕說：「我真的不知道。康南，回過頭去，跟我說再見。」

康南望了她好一會兒，把頭轉了過去，顫聲說：

「再見，小容！」他咬住牙，抵制即將湧出的淚水。「**她不會去的，**」他想著，定定的望著櫥窗。「**我永遠失去她了！永遠失去了！經過這麼久的努力，我還是失去她了！**」

「再見！康南！」江雁容喊，迅速的向信義路口跑去，跑到巷口，她回過頭來，康南正佇立在暮色之中，霓虹燈的光亮把他的影子投在地上，瘦瘦的，長長的，孤獨的，寂寞的。「就這麼永別了嗎？是的，永遠不會再見了！」她酸澀的想，拭去了頰上的淚痕，向前面走去。

夜來了。

14

白天過去了是黑夜，黑夜過去了是白天。地球無聲無息的運轉著，三年的時間，悄悄的過去了。

這是混亂的一天，從一清早，家裡就亂成一團。早上，江雁容起身沒多久，程心雯就來了，跟著程心雯一起來的，是一陣嘻嘻哈哈的笑鬧和打趣。江雁容羞澀的站著，多少有點緊張和不安，程心雯拍著她的肩膀說：

「還發什麼呆？新娘子？趕快去做頭髮，我陪妳去。妳看，為了給妳當女儐相，我本來想剪短頭髮的都沒剪，誰教妳留那麼一頭長髮，我也只好留長頭髮陪妳。快走吧，到海倫去做，那兒的手藝比較好。」

和程心雯一起到了理髮店，程心雯像個指揮官似的，指示著理髮師如何捲，這邊要彎一點，這邊要直一點。弄了半天，等江雁容戴著滿頭髮卷，被套進吹風機的大帽子裡，程心雯就在她旁邊一坐，突然嚴肅的說：

「江雁容，有句話一直想問妳，最近妳忙著結婚的事，我也沒辦法和妳談話。老實告訴我，妳嫁給李立維，是不是完全出於愛情？」

「妳這話怎麼講？」江雁容皺著眉頭說：「李立維在臺灣無親無友，一個窮無立錐之地的苦學生，不為愛情還能為什麼別的東西而嫁給他呢？」

「我的意思是說，」程心雯抓了抓頭，中學時代那份憨直仍然存在。「妳對康南已經完全忘懷了嗎？」

江雁容鎖起了眉頭，一清早，她一直告誡著自己，今天絕不能想到康南！可是，現在程心雯來揭傷疤了。她嘆了口氣說：

「程心雯，我和康南那段事，妳和周雅安是最瞭解的，我承認三年來，我並不能把他全然忘懷，但是，現在我既擇人而嫁，以後就再不提，也不想這個人了！當然，我欠康南的很多，可是，我是無可奈何的。他的一個朋友說得好，我和康南僅僅有情而無緣！和李立維，大概是有緣了吧！」

「有沒有情呢？」程心雯追問。

「當然也有，我欣賞他，喜歡他，也感於他的深情。」

「我有一句話要說，江雁容，」程心雯嚴肅的說：「好好做一個好妻子，盡量去愛李立維，他是個非常好的人！康南那件事已經過去了，不要讓康南的陰影存在妳和李立維的中間！」

江雁容感激的看著程心雯，在程心雯灑脫的外表下，向來藏著一顆細密的心。她知道程心雯這幾句話是語重心長的。她對程心雯點點頭，說：

「謝謝妳，程心雯，這是我們最後一次提康南，以後大家都不要再提了！」

做好了頭髮，回到家裡，家中已經充滿了客人，周雅安和葉小蓁也來了，葉小蓁吱吱喳喳的像隻多話的小鳥。舅母、姨媽更擠了一堂，圍著江雁容問長問短。江太太在客人中周旋，大家都爭著向她恭喜，她心裡是欣慰的，三年前為救江雁容所做的那番奮鬥猶歷歷在目，而今，江雁容終於嫁了個年輕有為的男孩子。雖然太窮了，但沒關係，年紀輕，總可以奮鬥出前途來，如果跟了康南，前途就不堪設想了。欣慰之餘，她也不無感慨，想起當年和康南的那次大戰爭，那種痛苦和努力，今天這一聲「恭喜」，付出的代價也真不小！

午飯之後，江雁容被按在椅子裡，七、八個人忙著給她化妝，穿上了那件裡面襯著竹圈圈的結婚禮服，裙子那麼大，房間都轉不開了。程心雯也換上了禮服，兩個人像兩個銀翅蝴蝶，程心雯滿屋子轉，笑鬧不停，江雁容則沉靜羞澀。屋子裡又是人，又是花，再加以各種堆滿桌子的化妝品、頭紗、耳環……使人心裡亂糟糟的。江雁容讓大家給她畫眉、擦胭脂、口紅，隱隱中覺得自己是個任人擺布的洋娃娃。終於，化妝完了，江雁容站在穿衣鏡前，鏡子裡那個披著霧似的輕紗，穿著綴滿亮片的白紗禮服，戴著閃爍的耳環項鍊的女孩，對她而言，竟那麼陌生。好一會兒，她無法相信鏡子裡的是她自己。透過鏡子裡那個濃妝的新娘，她依稀又看到那穿著白襯衫黑裙子的瘦小的女孩，正佇立在校中荷花池畔捕捉著夢想。她的眼眶濕潤了，迅速的抬了一下頭，微笑著說：

「化妝太濃了吧？」

「要這樣，」周雅安說：「等會兒披上面紗就嫌淡了！」

門口的客人一陣喧囂，她聽到汽車喇叭聲，和「新郎來了！」的呼叫聲。她端坐在椅子上，李立維出現了。他含笑打量著她，笑容裡有著欣賞和掩飾不住的喜悅。她羞澀的掃了他一眼，他漂亮的黑眼睛那麼亮，她不禁想起他第一次到他們家裡來，為了拜訪他崇拜已久的江教授，而江仰止碰巧不在家，她接待了他。那時候，她就想過：「多漂亮的一對黑眼睛！如果長在女孩子臉上，不知要風靡多少人呢！」而現在，這對黑眼睛的主人竟做了她的丈夫！他站在她面前，笑得那麼愉快，但也有一份做新郎的緊張。

程心雯在一邊大吼大叫著：

「新郎要對岳父行三鞠躬禮，岳母三鞠躬禮，凡女家長輩一人三鞠躬禮，還要對新娘行三鞠躬禮，對女儐相也行三鞠躬禮！趕快！一鞠躬！」

大家哄笑了起來，在哄笑聲中，江雁容看到傻呵呵的李立維真的行禮如儀，不禁也為之莞爾。然後，到處都亂成一片，江雁容簡直不知道怎麼走出大門的，鞭炮聲，人聲，叫鬧聲，緊張中她差點連捧花都忘了，程心雯又不時發出莫名其妙的驚呼，造成更加混亂的局面。門口擠滿了鄰居的孩子，還有附近的太太們，她只得把頭俯得低低的……最後，總算上了汽車。然後，是照相館中的一幕……頭抬高一點，眼睛看正，頭向左偏一點，笑一笑，笑一笑，別緊張……哦，總算又闖過一關。

進了結婚禮堂，舊日的同學包圍了過來，或者是她太敏感，她聽到有人在議論，隱隱提到康南的名字。李立維總是繞在她旁邊，礙手礙腳的，如此混亂緊張的局面下，他竟悄悄俯在她耳邊問了一句：

「中午吃了幾碗飯？餓不餓？」

她真不知道男人是怎麼搞的！

行禮了，在結婚進行曲的演奏下，程心雯攙著她一步步走向禮壇前面，賓客們在議論著，有人在大聲叫：

「新娘怎麼不笑？」

這條短短的通道變得那麼漫長，好像一輩子走不完似的，好不容易，才算站住了。司儀朗聲報著：向左轉，向右轉，三鞠躬，交換飾物，對主婚人一鞠躬，證婚人一鞠躬，介紹人一鞠躬，最後還開玩笑的來了一個對司儀一鞠躬，引起了滿堂哄笑。然後主婚人致詞，江仰止簡單的說了兩句。證婚人是教育界一位名人，江雁容模模糊糊聽到他在勉勵新婚夫婦互助合作互信互諒……最後，司儀的一聲「禮成」像是大赦般結束了婚禮。程心雯拉起了江雁容，百米賽跑般對新娘休息室衝去，為了逃避那四面八方撒過來的紅綠紙屑。

接著，是參加喜宴，江雁容坐在首席，食不知味。江太太溫柔的眼光，不時憐愛的掃著她，引起她一陣惜別的顫慄。有的賓客來鬧酒了，滿堂嬉笑之聲。她悄悄的對李立維看過去，正巧李立維的眼光也對她掃來，他立即對她展齒一笑，並擠眼示意叫她多吃一點，嚇得她趕快低下頭去，暗中詫異李立維居然吃得下去。新郎新娘敬酒時，又引起一陣喧鬧，連帶程心雯也成了圍攻的目標，急得她哇哇大叫……

好了，一切都過去了，席散後，江雁容發現居然不能逃過鬧房一關。回到新房，賓客雲集，那間小小的客廳被擠得滿滿的，椅子不夠分配，江雁容被迫安排坐在李立維的膝上，大家鼓掌叫好，江雁容不禁漲紅了臉。在客人的叫鬧起哄中，江雁容被命令做許多動作，包括：接吻、擁抱，和合吃一塊糖……最後，客人們倦了，月亮也偏西了，大家紛紛告辭，江雁容和李立維站在花園門口送客。程心雯和周雅安是最後告辭的兩個，程心雯走到門口，忽然回過頭來，在江雁容耳邊輕輕說：

「祝福妳！永遠快樂！」

江雁容微笑點頭，心中有種莫名其妙的感動。

周雅安握住江雁容的手，也悄悄說：

「妳有個最好的選擇，幸福中別忘了老朋友！明天我們要到成大去註冊了，別懶，多寫兩封信。」

送走了這最後一對客人，他們關上了園門，世界上只剩下他們兩個了！這是夏末秋初的時分，園中充滿了茉莉花香，月光把這小花園照射得如同白晝。江雁容望著李立維，李立維也正靜靜的看著她，他那張年輕的臉上煥發著光輝和衷心的喜悅。擁住她，他吻了她。然後，他把她一把抱了起來。

「外國規矩，」他笑著說：「新婚第一夜，把新娘抱進新房。」

他抱著她跨進新房，卻並不放下來。燈光照著她姣好的臉龐，水汪汪的眼睛，布滿了紅暈的面頰，柔和而小巧的嘴……他呆呆的看著她，又對她的嘴唇吻下去，他激動的在她耳邊說：

「雁容，我真愛妳，毫無保留的愛！」

江雁容從他身上滑了下來，微笑的看著他。他伸手關掉了燈，江雁容立即走到窗邊，凝視窗戶外的月光。李立維走到她身後，用手攬住她的腰。

「還不累？」

「我最喜歡在安靜的夜晚，看窗外的月光。」江雁容輕輕的說，注視著花園中綽約的花影樹影，深深的吸了口氣。這幢小小的房子坐落在碧潭之畔，一來由於房租便宜，二來由於江雁容深愛這個花園和附近的環境。月光下的花園是迷人的，江雁容又輕聲說：「多美的夜！」

李立維也對花園注視著，他們彼此依偎，為之神往。李立維用手指繞著江雁容披肩的長髮，柔聲問：

「容，愛我嗎？」

「還要問！」江雁容說。

「我喜歡聽妳說！」他捧起她的臉，深深的注視著她的眼睛。「妳心裡只有我一個，是不是？」

江雁容心中立即掠過一個陰影，李立維漂亮的臉上有種傻氣的固執，也就是他這份傻氣的固執打動了她，使她答應了他的求婚。她笑笑，抬了抬眉毛。

「當然！」

他笑了，笑得十分開朗。

「我要妳完完全全屬於我！妳知道嗎？我會是個很嫉妒很自私的丈夫，但我愛妳愛得發狂！」

江雁容又感到心中那個陰影。李立維在她脖子上吻了一下，很溫柔的說：

「我先去洗澡，然後幫你放好水。」

李立維走進浴室之後，江雁容把胳膊支在窗臺上，用手托住了下巴，望著月亮發呆。恍恍惚惚的，她想起她以前抄錄了一闋詞給康南，內容是：

「恨君不似江樓月，南北東西，南北東西，只有相隨無別離！

恨君恰似江樓月，暫滿還虧，暫滿還虧，待得團圓是幾時！」

那時候，自己還存著能和他團圓的夢想。而現在，又是個月圓之夜！她已經屬於別人了。今夜，康南不知在何方？他是不是也看到了這個月亮？他不知是恨她，怨她，還是依然愛她？「我對不起你，康南。」她對著月亮低低的說，感到黯然神傷。

「雁容！」李立維在浴室裡叫了起來：「我忘了拿乾淨的內衣褲，在壁櫥裡，遞給我一下！」

這像是一聲響雷，把江雁容震醒了！她驚覺的抬起頭來，頓時給了自己一句警告：「以後，再也不能想康南了，李立維太好了，妳絕不能傷害他！妳應該盡全力做個好妻子！」她毅然的甩甩頭，彷彿甩掉了康南的影子。這才醒悟李立維要她做的事，想起他現在在浴室中的情況，她羞紅了臉說：

「我不管，誰叫你自己不記得帶！」

「妳不拿給我，我就光著身子到臥室裡來拿！」李立維說，聲音裡夾著笑。

「你撒賴！」江雁容叫著，在壁櫥裡找出李立維的內衣和睡衣，跑到浴室裡去了。

❖

午夜，江雁容醒了過來。聽到身邊李立維平靜的呼吸聲，她有種茫然新奇的感覺。多奇妙。她身邊竟會睡著一個男人！側過身子，在月光的照射下，可以隱約的辨出他的面貌。她靜靜的望著他，暗中對命運感到奇怪，認識李立維的時候，她有好幾個親密的男朋友，他們的條件，未見得不如李立維，可是，她卻嫁了李立維！

她還記得，李立維第二次到他們家來的時候，家中正高朋滿座，這正是「青年俱樂部」最熱鬧的時間，有兩個男孩子在唱歌。他來了，她開玩笑似的說：

「你也唱一首歌給我們聽聽？」

他真的唱了，唱的是一首〈阮郎歸〉：

「南園春半踏青時，風和聞馬嘶，青梅如豆柳如眉，日長蝴蝶飛。花露重，草煙低，人家簾幕垂，鞦韆慵困解羅衣，畫堂雙燕歸。」

他的歌喉並不十分好，但是，他唱完後望著她笑，一股子傻勁。尤其，她剛剛聽了另外兩人唱了許多流行歌曲，猛然聽到他這首古色古香的〈阮郎歸〉，不禁耳目一新。於是，她也對他笑笑，看到她笑，他的眼睛閃亮了一下，竟十分動人。

然後，星期天一清早，他出其不意的來了，手中捧著兩盒「美而廉」的旅行野餐盒。她奇怪的說：「做什麼？」

「和妳去野餐！我們到碧潭玩去，我知道山後面有個很美的地方！」他說，笑嘻嘻的，露出兩排整齊而潔白的牙齒，清亮的眸子閃灼動人。

他倒是一廂情願！既沒有事先約定，又不問她有沒有別的約會，就魯魯莽莽的帶了野餐來了！江雁容很想碰他一個釘子。看樣子，他連社交的禮節都不懂！可是，望著他那副興沖沖的傻樣子，她竟無法拒絕，而他已在一邊連聲的催促了：

「快點呀，穿一件外套，河邊的風大！」

她啼笑皆非的看著他，他仍然在催促著。

「好吧！走！」她站起來說，自己也不明白怎麼答應得如此乾脆。

那天，他把她帶到碧潭後面的山裡，沿著一條小山路，蜿蜿蜒蜒的走了一段，又下了一個小山坡，眼前豁然開朗，竟是個風景絕佳的山谷！三面都是高山，一條如帶的河流穿過谷底，清澈如鏡。河邊綠草如茵，疏疏落落的點綴著兩三棵小橘樹。四周靜靜的，沒有一個人影，只有兩隻白色長嘴的水鳥，站在水中的岩石上，對他們投過來好奇的眼光。江雁容深深的讚嘆了一聲，問：

「你怎麼知道這個地方？」

「我在這裡受預備軍官訓練，碧潭附近已經摸熟了。」

他們在草地上坐下來，她問：

「這裡叫什麼名字？是什麼山谷？」

他望著她笑，說：

「這裡叫情人谷！」

她的臉紅了。看著他，他笑得那麼邪門，她發現在他傻氣的外表下，他是十分聰明的。

「唔，」她用手抱住膝。「不知道是誰取的彆扭名字！」

「是我取的，」他笑著說：「半分鐘前才想出來的！」

他們相對望著，大笑了起來。她感到他身上那份男性的活力和用不完的精力。他大聲笑，爽朗愉快，這感染了她，頭一次，她覺得她能夠盡情歡樂而不再有抑鬱感，也是頭一次，在整個出遊的一天中，她竟沒有想起康南。離開康南一年半以來，她第一次有了種解脫感。

然後，他成了江家的常客，他用一種傻氣的，固執的熱情來擊敗他的對手。江麟給他取了個外號，叫他「風雨無阻先生」，因為當他一經追求起江雁容來，他就每日必到，風雨無阻。江雁容還記得那次大颱風，屋外天昏地暗，樹倒屋搖，他們塞緊了門窗躲在家裡，江雁若笑著說：

「今天，風雨無阻先生總不會來了吧！」

「如果他今天還來，」江麟說：「就該改一個外號，叫他神經病了！」

好像回答他們的議論似的，門響了起來，在大雨中，他們好不容易才打開門。李立維正搖搖晃晃的站在門口，渾身滴著水，活像個落湯雞！當江雁容目瞪口呆的望著他的時候，他卻依然咧著大嘴，對著她一個勁兒的傻笑。

就這樣，他攻進了江雁容的心，也擊退了別的男孩子，沒多久，他就經常和江雁容出遊了。江雁容還記得，那天晚上，他們坐在螢橋的茶座上，對著河水，她告訴了他關於康南的整個故事。講完後，她仰著臉望著他，嘆息著說：

「立維，我知道你愛我已深，可是，別對我要求過分，我愛過，也被愛過，所以我瞭解。坦白說，我愛你實在不及我愛康南，如果你對這點不滿，你就可以撤退了！」

她現在還清楚的記得他聽完了這些話後的激動，他的臉色在一剎那間變得蒼白，他的眼睛冒火的盯著她。好一會兒，他緊閉著嘴一句話不說。然後，他深吸了口氣說：

「如果我不能得到完整的妳，我情願不要！」

「好吧，」她說，望著那張年輕的負傷的而又倔強的臉。「如果我不告訴你，是我欺騙你，是嗎？我很喜歡你，但不像我對康南那樣狂熱，那樣強烈，你懂嗎？」

他咬了咬牙。「我懂，我早就知道妳和康南的故事，許多人都傳說過，可是，我沒料到妳愛他愛得這麼深！好吧，如果妳不能愛我像愛康南一樣，我得到妳又有什麼意思。」

那天晚上，是他們交友以來第一次不歡而散。回到家裡，江雁容確實很傷心，她為失去他難過，也為傷了他的心而難過，但是，那些話她是不能不說的。一夜失眠，到天快亮她才昏沉入睡，剛睡著，就被人一陣猛烈的搖撼而弄醒了。她張開眼睛來，李立維像隻衝鋒陷陣的野牛般站在她床前，死命的搖著她，他的眼睛布滿紅絲，卻放射著一種狂野的光。她詫異的說：

「你怎麼直闖了進來？我還沒起床呢！」

「管妳起床沒有！我等不及妳醒過來！」他魯莽的說：「我急於要告訴妳，我收回昨天晚上的話。」他咬咬嘴唇，一股受了委屈的傻樣子。「哪怕妳根本不喜歡我，我還是要妳！」他眼睛潮濕，臉色蒼白。「來不及撤退了！我怕失去妳！只要妳給我機會，讓我慢慢來擊敗妳心裡的偶像！」他的驕傲和自負又回來了，他挺了挺胸。「我會成功的，我會使妳愛我超過一切！」

不管怎樣，她深深被他所感動了，她覺得眼睛濕潤，心中漲滿了溫情。於是，她對他溫柔的點了點頭。他一把抓住了她在被外的手，激動的說：

「那麼，嫁給我，等我預備軍官的訓受完了就結婚！」

還有什麼話說呢！這漂亮的傻孩子得到了勝利，她答應了求婚。以後將近一年的時間內，每當他們親暱的時候，他就會逼著她問：「妳心裡只有我一個，是嗎？」

她能說不是嗎？她能去傷害這個善良的孩子嗎？而且，久而久之，她自己也迷糊了，她不知道到底是愛康南深些還是愛李立維深些。他們這兩個人是完全不同的，一個沉著含蓄，像一首值得再三回味咀嚼的詩篇；一個豪放明朗，像一張色彩鮮明的水彩畫。可是，李立維的固執和熱情使她根本無法思想。於是，每當他問這個問題，她就習慣性的答一句：

「當然！」

聽到她這兩個字的回答，他會爽朗的笑起來，充滿了獲勝的快樂和驕傲之情。現在，這個漂亮的傻孩子已做了她的丈夫，睡在她的身邊，真奇妙！她會沒有嫁給愛得如瘋如狂的康南，卻嫁給了這個中途撞進來的魯莽的孩子！她靜靜的，在月光照射下打量著他，他睡得那麼香那麼沉，那麼踏實，像個小嬰兒。她相信山崩也不會驚醒他的。他有一頭黑密的濃髮，兩道濃而黑的眉，可是，看起來並不粗野，有時，乖起來的時候，是挺文靜，挺秀氣的。他的嘴唇長得十分好，嘴唇薄薄的。她最喜歡看他笑，他笑的時候毫無保留，好像把天地都笑開了。在他的笑容裡，你就無法不跟著他笑。他是愛笑的，這和康南的蹙眉成了個相反的習慣。康南總是濃眉微蹙，一副若有所思的哲人態度，再加上那縷時刻繚繞著他的輕煙，把他烘托得神祕而耐人尋味……

哦，不！怎麼又想起康南來了！奇怪，許久以來，她都沒有想過康南，偏偏這結婚的一天，他卻一再出現在她腦海中，都怪程心雯不該在早上提起的。

李立維在床上翻了個身，嘴裡不知道在囈語著什麼。窗外很亮，江雁容對窗外看過去，才發現不是月光而是曙光，天快亮了。她轉頭注視著李立維，奇怪他竟能如此好睡，他又囈語了，根據心理學，臨醒前夢最多。她好奇的把耳朵貼過去，想聽聽他在說什麼。她的髮絲拂在他的臉上，他立刻睜開了眼睛，睜得那麼快，簡直使她懷疑他剛才是不是真的睡著了。可是，他的眼睛裡掠過一抹初醒的茫然。然後，他一把攬住了她，笑了。

「妳醒了？」他問，拂開她的頭髮注視她的臉。

「醒了好久了。」江雁容說。

「妳新鮮得像才擠出來的牛奶！」他說，聞著她的脖子。

「噢，你弄得我好癢！」她笑著躲開。

他抓住了她，深深的注視她，他的笑容收斂了，顯得嚴肅而虔誠。

「早！我的小妻子！」他說。

小妻子！多刺耳的三個字！康南以前也說過：「妳會是個可愛的小妻子！」「妳會成為我的小妻子嗎？」「我要盡我的力量來愛護妳這個小妻子！」她猛烈的搖了搖頭，李立維正看著她，她笑著說：

「早！我的小丈夫！」

「小丈夫！」李立維抗議的叫：「我是個大男人，大丈夫，妳知道嗎？」

「你是個傻孩子！」江雁容笑著說，伏在床上看他。「我的傻孩子！」她吻吻他的額頭。

他一把抱住了她，她慌忙掙扎，笑著說：

「別鬧！我怕癢！」

他放開她，問：

「醒了多久了？」

「好久好久。」

「做些什麼？」

「想我們認識的經過，想情人谷。」

「情人谷！」李立維叫了起來，翻身從床上坐起來，興奮的說：「告訴妳，雁容，我們雖然沒有錢去蜜月旅行，可是我們可以到情人谷去。起來，雁容，我們一清早去看日出，谷裡一定清新極了，看看有沒有和我們同樣早起的小鳥，快！」

他下了床，把床邊椅子上放著的衣服丟給江雁容，擠擠眼睛說：

「懶太太，動作快一點！」

他就是這種說是風就是雨的急脾氣。但，他這份活力立即傳染給了江雁容，她下了床，梳洗過後，李立維早已準備就緒。江雁容笑著說：

「早飯也不吃就去嗎？」

「我們到新店鎮上彎一彎，買兩個麵包啃啃就行了，再買根釣魚竿，到情人谷去釣魚，在河邊煎了吃！哈！其妙無窮！」

走到花園門口，李立維站住了，在門邊的一棵玫瑰花上摘下一朵半開的蓓蕾，簪在江雁容的髮邊。他望著她，托起了她的下巴，深深的吸了口氣。

「我愛妳，我真愛妳，愛得不正常！」他吻她，然後又注視著她。「告訴我，妳心裡只有我一個，是嗎？」

「當然！」江雁容說。

他笑了，笑得明朗愉快。

「好，開步走！」他們大踏步的走了出去。

15

江雁容把晚餐擺在桌子上，用紗罩子罩了起來。錶上指著六點二十五分，室內的電燈已經亮了。感到幾分不耐煩，她走到花園裡去站著，暮色正堆在花園的各個角落裡，那棵大的芙蓉花早就謝光了，地上堆滿了落花。兩棵聖誕紅盛開著，嬌豔美麗。茶花全是蓓蕾，還沒有到盛開的時候。她在花園中瀏覽了一遍，又看了一次錶。總是這樣，下了班從不準時回家，五點鐘下班，六點半還沒回來，等他到家，飯菜又該冰冷了。

走回到房間裡，她在椅子裡坐了下來，寥落的拿起早已看過的日報，細細的看著分類廣告。她手上有一塊燙傷，是昨天煎魚時被油燙的，有一個五角錢那麼大，已經起了個水泡，她輕輕的撫摩了一下，很痛。做飯真是件艱巨的工作，半年以來，她不知道為這工作多傷腦筋，總算現在做的東西可以勉強入口了，好在李立維對菜從不挑剔，做什麼吃什麼。但是，廚房工作是令人厭倦的。

快七點了，李立維還沒有回來，天全黑了，冬天的夜來得特別早。江雁容把頭靠在椅背上。「大概又被那些光棍同事拉去玩了！下了班不回家，真沒道理！就該我天天等他吃飯，男人都是這樣，婚前那股勁不知到哪裡去了，那時候能多挨在我身邊一分鐘都是好的，現在呢？明明可以挨在一起他卻要溜到外面去了！賤透了！」她想著，滿肚子的不高興，而且，中午吃得少，現在肚子裡已經嘰哩咕嚕的亂響了起來。

起風了，花園裡樹影幢幢，風聲瑟瑟，有種淒涼而恐怖的味道。江雁容向來膽怯，站起身來，她把通往花園的門關上，開始懊悔為什麼要選擇這麼一幢鄉間的房子。風吹著窗櫺，叮叮咚咚的響著，窗玻璃上映著樹影，搖搖晃晃的，像許多奇形怪狀的生物。她感到一陣寒意，加了一件毛衣，在書架上拿下一本《唐詩三百首》。她開始翻閱起來。但，她覺得煩躁不安，書上沒有一個字能躍進她的眼簾，她闔起了書，憤憤的想：「婚姻對我實在沒什麼好處，首先把我從書房打進了廚房，然後就是無止境的等待。立維是個天下最糊塗的男人！最疏忽的丈夫！」她模模糊糊的想著：「如果嫁了另一個男人呢？」康南的影子又出現在她面前了，那份細緻，那份體貼，和那份溫柔。她似乎又感到康南深情的目光在她眼前浮動了。甩甩頭，她站了起來，在房間裡兜著圈子，四周安靜得出奇，她的拖鞋聲發出的聲音好像特別大。「我不應該常常想康南，」她想：「立維只是粗心，其實他是很好的。」她停在飯桌前面，今天，為了想給立維一個意外，她炒了個新學會的廣東菜「蠔油牛肉」，這菜是要吃熱的，現在已經冰冷。

明知道他不會回來吃晚餐了，但她仍固執的等著，等的目的只是要羞羞他，要讓他不好意思。用手抱住膝，她傾聽著窗外的風聲，那棵高大的芙蓉樹是特別招風的，正發出巨大的沙沙聲。玻璃窗上的樹影十分清晰，證明外面一定有很好的月色，她想起康南以前寫過的句子：「**階下蟲聲，窗前竹籟，一瓶老酒，幾莖鹹菜，任月影把花影揉碎，任夜風在樹梢徘徊……**」多美的情致！她彷彿看到了那幅圖畫，她和康南在映滿月色的窗下，聽著蟲鳴竹籟，看著月影花影，一杯酒，一盤鹹菜，享受著生活，也享受著愛情……她凝視著窗上的影子，眼睛朦朦朧朧的。忽然，一個黑影從窗外直撲到窗玻璃上，同時發出「吱噢」一聲，江雁容嚇得直跳了起來，才發現原來是隻野貓。驚魂甫定，她用手輕撫著胸口，心臟還在撲通撲通的跳著。花園外面傳來一陣熟悉的腳踏車鈴聲，終於回來了！隨著鈴聲，是李立維那輕快的呼喚聲：

「雁容！」

打開了門，江雁容走到花園裡，再打開花園的籬笆門。李立維扶著車子站在月光之下，正咧著嘴對她笑。

「真抱歉，」李立維說著，把車子推進來。「小周一定要拉我去吃涮羊肉。」

江雁容一語不發，走進了房裡。李立維跟著走了進來，看到桌上的飯菜。

「怎麼，妳還沒吃飯？」

江雁容仍然不說話，只默默的打開紗罩，添了碗冷飯，準備吃飯。李立維看了她一眼，不安的笑笑說：

「怎麼，又生氣了？妳知道，這種事對一個男人來講，總是免不了的，如果我不去，他們又要笑我怕太太了！妳看，我不是吃完了就匆匆忙忙趕回來的嗎？」

江雁容依然不說話，冷飯吃進嘴裡，滿不是味道，那蠔油牛肉一冷就有股腥味，天氣又冷，冷菜冷飯吃進胃裡，好像連胃都凍住了。想起這蠔油牛肉是特別為李立維炒的，而他卻在外面吃館子，她感到十分委屈，心裡一酸，眼睛就濕潤了。李立維看著她，在她身邊坐了下來，看到她滿眼淚光，他大為驚訝，安慰的拍拍她的肩膀，他說：

「沒這麼嚴重吧？何至於生這麼大的氣？」

當然！沒什麼嚴重！他在外面和朋友吃喝玩樂，卻把她丟在冷清清的家裡，讓野貓嚇得半死！她費力的嚥下一口冷飯，兩滴淚水滴進了飯碗裡。李立維托起了她的臉，歉意的笑了笑，他實在不明白他晚回家一、兩小時，有什麼嚴重性！雖然，女孩子總是敏感柔弱些的，但他也不能因為娶了她，就斷絕所有的社交關係呀！不過，看到她眼淚汪汪的樣子，他的心軟了，他說：

「好了，別孩子氣了，以後我一定下了班就回家，好不好？」

她把頭轉開，擦去了淚水，她為自己這麼容易流淚而害羞。於是，想起一件事來，她對他伸出手去，說：

「藥呢？給我！」

「藥？什麼藥？」李立維不解的問。

「早上要你買的藥，治燙傷的藥！」江雁容沒好氣的說，知道他一定忘記買了。

「哎呀！」李立維拍了拍頭，一股傻樣子。「我忘了個乾乾淨淨。」

「哼！」江雁容哼了一聲，又說：「茶葉呢？」

「噢，也忘了！對不起，明天一定記得給妳買！妳知道，公司裡的事那麼多，下了班又被小周拖去吃涮羊肉，吃完了就想趕快趕回來，幾下子就混忘了。對不起，明天一定記得給妳買！」哼！就知道他會忘記的！說得好聽一點，他這是粗心，說得不好聽一點，他是對她根本不關心。如果是康南，絕不會忘記的，她想起那次感冒，他送藥的事，又想起知道她愛喝茶，每天泡上一杯香片等她的事。站起身來，她一面收拾碗筷，一面冷冰冰的說：

「不用了，明天我自己進城去買！」

他伸手攔住了她。

「不生氣，行不行？」

「根本就沒生氣！」她冷冷的說，把碗筷拿到廚房裡去洗，洗完了，回過身子來，李立維正靠在廚房牆上看著她。她向房裡走去，他一把拉住了她，把她拉進了懷裡，她掙扎著，他的嘴唇碰到了她的，他有力的胳膊箍緊了她。她屈服了。他抬起頭來，看著她的眼睛，他臉上堆滿了笑，露出兩排潔白的牙齒。

「別生氣，都是我不好，我道歉，好了吧？氣消了沒有？」

江雁容把頭靠在他胸前，用手玩著他西裝上衣的釦子洞。

「釦子掉了一個，掉到什麼地方去了？」

「不知道。」

「粗心！」

「氣消了吧？」

「還說呢，天那麼黑，一隻野貓跳到窗子上，把人嚇死了！」

他縱聲大笑了起來，江雁容跺了一下腳。

「你笑什麼！有什麼好笑！」

他望著她，看樣子她是真的被嚇著了，女人是多麼怯弱的動物！他收起了笑，憐愛的攬著她，鄭重的說：

「以後我再也不晚回家了！」

可是，諾言歸諾言，事實歸事實。他依然常常要晚回家。當然，每次都是迫不得已，就是這樣，同事們已經在取笑他了。下班鈴一響，小周就會問一句：「又要往太太懷裡鑽了吧？」李立維對女人器量的狹小，感到非常奇怪，就拿晚回家這件事來講吧，雁容總是不能原諒他。他就是無法讓她瞭解，男人和女人不同，男人的世界太廣，不僅僅只有一個家！

❖

結婚一年了，江雁容逐漸明白，婚姻生活並不像她幻想中那麼美好，她遭遇到許多問題，都是她婚前再也想不到的。首先，是家務的繁雜，這一關，總算讓她克服過去了。然後是經濟的拮据，她必須算準各項用度，才能使收支平衡，而這一點，是必須夫婦合作的。但，李立維就從不管預算，高興怎麼用就怎麼用，等到錢不夠用了，他會皺著眉問江雁容：

「怎麼弄的？妳沒有算好嗎？」

可是，假如她限制了他用錢，他又會生氣的說：

「妳總不能讓我一個大男人，身邊連錢都沒有！」

氣起來，她把帳簿扔給他，叫他管帳，他又說：

「不不，妳是財政廳長，經濟由妳全權支配！」

對於他，江雁容根本就無可奈何。於是，家庭的低潮時時產生，她常感到自己完全不瞭解他。他愛交朋友，朋友有急難，他赴湯蹈火的幫助，而她如果有病痛，他卻完全疏忽掉。在感情上，他似乎很馬虎，又似乎很苛求，一次，她以前的一個男朋友給了她一封比較過火的信，他竟為此大發脾氣。他把她按在椅子裡，強迫她招出有沒有和這男友通過信，氣得她一天沒有吃飯，他又跑來道歉，攬住她的頭說：

「我愛妳，愛得不正常！我真怕妳心裡有了別人，妳只愛我一個，是嗎？」望著他那副傻相，她覺得他又可氣又可憐。她曾嘆息著說：

「立維，你是個矛盾的人，如果你真愛我，你會關心我的一切，哪怕我多了根頭髮，少了根頭髮，你都會關心的，但你卻不關心！我病了你不在意，我缺少什麼你從來不知道。可是，唯獨對我心裡有沒有別的人，你卻注意得很。你使我覺得，你對我的感情不是愛，而是一種占有欲！」

「不！」李立維說：「我只是粗心，妳知道，我對自己也是馬馬虎虎的。不要懷疑我愛妳，」他眼圈紅紅的，懇切的說：「我愛妳，我嫉妒妳以前的男朋友，總怕他們會把妳從我手裡搶回去！妳不瞭解，雁容，我太愛妳了！」

「那麼，學得細心一點，好嗎？」江雁容用手揉著他的濃髮說。

「好！一定！」他說，又傻氣的笑了起來，好像所有的芥蒂，都在他的笑容裡消失了。可是，這份陰影卻留在江雁容的心底。而且，李立維也從不會變得細心的。江雁容開始明白，夫婦生活上最難的一點，是彼此適應，而維持夫婦感情的最大關鍵，是毅力和耐心。

周雅安和程心雯都畢業了，又回到臺北來居住。六月初行完畢業典禮，周雅安就擇定七月一日結婚，未婚夫是她們系裡的一個年輕助教，女儐相也是請的程心雯。得到了婚期的消息，這天，江雁容帶著一份禮物去看周雅安。周雅安正在試旗袍，程心雯也在。久不聚會的好朋友又聚在一起，大家都興奮了起來，程心雯哇啦哇啦的叫著：

「去年給江雁容做伴娘，今年給周雅安做伴娘，明年不知道又要給誰做伴娘了？妳們一個個做新娘子，就是我一輩子在做伴娘！」

「小妮子春心動矣！」江雁容笑著說。

「別急，」周雅安拍拍程心雯的肩膀。「妳的小林不是在國外恭候著嗎？」小林是程心雯的未婚夫，是大學同學。

「哈！他把我冷藏在臺灣，自己跑到外國去讀書，美國大使館又不放我出去，我就該在臺灣等他等成個老處女！男人，最自私的動物！」程心雯藉著她灑脫的個性，大發其內心的牢騷。

「同意！」江雁容說。

「妳才不該同意呢！」周雅安說：「妳那位李立維對妳還算不好呀？別太不知足！論漂亮、論人品、論學問、論資歷……哪一點不強？」

「可是，婚姻生活並不是有了漂亮、人品、學問，和資歷就夠了的！」江雁容說：「那麼，是還要愛情！他對妳的愛還不算深呀？」

「不，這裡面複雜得很，有一天妳們會瞭解的。說實話，婚姻生活是苦多於樂！」

「江雁容，」程心雯說：「妳呀，妳的毛病就是太愛幻想，別把妳的丈夫硬要塑成妳幻想中的人。想想看，他不是妳的幻想，他是李立維自己，有他獨立的思想和個性，不要勉強他成為妳想像中的人，那麼，妳就不會太苛求了！」

「很對，」江雁容笑笑說：「如果他要把我塑成他幻想中的人物呢？」

「那妳就應該跟他坦白談。但是，妳的個性強，多半是妳要塑造他，不是他要塑造妳。」程心雯說。

「什麼時候妳變成了個婚姻研究家了？程心雯？」周雅安笑著問。

「哼，妳們都以為我糊塗，其實我是天下最明白的人！」程心雯說著，靠進椅子裡，隨手在桌上拿了一張紙和一支眉筆，用眉筆在紙上迅速的畫起一張江雁容的側面速寫來。

「周雅安，記得妳以前說永遠不對愛情認真，現在也居然要死心嫁人了！」江雁容說，從牆上取下周雅安的吉他，胡亂的撥弄著琴弦。

「妳以為她沒有不認真過呀，」程心雯說：「大學四年裡，她大概換了一打男朋友，最後，還是我們這位助教有辦法，四年苦追，從不放鬆，到底還是打動了她！所以，我有個結論，時間可以治療一切，也可以改變一切，像周雅安心裡的小徐，和妳心裡的康——」

「別提！」江雁容喊：「現在不想聽他的名字！」

程心雯抬抬眉頭，低垂著睫毛，瞇起眼睛來看了江雁容一眼。「假如妳不想提這名字，有兩個解釋，」她輕描淡寫的說，在那張速寫上完成了最後的一筆，又加上一些陰影。「一個是妳對他懷恨，一個是妳對他不能忘情，兩種情形都糟透！怪不得妳覺得婚姻生活不美滿呢！」

「我沒說婚姻生活不美滿呀！」江雁容說，撥得吉他叮叮咚咚的響。「只是有點感慨，記不記得我們讀中學的時候，每人都有滿懷壯志，周雅安想當音樂家，我想當作家，程心雯是畫家，現在呢，大家都往婚姻的圈子裡鑽，我的作家夢早就完蛋了，每天腦子裡都是柴米油鹽醬醋茶！周雅安念了工商管理，與音樂風馬牛不相及，現在也快和我變成一樣了。程心雯，妳的畫家夢呢？」

「在這兒！」程心雯把那張速寫丟到江雁容面前，畫得確實很傳神。她又在畫像旁邊龍飛鳳舞的題了兩句：「給我的小甜心，以誌今日之聚。」底下簽上年月日。「等我以後出了大名，」她笑著說：「這張畫該值錢了！」說著，她又補簽了名字的英文縮寫C．S．W。

「好，謝謝妳，我等著妳出名來發財！」江雁容笑著，真的把那張畫像收進了皮包裡。

「真的，提起讀中學的時候，好像已經好遠了！」周雅安說，從江雁容手裡接過吉他，輕輕的彈弄了起來，是江雁容寫的那首〈我們的歌〉。

「海角天涯，浮萍相聚，嘆知音難遇……」周雅安輕聲哼了兩句。

「妳們還記得一塊五毛？」程心雯問：「聽說他已經離開培人女中了。」

「別提了，回想起來，一塊五毛的書確實教得不錯，那時候不懂，總拿他尋開心。」江雁容說。

「江乃也離開培人女中了。」周雅安說：「訓導主任也換了，現在的培人女中，真是人事全非，好老師都走光了，升學率一年不如一年。」程心雯說：「我還記得江乃的『妳們痛不痛呀？』」

周雅安和江雁容都笑了起來，但都笑得十分短暫。江雁容不由自主的想起那小樹林、荷花池、小橋、教員單身宿舍，和——康南。

「記不記得老教官和小教官？」周雅安說：「小教官好像已經有兩個小孩了。」

「真快，」江雁容說：「程心雯，我還記得妳用鋼筆描學號，用裙子擦桌子……」程心雯大笑了起來。於是，中學生活都被搬了出來，她們越談越高興，程心雯和江雁容留在周雅安家吃了晚飯，飯後又接著談。三個女人碰在一起，話就不知道怎麼那麼多。直到夜深了，江雁容才跳了起來。

「糟糕，再不走就趕不上最後一班火車了！妳們知道，我下了火車還要走一大段黑路，住在鄉下真倒楣！田裡有蛇，我又沒帶手電筒，那段路才真要我的命呢！」

「不要緊，我打包票妳先生會在車站接妳。」周雅安說。

「他才沒那麼體貼呢！」

「這不是體貼，這是理所當然，看到妳這麼晚還沒回來，當然會去車站接妳。」程心雯說。

「我猜他就不會去接，他對這些小地方是從不注意的！」江雁容說，拿起了手提包，急急的到玄關去穿鞋子。

下了火車，江雁容站在車站上四面張望。果然，李立維並沒有來接她。軌道四周空空曠曠的，夜風帶著幾絲涼意。到底不死心，她又在軌道邊略微等待了一會兒，希望李立維能騎車來接，但，那條通往她家的小路上連一個人影都沒有，她只得鼓起勇氣來走這段黑路。高跟鞋踩在碎石子上，發出咯咯的聲音，既單調又陰森。路的兩邊都是小棵的鳳凰木，影子投在地下，搖搖曳曳，更增加了幾分恐怖氣氛。她膽怯的毛病又發作了，望著樹影，聽著自己走路的聲音，都好像可怕兮兮的。她越走越快，心裡越害怕，就越要想些鬼鬼怪怪的東西，這條路似乎走不完似的，田裡有蛙鳴，她又怕起蛇來。於是，在恐懼之中，她不禁深深恨起李立維來，這是多麼疏忽的丈夫！騎車接一接在他是毫不費力的，但他竟讓她一人走黑路！程心雯她們還認為他一定會來接呢！哼，天下的男人裡，大概只有一個李立維是這麼糊塗，這麼自私的！假若是康南，絕不會讓她一個人在黑夜的田間走路！

家裡的燈光在望了，她加快了腳步，好不容易才走到門口，沒有好氣的，她高叫了一聲：

「立維！」好半天，才聽到李立維慢吞吞的一聲：

「來了！」然後，李立維穿著睡衣，出來給她開了門，原來他早已上了床！江雁容滿肚子的不高興，走進了房裡，才發現李立維一直在盯著她，眼睛裡有抹挑戰的味道。

「到哪裡去了？」李立維冷冷的問。

「怎麼，早上我不是告訴了你，我要到周雅安那裡去嗎？」江雁容也沒好氣的說，他那種責問的態度激怒了她。

「到周雅安那裡去？在她們家一直待到現在？」李立維以懷疑的眼光望著她。

「不是去周雅安家，難道我還是會男朋友去了嗎？」江雁容氣沖沖的說。

「誰知道妳到哪裡去了？我下班回來，家裡冷鍋冷灶，連家的樣子都沒有！」

「你下班不回家就可以，我偶爾出去一次你就發脾氣！憑什麼我該天天守著家等你！」

「妳是個妻子，妳有責任！」

「我是妻子，我並不是你的奴隸！」

「我什麼時候把妳當奴隸看待？下了班回來，還要自己生火弄飯吃，還要給夜遊的妻子等門！」

江雁容跳了起來，氣得臉色發白。

「你是什麼意思？你以為我出去做什麼了？」

「我沒有說妳出去做什麼，妳大可不必作賊心虛！」李立維憤不擇言的說。

江雁容望著他，眼睛裡幾乎要噴出火來，氣得渾身發抖。好半天，才點點頭說：「好，你使人無法忍耐！」

「是我使妳無法忍耐還是妳使我無法忍耐？今天小周一定要到我們家來參觀，讓他看到妳連鬼影子都不在，冷鍋冷灶，我自己生火招待人吃飯，等妳等到十點鐘小周才走。妳丟盡了我的臉，讓我在朋友面前失面子，讓別人看到妳深更半夜不回家，不知道到哪裡去鬼混了！」

「你說話客氣一點，我到哪裡去鬼混了？早上告訴了你要去周雅安家，誰叫你不注意，又帶朋友回家來！嫁給你，我就該大門不出，二門不邁，做你一輩子的奴隸？你給我多少錢一個月？」

李立維被刺傷了，他大叫著說：

「嫌我窮妳就不要嫁給我！妳心裡那個鬼康南也不見得比我闊！」

「他比你體貼，比你溫柔，比你懂人事！」江雁容也大叫了起來。

李立維立即沉默了下來，他盯著她，緊緊的閉著嘴，臉色變得蒼白。江雁容走到床邊，坐在床沿上，也不說話。許久許久，李立維才輕輕說：

「我早就知道妳不能忘記他，我只娶到了妳的軀殼。」

江雁容抬起頭來，滿臉淚痕。

「立維，你別發神經病吧！我不過偶爾出去一次，你就是這副態度！」

「妳心裡只有康南，沒有我。」李立維繼續說。

「你別胡扯，公正一點好不好？」江雁容大聲說。

李立維走了過來，用手一把抓住江雁容的頭髮，把她的頭向後仰，咬著牙說：「妳是個不忠實的女人，躺在我懷裡，想著別的男人！」

「立維！」江雁容大喊。

李立維鬆了手，突然抱住了她，跪在地下，把頭伏在她的膝上。他的濃髮的頭在她膝上轉動，他的手緊緊的扯住了她的衣服。

「雁容，哦，雁容。我不知道在做什麼！」他抬起頭來，乞憐的望著她。「我不好，雁容，我不知道在做什麼。我不該說那些，妳原諒我。」江雁容流淚了。「我愛妳，」他說：「我只是太愛妳！」

「我也愛你。」江雁容輕輕說。

他站起身來，抱住她，吻她。然後，他撫摩著她的面頰，柔聲問：「只愛我一個？」

「是的，只愛你一個。」她說。

於是，風暴過去了。第二天早上，他變得無比的溫柔。一清早，就躡手躡腳的下了床，到廚房去做早餐。江雁容醒來的時候，發現他正微笑的站在床前，手裡托著一個托盤，裡面放著弄好的早餐。他笑著說：

「我要學著伺候妳，學著做一個體貼的丈夫。」他停了一下，又加了一句：「比妳的康南更體貼。」

江雁容看著他，有點兒啼笑皆非，然後她坐起身來，從他手裡接過托盤，放在桌子上。微笑著說：

「立維，不要再提康南，好嗎？」

「妳愛他，是嗎？」

「那是以前，現在只愛你。」

「我嫉妒他！」李立維坐在床沿上。「想起他還占據著妳的心，我就要發瘋。」

「不要太多疑，立維，我只屬於你，不要再提他了！以後我們誰都不許提他，好不好？」

「一言為定！」李立維說，又咧開一張大嘴，爽朗的笑了起來，望著他那毫無保留的笑，江雁容也不禁笑了起來。李立維高興的說：「我們重新開始，永遠不吵架，為了慶祝這個新的一天，我今天請假，我們到情人谷玩去！」

「好！」江雁容同意的說。

「啊哈！我先去準備釣魚竿！」李立維歡呼著跑開。江雁容望著他的背影，嘆了口氣，搖搖頭低聲說：

「一個可愛的傻孩子！」

她下床來穿衣服，但是，她的心境並不開朗。望著窗外那隨風擺動的芙蓉樹，她感到心底的那個陰影正在逐漸擴大中。

❖

這天是星期天，江雁容和李立維都沒有出去的計畫，他們玩了一會兒蜜月橋牌，李立維說餓了。正好門口來了個賣臭豆腐乾的，江雁容問：

「要不要吃？」

「好！」

「我去拿碟子，你去拿錢。」江雁容說，拿了碟子到門口去，又回過頭來對李立維笑著說：「你是個逐臭之夫！——快點拿錢，在我的皮包裡。」

江雁容在門口買了兩塊臭豆腐乾，等著李立維送錢來，但，等了半天，錢還沒拿來，江雁容不耐的喊：

「喂，好了沒有？」

「好——了。」李立維慢慢的說，聲調十分特別，然後他把錢送了出來。關好園門，江雁容把碟子端進屋裡，放在桌子上，笑笑說：「我不吃這個臭東西，你快趁熱吃吧，我就喜歡看男人吃東西的那副饞相！」

李立維坐在椅子裡，望著江雁容。

「妳看了多少個男人吃東西？」

「又在話裡挑眼了，」江雁容笑著皺皺眉。「你的心眼有的時候比女孩子還多！趕快吃吧！」

李立維瞪著那兩塊臭豆腐乾。「我不想吃！」

「你又怎麼了？不想吃為什麼要我買？」江雁容奇怪的看著他。

「C．S．W是誰？」李立維冷冷的問。

「C．S．W？」江雁容愣住了。

「喏！這是誰畫的？」李立維丟了一張紙給她，她拿起來一看，不禁大笑了起來，原來是程心雯畫的那張速寫！

「哦，就是這個讓你氣得連臭豆腐乾都不要吃了嗎？」江雁容笑著問，笑得連眼淚都出來了。「你真是個多疑的傻丈夫！」

「不要以為我會被妳的態度唬倒，」李立維說：「我記得那個日期，那就是妳說到周雅安家去了，半夜三更才回來。」

「是的，就是那一天，」江雁容仍然在笑。「那天程心雯也在，這是程心雯畫的，C．S．W是她名字的縮寫。」

「哼，」李立維冷笑了一聲。「妳以為我會相信妳的鬼話？這明明是畫的人用炭筆畫的。」

「不，你錯了，這是用眉筆畫的。」

李立維看著江雁容。

「妳很長於撒謊，」他冷冰冰的說：「程心雯會叫妳小甜心？」

「以前周雅安還叫我情人呢！」江雁容被激怒了。「立維，你不應該不信任我！我告訴你，我並不是個蕩婦，你不必像防賊似的防著我！」

「妳敢去找程心雯對證？」李立維說：「我們馬上進城去找她！」

江雁容望著他，氣沖沖的說：

「你如果一定要程心雯對證才肯相信的話，我們就去找程心雯吧！不過，從此，我們的夫婦關係算完！」

「何必那麼嚴重？」

「是你嚴重還是我嚴重？」江雁容叫：「我受不了你這份多疑！為什麼你每次晚回家我不懷疑你是去找妓女，去約會女朋友，去酒家妓院？」

「我的行動正大光明……」

「我的行動就不正大光明了？我做過對不起你的事情嗎？立維，你使人受不了，再這樣下去，我沒辦法跟你一起生活！」

「我知道，」李立維喃喃的說：「妳還在想念康南！」

「康南！康南！康南！」江雁容含著眼淚叫：「你又和康南扯在一起，這件事和康南有什麼關係？」轉過身子，她衝進臥室裡，把門關上。背靠著門，她仰著頭，淚如雨下。「天哪！」她低喊：「叫我如何做人呢？我錯了，我不該和李立維結婚的，這是我對康南不能全始全終的報應！」

16

結婚兩年了，對江雁容而言，這兩年像是一段長時間的角力賽，她要學著做一個主婦，學著主持一個家，更困難的，是要學著去應付李立維多變的個性和強烈的嫉妒，這使她不能忍耐。尤其，當李立維以固執的語氣說：

「我知道，妳又在想康南！」

這種時候，她就會覺得自己被激怒得要發瘋。是的！康南，康南！這麼許多年來，康南的影子何曾淡忘！事實上，李立維也不允許她淡忘，只要她一沉思，一凝神，他就會做出那副被欺騙的丈夫的姿態來，甚至捏緊她的胳膊，強迫她說出她在想誰。生活裡充滿了這種緊張的情況，使她感到他們不像夫婦，而像兩隻豎著毛，時刻戒備著，準備大戰的公雞。因此，每當一次吵架之後，李立維能立即拋開煩惱，又恢復他的坦然和瀟灑。而她，卻必須和自己掙扎一段長時間。日積月累，她發現康南的影子，是真的越來越清晰了。有時，當她獨自待在室內，她甚至會幻覺康南的手在溫柔的撫摩著她的頭髮，他深邃的眼睛，正帶著一千萬種欲訴的柔情注視著她。於是，她會閉起眼睛來，低低的問：

「康南，你在哪裡？」

這天，是他們結婚兩周年的紀念日。在江仰止家裡，有一個小小的慶祝宴，飯後，她和李立維請江麟和江雁若去看了場電影。江麟現在已是個大學生了，雖然稚氣未除，卻已學著剃鬍子和交女朋友了。他十分欣賞他這位姊夫，尤其羨慕姊夫那非常男性化的鬍子，他自己的下巴總是光禿禿的，使他「男性」不起來。江雁若也是個亭亭玉立的少女了，仍然維持著她「第一名」的紀錄，好勝心一如江太太，有次，李立維勉勵她做個中國的居禮夫人，她竟大聲抗議說：「我不要做夫人！我要做江雁若！將來別人會知道我是江雁若，不會知道我丈夫姓甚名誰！」李立維瞠目結舌，大感此妞不能小覷。

看完電影，他們回到家裡，已經是深夜了。李立維立即上了床。江雁容關掉了電燈，倚窗而立，又是月圓之夜！她把頭靠在窗櫺上，望著那灑著月光的花園，聞著那撲鼻而來的玫瑰花香，不禁恍恍惚惚的想起自己在校園中採玫瑰，送到康南的屋裡。

「給你的房裡帶一點春天的氣息來！」

那是自己說過的話，多少個春天過去了，她不知道他在何處享受他的春天？或者，他的生活裡再也沒有春天了。

月亮真好，圓而大，他們選擇了陰曆十五結婚真不錯，每個紀念日都是月圓之夜。但是，她卻有種疲倦感，兩年，好像已經很漫長了。

「雁容！」李立維在床上喊了一聲。

「嗯。」她心不在焉的哼了一聲。

「還不睡？」

「我想看看月亮。」

「月亮有什麼好看？」

「如果你懂得月亮的好看，或者我們的生活會豐富些。」江雁容忽然說，自己也不明白為什麼要講這兩句話。床上的李立維沉默了，這種沉默是江雁容熟悉的，她知道自己又說錯了話，她已經嗅到了風暴的氣息。

「妳的意思，」李立維冷冷的說：「是嫌我不解風情，沒有浪漫的氣氛，是嗎？」

「我沒有什麼意思。」江雁容說。

「妳時時刻刻在拿我和妳心裡的康南比較，是嗎？我不如妳的康南，是嗎？我不明白月亮有什麼好看，我不會做些歪詩歪詞，我不懂溫柔體貼，是嗎？」李立維挑戰似的說，聲音裡充滿了火藥味。

「我沒有提到康南，」江雁容說：「是你又在提他！」

「妳不提比提更可惡！」李立維叫了起來：「妳一直在想他，妳的心全在他身上，妳是個不忠實的妻子，在我們結婚二周年紀念日的晚上，妳卻在懷念著妳的舊情人！」他凶猛的喊：「雁容！過來！」

「我不是你的狗，」江雁容昂了昂頭。「你不必對我這麼凶，我不必要聽你的命令！」

「是嗎？」李立維跳下了床，光著腳跳到她面前。他的眼睛冒著火，惡狠狠的盯著她。他抓住了她的衣服，拉開了她睡衣的鈕釦。

「你做什麼？」江雁容吃驚的問。

「看看妳的心是黑的還是白的！」

「你放開我，你這隻瘋狗！」江雁容喊，掙扎著。

「哈哈，我是瘋狗，妳的康南是聖人，是不是？好，我就是瘋狗，我占有不了妳的心，最起碼可以占有妳的人，叫妳的康南來救妳吧！」

他攔腰把她抱了起來，丟到床上，她掙扎著要坐起來，但他按住了她。他的神情像隻要吃人的獅子。她氣得渾身發抖，嘴裡亂嚷著：

「你這隻野獸！放開我！放開我！」

李立維把她的兩隻手分開壓著，讓她平躺在床上，他俯視著她的臉，一個字一個字的說：

「妳是我的妻子，妳知道嗎？妳屬於我，妳知道嗎？不管妳這顆不忠實的心在哪個男人身上，妳的人總是我的！我就要妳，我就欺侮妳，我就蹂躪妳，妳叫吧！」

「李立維！」江雁容喊，眼睛裡充滿了屈辱的淚水。「不要對我用暴力，如果你憑暴力來欺侮我，我這一生一世永不原諒你！」

「今天是我們的結婚紀念日，妳知道嗎？」李立維拉開了她的衣服。

「不要！立維，你怎能這樣對我？」

「我向來不懂得溫柔的，妳知道！妳是我的，我就可以占有妳！」

「不要！不要！不要！李立維，你會後悔的！看吧！你會後悔的！」江雁容大叫著。

❖

午夜，一切過去了。江雁容蜷縮在床角裡靜靜的哭泣，從沒有一個時候，她覺得如此屈辱，和如此傷心。李立維強暴的行為毀掉了她對他最後的那點柔情。她不斷的哭著，哭她內心和身上所受的屈辱，看到李立維居然能呼呼大睡，她恨得想撕裂他。「這是隻骯髒的野獸！」她想，拚命的咬著自己的嘴唇。「他是沒有良心，沒有人格，沒有一絲溫情的！我只是他的一具洩慾的工具！」她抽搐著，感到自己身上的穢氣，就是跳到黃河裡也洗不乾淨了。

清晨，李立維從睡夢裡醒來，發現江雁容蜷縮在床角裡睡著了。被單上淚痕猶新，臉上布滿了委屈和受辱的表情，一隻手無力的抓著胸前的衣服，顯然是哭累了而睡著了。想起了昨夜的事，李立維懊悔的敲了敲自己的頭。「我瘋了！」他想：「我不知道在做什麼！」望著那蜷縮成一團的小小的身子，和那張滿是淚痕的小臉，他感到心臟像被人抽了一下。他瞭解江雁容那份纖弱的感情，他知道自己已在他們的婚姻上留下了一道致命傷。俯下頭，他想吻她，想告訴她他錯了，但他不忍再驚醒她。拉了一床薄被，他輕輕的蓋在她身上。悄悄的下了床，他到廚房裡去弄好早餐，她依然未醒。「可憐的雁容！」他憐愛而懊悔的看著她，「我錯了！」

到了上班的時間，他吃了早飯，把她的一份罩在紗罩子底下，預備去上班。又覺得有點放不下心，他匆匆的寫了一張紙條：「雁容，我錯了，原諒我。」壓在紗罩子下面。然後趕去上班了。

李立維下班回來的時候，看到門戶深閉著，他喊了兩聲「雁容」，沒有人答應，他認為她一定出去了。她有個習慣，每次吵了架就要出去逗留一整天，不是到周雅安那兒，就是到程心雯那兒，要不然就乾脆回娘家。「出去散散心也好！」他想，用自己的鑰匙開了門。一走進去，他就看到桌上擺著的那份早餐，和他寫的那張紙條，都一動都沒動。他衝進了臥室裡，發現江雁容仍然躺在床上，閉著眼睛，看樣子一天都沒有起床，他叫了一聲：

「雁容！」

她張開眼睛來，望了他一眼，就又閉上了。他這才感到她的臉色紅得不大對頭，他伸手摸了摸她的額角，燒得燙手。被他這一碰，她立即又睜開眼睛，看到他正伸手摸她，她瑟縮了一下，就滾進了床裡，用一對戒備的眼神看著他。李立維縮回了手，苦笑了一下說：

「我不碰妳，妳別害怕，妳在發燒，哪兒不舒服？」

她望著他，仍然一語不發，那神情就像他是個陌生人。這使李立維覺得像挨了一鞭。他在床沿上坐下來，溫柔的說：

「妳病了！我出去給妳買藥，大概昨晚受了涼，吃點感冒藥試試。妳還想吃什麼？一天沒吃飯？我給妳買點麵包來，好不好？」

她依然不說話，他看著她。她臉上有份固執和倔強，他輕輕拉住她的手，她立即就抽回了。

他無可奈何的說：

「雁容，昨晚是我不好，妳原諒我好嗎？」

她乾脆把身子轉向了床裡，臉對著牆，做無言的反抗。李立維嘆了口氣，起身來。「她根本不愛我，」他想：「她的心不在我這兒，這是我們婚姻上基本的障礙，我沒有得到她，只得到了她的軀殼。」一感到自尊心受了刺傷，他在床邊呆呆的站了好一會兒，然後才轉身走出去，騎車到新店給她買藥。

藥買回來了，他倒了杯水，走到床邊，江雁容仍然面朝裡躺著。他勉強壓抑著自己說：

「雁容，吃藥好嗎？就算妳恨我，也不必和自己的身體過不去！」

她轉過身來，慢吞吞的坐起來吃藥，頭昏打擊著她，一日沒吃飯和高燒，使她十分軟弱。他伸手來扶她，她本能的打了個冷戰，看到這隻手，就使她想起昨夜的強暴行為，她心裡立即掠過一陣厭惡感。她的表情沒有逃過李立維的眼睛，他勉強克制自己將爆發的一陣火氣，服侍她吃過藥，看到她躺回床上，他問：

「要不要吃麵包？我買了一個沙拉的，和一個咖哩的，要哪一個？」

「都不要。」她簡簡單單的說。

「勉強吃一點，好嗎？要不然妳會餓壞。」他依然好言好語的說，一面伸手去拉她。

她皺起了眉頭，厲聲說：

「把你那隻髒手拿開！」

李立維愣了愣。他瞪著她的臉，怒火燃燒著他的眼睛，他咬咬牙說：

「妳的脾氣別太壞，說話多想一下，我的手怎麼髒了？我沒偷過，沒搶過，沒犯過法！」

「你是個禽獸！」江雁容冷冷的說。

「好，我是個禽獸，」李立維冒火了。「妳十分高尚，十分純潔，十八、九歲懂得去勾引男老師，天天跑到老師房裡去投懷送抱！妳高尚得很，純潔得很！」

「立維！」雁容大叫，從床上坐了起來，她的嘴唇顫抖著，想說話，卻一句話都說不出來，只是渾身抖顫。她的頭在劇烈的暈眩，房子在她眼前轉動，她努力想說話，卻只能喘息。李立維咬咬嘴唇，嘆了口氣，柔聲說：

「好了，妳躺下休息休息吧，算我沒說這幾句話！」

江雁容的臉由紅轉白，又由白轉紅，李立維被嚇住了，他扶住她，搖她，在她耳邊叫：

「妳怎麼？雁容，妳怎樣？」

江雁容搖搖頭，從齒縫裡說：

「立維，我們之間完了，我們辦離婚手續吧！」

「不！」李立維讓她躺下，攬住了她的頭。「雁容，我愛妳！我只是嫉妒！」他的眼圈紅了，懊悔的說：「妳原諒我，我們再開始，我發誓，以後我再也不提康南！」

她搖頭。

「沒用了，立維，我們彼此傷害得已經夠深了。」她嘆了口氣，用手指壓著額角。「再下去，只有使我們的關係更形惡化。立維，饒饒我，我們分手吧！」

「不！無論如何我不能放妳！」他說，像個孩子般流淚了。「我有什麼過失，妳告訴我，我一定改，但是，不要離開我！」他用手抓住她的衣服。「我愛妳，雁容！」

江雁容望著他，他流淚的樣子使她難過。李立維繼續說：

「我一切都改，我發誓！我會努力的去做一個溫柔的、體貼的好丈夫，只要妳給我機會。雁容，原諒我的出發點是愛妳！不要毀了我的一切！」

他哭得像個傻孩子，她曾愛過的那個傻孩子。於是，她也哭了起來。他抱住她，吻她，乞求的說：

「妳原諒我了嗎？」

是的，她原諒了。她又一次屈服在他的愛裡。但是，這並沒有挽救他們的婚姻。那片陰影一天比一天擴大，裂痕也一日比一日加深。江雁容開始感到她無法負擔心中的負荷。

❖

這天，報上有颱風警報。但一清早，天氣仍然是晴朗的。李立維去上班的時候，江雁容叮嚀著說：

「下了班就回家，報上說有個大颱風，你記得帶幾個大釘子回來，我們廚房的窗子壞了。假如不釘好，颱風來了就要命了。等會兒瓶瓶罐罐滿天飛，連搶救都來不及，可別忘了哦！」

「不會忘！」李立維叫了一聲，揮揮手，跳上車子走了。

到了下午，天有些陰暗，仍然沒有起風的樣子。江雁容扭開收音機，一面聽音樂節目和颱風警報，一面刺繡一塊桌布。颱風警報說颱風午夜時分從花蓮登陸，不過可能會轉向。江雁容看看天，藍得透明，看樣子，風向大概轉了。對於颱風，江雁容向來害怕，她有膽怯的毛病，颱風一來，天昏地暗，飛沙走石，她就感到像世界末日，而渴望有個巨人能保護她。到下午五點鐘，仍然風平浪靜，她放心的關掉了收音機，到廚房去做晚飯，現在就是颱風來她也不怕了，李立維馬上就要回家，在颱風的夜裡，李立維那份男性對她很有點保護作用。只要有他在，她是不怕什麼風雨的。

李立維下班的時候，他的同事小周叫住了他。

「小李，和我到一個地方去。」

「不行，」李立維說：「有颱風，要趕回去。」

「算了吧！颱風轉向了。」

「誰說的？」

「收音機裡報告的。」

「你要我到哪裡去？」

「就是我上次跟你提到的那個女孩子，你去幫我看看，花一筆錢救她出來值不值得？」

「你真想娶她呀？」李立維問，小周看上了一個風塵女子，李立維一直不以為然，但小周堅持說那女孩本性善良，溫柔可靠。

「有那麼點意思，」小周說：「你去見見，也幫我拿點主意。」

「去是可以，不過見了我就得走。」

「好嘛！知道你老兄家有嬌妻，你是一下班就歸心似箭，可見女人的魔力大矣哉！」

跟著小周，七轉八轉，才到了萬華一棟大酒樓面前，李立維抬頭看看，紅紅綠綠的燈光射得他睜不開眼睛，門上有三個霓虹燈的字「尋芳閣」。他皺皺眉，說：

「小周，這種地方可是我生平第一次來。」

「進去吧，沒有人會吃掉你。」

李立維進去了，這才發現出來卻不大容易，幾分鐘後，他已被一群鶯鶯燕燕所包圍了。

他發現他糊裡糊塗的喝了酒，又糊裡糊塗的醉了。而窗外，風雨大作，颱風已經已全力衝了過來。

這時的江雁容，正在房間裡焦灼的兜圈子。颱風來了，飯菜早已冰冷，手錶上的指針從七點跳到八點，八點跳到九點，李立維仍然連影子都沒有。迫不得已，她胡亂的吃了一碗飯，把門窗都關緊。風夾著雨點，狂掃在門和窗玻璃上，穿過原野的狂風發出巨大的呼嘯。「他不可能趕回來了，這個死人！」想起必須和風雨單獨搏鬥一整夜，她覺得不寒而慄。「這麼大的風，他一定回不來了！」她在房內亂轉，不知道做些什麼好。廚房裡嘩啦啦一聲巨響，使她嚇得叫了起來。衝進廚房裡，才發現窗子果然被風吹垮了。雨點正從不設防的窗口狂掃進來，她衝過去，緊急的抓住桌上的酒瓶油瓶，把它搬進房裡去。還來不及搬第二批，一陣狂風急雨把她逼出了廚房，她慌忙碰上了廚房通臥房的門，用全力抵住門，才把門閂上。立即，廚房裡傳來一陣乒乒乓乓的聲音，她知道，那些剩餘的瓶瓶罐罐都遭了殃。

「老天，李立維，你這個混蛋！」

她咒罵著，窗外的風雨使她恐怖，她把臥室通客廳的門也關上，站在臥室中發抖。她的衣服在剛才搶救廚房用品時已淋濕了，正濕漉漉的黏在身上。窗外的雨從窗縫中鑽進來，望著那像噴泉般從窗縫裡噴進來的雨水，她覺得恐怖得渾身無力。匆忙中，她拿起一床被單，堵著窗子的隙縫，還沒有堵好，電燈滅了，她立即陷在伸手不見五指的漆黑中。放棄了堵窗子，她摸索著找到了床，爬到床上，她拉開棉被，把自己連頭帶腦的蒙了起來。然後她渾身發抖的低聲叫著：

「康南，康南！你絕不會讓我受這個！康南，」在這一刻，她似乎覺得康南是個無所不在的保護神。「你保護我，你愛我，我知道，世界上只有你是最愛我的！我不該背叛你，我不該嫁給別人！」

花園裡的一聲巨響又使她驚跳了起來，不知是哪棵樹倒了。接著，又是一陣嘩啦啦，好像是籬笆倒了。廚房裡砰然一聲，彷佛有個大東西跳進了廚房裡。她蒙緊了頭，抖得床都搖動了。

「李立維，你真沒良心！真沒良心！」她恐怖得要哭。「我再也不能原諒你！你是個混蛋！是個惡棍！」

這一夜，是她有生以來最恐怖、最漫長的一夜。當黎明終於來臨，風勢終於收斂之後，她已陷入虛脫無力的狀態。室內，一尺深的水泡著床腳，滿桌子都是水，床上也是屋頂漏下來的水。她環顧一切，無力的把頭埋在枕頭裡，疲倦、發冷、饑餓都襲擊了過來，她閉上眼睛，天塌下來也無力管了。

當李立維趕回家來的時候，水已經退了很多，但未消的積水仍然淹沒了他的足踝。站在家門口，他惶然四顧，可以想見昨夜的可怕。四面的籬笆全倒了，花園中一棵有著心形葉片的不知名的樹，也已連根拔起。那棵為江雁容深愛著的芙蓉樹，已折斷了七、八根枝椏。另外，四株扶桑花倒掉了一株，玫瑰折斷了好幾棵，幸好江雁容最寶貴的茶花竟得以保全。他帶著十二萬分的歉疚，越過那些亂七八糟的籬笆，走到門邊來。門從裡面扣得很緊，他叫了半天門，才聽到江雁容的腳步踩著水的聲音。然後，門開了，露出江雁容那張蒼白的臉，蓬亂的頭髮，和一對睜得大大的、失神的眼睛。

「哦，雁容，真抱歉……」他說，內心慚愧到極點。

「你到哪裡去了？你居然還曉得回來！」江雁容咬著牙說，看到了他，她的怒火全衝了上來。

「抱歉，都是小周，他一定要拖我到尋芳閣去看他的女朋友。」

「尋芳閣是什麼地方？」江雁容厲聲問，聽名字，這可不是一個好所在。

「是一個酒家的名……」

「好哦！」江雁容歇斯底里的叫了起來：「你把我留在這個鄉下和大颱風作戰，你倒去逛酒家！問問你自己，你這是什麼行為？你就是要找妓女，又何必選擇一個大颱風的日子！你有沒有良心？你是不是人哪？」

「天知道，」李立維冤枉的說：「我到那裡什麼壞事都沒做，起先以為颱風轉向了，後來被那些人灌了兩杯酒，不知不覺多待了一會兒，就被風雨堵住了。我跟妳發誓，我絕沒有做對不起妳的事，我連碰都不肯碰她們，一直到早上我出來，她們都還在取笑我呢！」

「我管你碰她們沒有？你把我一個人丟在家裡就該死！你卑鄙！你無恥！沒有責任感！你不配做個丈夫！我是瞎了眼睛才會嫁給你！」江雁容失常的大喊大叫，一夜恐怖的經歷使她發狂，她用手蒙住臉。「好媽媽，她真算選到了一個好女婿！」

「不要這樣說好不好？」李立維的臉色變白了，他感到他男性的自尊已遭遇到嚴重的傷害。「一個人總會有些無心的過失，我已經認了錯，道了歉……」

「認了錯，道了歉就算完事了是不是？假如我對你有不忠的行為，我也認個錯你就會原諒了嗎？」

「我並沒有不忠的行為……」

「你比不忠更可惡！你不關心我，不愛我，你把我單獨留在這裡，你這種行為是虐待！想想看，我原可以嫁一個懂得愛我，懂得珍惜，懂得溫存體貼的人！可是我卻嫁給你，在這兒受你的虐待！我真……」

「好，」李立維的嘴唇失去了血色，黑眼睛燃燒了起來，江雁容的話又尖銳的刺進了他心中的隱痛裡。「我就知道，妳一直在想念那個人！」

江雁容猛的昂起了頭來，她的臉上有股凶野的狂熱。

「不錯！」她沉著聲音說：「我一直想念那個人！我一直在想念他！不錯，我愛他！他比你好了一百倍，一千倍！一萬倍！他絕不會上酒家！他絕不會把我丟在鄉下和黑夜的颱風作戰！他有心有靈魂有人格有思想，你卻一無所有！你只是個……」

李立維抓住了她的胳膊，把她逼退到牆邊，他壓著她使她貼住牆，他緊瞪著她，切齒的說：

「妳再說一個字！」

「是的，我要說！」她昂著頭，在他的脅迫下更加發狂。「我愛他！我愛他！我愛他！我從沒有愛過你！從沒有！你趕不上他的千分之一……」

「啪！」的一聲，他狠狠的抽了她一耳光，她蒼白的面頰上立即留下五道紅痕。他的眼睛發紅，像隻被激怒的獅子般喘息著。江雁容怔住了，她瞪著他，眼前金星亂迸。一夜的疲倦、寒戰，猛然都襲了上來。她的身子發著抖，牙齒打顫，她輕輕的說：

「你打我？」聲音中充滿了疑問和不信任。然後，她垂下了頭，茫然的望著腳下迅速退掉的水，像個受了委屈的、無助的孩子，接著，就低低的說了一句：「這種生活不能再過下去了！」說完，她才感到一份無法支持的衰弱，她雙腿一軟，就癱了下去。李立維的手一直抓著她的胳膊，看到她的身子溜下去，他一把扶住了她，把她抱了起來，她纖小的身子無力的躺在他的懷裡，閉著眼睛，慘白的臉上清楚的顯出他的手指印。一陣寒戰突然通過他的全身，他輕輕的吻她冰冷的嘴唇，叫她，但她是失去知覺的。把她抱進了臥房，看到零亂的、潮濕的被褥，他心中抽緊了，在這兒，他深深體會到她曾度過了怎樣淒慘的一個晚上！把她放在床上，他找出一床比較乾的毛毯，包住了她。然後，他看著她，他的眼角濕潤，滿懷懊喪和內疚。他俯下頭，輕輕的吻著她說：

「我不好，我錯了！容，原諒我，我愛妳！」

像是回答他的話，她的頭轉側了一下，她的睫毛動了動，迷濛的張開了眼睛，她吐出一聲深長的嘆息，嘴裡模模糊糊的，做夢似的說了幾個字：

「康南，哦，康南！」

李立維的臉扭曲了，他的手握緊了床柱，渾身的肌肉都硬了起來。

江雁容張大眼睛，真的清醒了過來。她望著木立在床邊的李立維，想起剛剛發生的事，她知道她和李立維之間已經完了！他們彼此已傷害到無法彌補的地步，轉開頭，她低聲說：

「立維，你饒了我吧！世界上比我好的女孩子多得很。」

李立維仍然木立著。半天，才在床沿上坐下來，他的臉痛苦的扭曲著，像是患牙痛。

「雁容，妳一點都不愛我，是不是？」他苦澀的問。

「我不知道。」江雁容茫然的說。

李立維沉默了，她不知道，但他知道！他從沒有獲得過這個女孩子！她的心一開始就屬於康南，正像她說的，她從沒有愛過他！

「假如妳不愛我，雁容，當初妳為什麼要嫁給我？」他又問了一句。

「我不知道！」她大聲說，面向床裡。「我嫁的時候，對你的瞭解不很清楚。」

「妳是說，妳認錯了人？」

她從床上坐了起來，雙手抱住膝，直望著他。

「立維，別追問了，我們之間已經完了。這樣的日子，再過下去只有使雙方痛苦。我承認我的感情太纖細，太容易受傷，而你又太粗心，太疏忽。我們的個性不合，過下去徒增煩惱，立維，我實在厭倦吵架的生活！」

「這都不是主要原因，主要的，是有一條毒蛇盤踞在妳的心裡！」李立維說。

「你總是不肯承認自己的錯誤。當然，或者這也是原因之一，我也不否認我對康南不能忘情。」江雁容嘆了口氣。「反正，我們現在是完了！」

「妳預備怎麼樣？」

「離婚吧！」她輕聲說。

他覺得腦子裡轟然一響。

「妳是個硬心腸的女孩子，」他狠狠的說：「我真想掏出妳這顆心來看看，是不是鐵打的？」他盯著她，她那微蹙的眉梢，如夢的眼睛，溫柔的唇瓣，對他是如此熟悉，如此親切，正像他心的一部分。他咬咬嘴唇。「不，雁容，我不會同意跟妳離婚！」

「何必呢，生活在一起，天天吵架，天天痛苦！」

「妳對我是一無留戀了，是嗎？」他問。

她倔強的閉住嘴，默默不語。他望著她，忽然縱聲大笑起來，笑得淒厲。江雁容害怕的望著他，她習慣於他爽朗的笑，但絕不是這種慘笑。他笑得喘不過氣來，眼淚滲出了眼角。他用手指著她，說：「好、好，我早該知道，妳心目裡只有一個康南，我就不該娶妳，娶回一具軀殼，妳是個沒心的人，我有個沒心的妻子！哈哈！好吧！妳要走，妳就走吧！男子漢，大丈夫，何患無妻？我又為什麼該臣服在妳的腳下，向妳乞求愛情！雁容，妳錯了，我不是這樣的男人！在妳之前，我從沒有向人如此服低！妳試試，我的骨頭有多硬！」他把拳頭伸在江雁容鼻子前面，看到江雁容畏怯的轉開頭，他又大笑了起來。

「我知道，」他說：「妳要去找康南！是嗎？去吧！妳這個不忠實的，沒有情感，不知感恩的負心人！去吧！我再也不求妳！天下何處沒有女人，妳以為我稀奇妳！」他捏住了江雁容的手腕，用力握緊，痛得江雁容大叫。他的態度激發了她的怒氣，她叫著說：

「放開我，我沒有情感，你又何嘗有心有情感！是的，我要去找康南，他絕不會像你這樣對人用暴力！」

「他溫柔得很，體貼得很，是不是？他是上流人，我是野獸，是不是？」他把她捏得更緊。「那麼，去找他，去做他的妻子！他那麼好，妳怎麼又嫁給我了呢？」

她的手腕像折碎似的痛了起來，她掙扎著大叫：

「他是比你溫柔，我沒有要嫁你，是你求我嫁給你！是媽媽作主要我嫁給你！一切何曾依照我的意志？我只是……」

「好！」他把她摔在床上，他眼睛要噴出火來。「妳完全是被迫嫁給我！那麼，妳走吧！妳滾吧！滾到妳偉大的康南的懷裡去！讓我看看你們這偉大的愛情會有多麼偉大的結局！妳去吧！去吧！馬上去！」

江雁容從床上跳了起來，啞著嗓子說：

「我馬上走！我永遠不再回來！我算認清了你！我馬上就走！」

她下了床，衝到衣櫥前面，打開門，把自己的衣服抱出來，丟在床上。

「哈哈！」李立維狂笑著：「愛情萬歲！」他轉過身子，不看江雁容，大踏步的向門外走去。像喝醉了酒一般，他搖搖晃晃的走到車站，正好一班開往臺北的火車停了下來，他茫然的跨上車廂。「愛情萬歲！」他低低的唸，伏在窗口，看著那從車子旁邊擦過的飛馳的樹木。「愛情萬歲！」他又說，對自己發笑。

旁邊一個小女孩好奇的看看他，然後搖著她身邊的一個中年婦人的手臂說：

「媽媽，看！一個瘋子！」

「噓！」那母親制止了孩子，一面也對他投過來警戒的一眼。

「哈哈，瘋子，做瘋子不是比一個清醒明白的人幸福得多嗎？」他想著，靠在窗子上。模模糊糊的，他下了車，又模模糊糊的，他來到了一個所在，白天，這兒沒有霓虹燈了，上了狹窄的樓梯，他大聲說：

「拿酒來！」一個化妝得十分濃郁的女子走了過來，詫異的說：

「喲，是李先生呀，今天早上才走怎麼又來了？你不是臉嫩得緊嗎？要不要親親我呀？」

他一把抱住了她，把頭埋在她低低的領口裡。

「要死啦！」那女的尖叫起來。「現在是白天呀，我們不開門的，要喝酒到別的地方去！」

「白天跟晚上有什麼不同？」李立維說：「說說看，妳要多少錢？我們到旅館去！」

「喲，你不怕你太太了呀？」

「太太！哈哈哈！」李立維狂笑了起來。

❖

江雁容看著李立維走出房間，感到腦中一陣麻木。然後，她機械化的把衣服一件件的裝進一個旅行袋裡。她昏昏沉沉的做著，等到收拾好了，她又機械化的換上一件綠旗袍，在鏡子前面慢慢的擦上口紅和胭脂，然後拿起了她的手提包，踉蹌的走到門口。太陽又出來了，花園中卻滿目淒涼。跨過那些七倒八歪的籬笆，一個正好騎車子過來的郵差遞了一封信給她，她機械的接過信。提著旅行袋，茫然的向車站走，直到車站在望，看到那一條條的鐵軌，她才悚然而驚，站在鐵軌旁邊，她倉惶的四面看了看。

「我到哪裡去呢？」她想著，立即，康南的影子從鐵軌上浮了起來，濃眉微蹙，深邃的眼睛靜靜的凝視著她，他的嘴唇彷彿在蠕動著，她幾乎可以聽到他在低低的喚：

「容，小容，雁容！」

「康南，」她心中在默語著：「在這世界上，我只有你了！」她抬頭看看天。「到最後，我還是做了母親的叛逆的女兒！」

車來了，她上了車。坐定後，才發現手裡的信，拆開看，是周雅安的信，要請她到她家去吃她的孩子的滿月酒。末一段寫著：

「那天程心雯和葉小蓁也要來，我們這些同學又可以有一個偉大的聚會，談談我們中學時的趣事。葉小蓁十月十日要結婚了，妳還記得她要把她阿姨丟到淡水河裡去的事嗎？時間過得多快！程心雯年底可赴美國和她的未婚夫團聚。真好，我們這些同學已經各有各的歸宿了！願天下有情人皆成眷屬！我的娃娃又哭了，不多寫，代我問候妳的黑漆板凳。還有一句，上次程心雯來，我們談論結果，公認我們這些丈夫及準丈夫裡，論風度、漂亮、談吐、多情，都以妳的那位屬第一。得意不？

安」

看完信，她茫然的摺起信紙。「妳的那位」，她知道她再也沒有「妳的那位」了！願天下有情人皆成眷屬！是嗎？有情人都能成眷屬嗎？她望著窗外，從車頭那邊飄過來一股濃煙，模糊了她的視線。她恍惚的覺得，她的前途比這煙也清晰不了多少。是的，她們已經各有各的歸宿了。但她的歸宿在哪裡？車子向前面疾馳而去。

17

這兒只是個小得不能再小的小鎮，江雁容提著旅行袋下車之後，幾乎就把這小鎮看遍了，總共也只有一條街，上面零零落落的開著幾家店鋪。江雁容四面打量，並沒有看到任何中學，走到一個水果店前，她問：

「請問你們這兒的縣立中學在哪裡？」

那水果店的老闆上上下下的打量著她，問：

「妳是新來的老師嗎？學校還要走四十分鐘路呢！」

「有沒有車子？」

「有，公路局車，六點鐘才有一班。」

她看看手錶，才三點半，於是，她決心走路去。問明了路徑，她略事猶豫，就提起了旅行袋，正預備動身，那老闆同情的說：

「太陽大，好熱喲！」她笑笑，沒說什麼。

那老闆忽然熱心的說：

「讓我的女兒騎車送妳去好了，」不等她同意，他就揚著聲音喊：「阿珠！」那個被稱作阿珠的女孩子應聲而出，江雁容一看，是個大約十六、七歲的女孩，短短的頭髮，大眼睛，倒也長得非常清秀。那老闆對她用臺灣話嘰嘰呱呱講了一陣。阿珠點點頭，對著她微微一笑說：

「妳是新來的老師嗎？」說的是一口標準的國語。

「不，」江雁容有點臉紅。「我去看一個朋友。」

阿珠又點點頭，推出一輛腳踏車，笑笑說：

「我送妳去。」她把江雁容的旅行袋接過來，放在車後放東西的架子上，然後拍拍車子前面的槓子，互意江雁容坐上去。江雁容坐穩後，對那老闆頷首示謝，阿珠幾乎立刻就踩動了車子。鄉下的路並不難走，但因前日的颱風，黃土路上一片泥濘，間或有著大水潭。阿珠熟練的騎著，一面問：

「小姐從哪裡來？」

「臺北。」

「啊，怪不得那麼漂亮！」

女孩的坦率使江雁容又臉紅了。阿珠接著說：

「我們這裡很少有人穿旗袍和高跟鞋。」

江雁容無法置答的笑笑。阿珠又問：

「小姐到學校去找誰？我就是這個學校畢業的，裡面的老師我都認得。」

「是嗎？」江雁容的心狂跳了起來，這是個絕佳打聽康南的機會。這次貿然而來，她原沒有把握可以找到康南，五年了，人事的變幻有多少？他還會在這個小小的縣立中學裡嗎？壓抑住自己激動的情緒，她故意輕描淡寫的說：「有一位康南老師在不在這裡？」

「哦，康老師嗎？在。」阿珠爽快的答：「他教過我國文。」

謝謝天！江雁容激動得幾乎從車上摔下來。想想看，再過半小時，或者不到半小時，她就可以和康南見面了。康南，康南，他還是以前的康南嗎？看到了她，他會多麼驚奇，多麼高興！他的小容終於來了！雖然晚了幾年，但他不會在乎的！她知道他不會在乎的！

「妳是康老師家裡的人嗎？」阿珠又在問了：「妳是不是他女兒？」

「不是！」江雁容又一次紅了臉。

「康老師很好，就是不愛理人，也不跟學生玩。」

「有一位羅亞文老師在不在這裡？」江雁容問。

「哦，羅老師，教理化的。他跟康南老師最要好了，像康老師的兒子一樣。」阿珠說，繞過一個水潭。忽然，阿珠自作聰明的叫了起來：「啊，我知道了，妳是羅老師的女朋友，是嗎？」

「不是！」江雁容尷尬的說。

「康老師很怪哦！」阿珠突然又冒出一句話來，因為不知其何所指，江雁容簡直不知如何接口。但，阿珠並沒有要她接口的意思，她自管自的又接了下去：「我們叫康老師醉老頭，他一天到晚喝酒，有的時候醉昏了，連課都不上。還有的時候，跑來上課，滿身都是酒氣。有一次，喝醉了，在他房裡又哭又笑，我們都跑去看，羅老師趕去把我們都趕跑了。」

江雁容的心臟像被人捏緊似的痛楚了起來。康南！康南！

阿珠笑了，又說：「康老師最髒了，房間裡總是亂七八糟，他又不換衣服，襯衫領子都是黑的，我爸爸說，老頭子都不喜歡洗澡的。」說完，她又笑了。

康南，他變成什麼樣子了？江雁容感到無法想像。她那整潔瀟灑的康南，她那柔情似水的康南，難道就是現在阿珠嘴裡的那個老頭子？他已經很老了嗎？但是，他再老，也是她那可愛的，詩一樣的康南哦！他在她心目裡的地位永遠不變！可是，現在，她感到一份說不出來的緊張，她渴望馬上見到康南，卻又害怕見到康南了。

「康老師也不理髮，頭髮好長，也不剃鬍子，鬍子長得太長了，他就用剪刀亂七八糟的剪一剪，」阿珠又說了，一面說一面笑，似乎談到一件非常開心的事。「常常臉上一邊有鬍子一邊沒鬍子就來上課了，哈哈，真好玩，他是個怪人！」

怪人！是的，從阿珠嘴裡的描寫，他豈止是個怪人，簡直是個怪物了！

縣立中學在望了，沒有高樓大廈，只是四面有幾排木板房子的教室，但有極大的空地。和以前江雁容的中學比起來，這兒簡直是個貧民窟。在校門口下了車，由於地勢較高，沒有積水，就到處都是漫天的黃土，風把灰沙揚了起來，簡直使人無法睜開眼睛。

阿珠指示著說：

「穿過操場右面第三排第二間，就是康老師的房子，羅老師的在最後一間。」

「謝謝妳送我！」江雁容說，打開手提包，想給她一點錢，阿珠立即叫了起來：「啊呀，不要！不要！」說著，就逃難似的跳上自行車向來路飛馳而去，去了一段，又回過頭來對江雁容揮揮手，笑著說了聲再見。

江雁容目送阿珠的影子消失。她在校門口足足站了三分鐘，竟無法鼓足勇氣走進去。這麼多年了，她再貿然而來，康南不知會做如何想法？忽然，她感到一陣惶恐，覺得此行似乎太魯莽了一些。見了他，她要怎麼說呢？她能問：「我投奔你來了，你還要我嗎？」如果他斥責她，她又能怎樣？而且，來的時候太倉促，又沒經過深思，她現在的身分仍然是李立維的妻子，她要康南怎麼做呢？

不管了，這一切都先別管！她渴望見到康南，先訴一訴這五年的委屈和思念，那種「思君憶君，魂牽夢縈」的感覺，他想必也和她一樣強烈！等見到了康南，一切再慢慢商議，總可以商量出一個結果來。現在，康南是她的一株大樹，她是無所攀依的小藤蔓，她必須找著這棵樹，做她的依靠，做她的主宰。

走進學校，她又徬徨了，康南還是以前的康南嗎？她感到雙腿軟弱無力，幾乎不能舉步。現在正是上課的時間，她敏感到教室中的學生都在注意她。她加快了腳步，又不由自主的慢了下來，心臟在狂跳著，康南，康南，她多麼想見又多麼怕見！

操場上有學生在上體育課，她還沒有走到操場，學生和老師就都對她投過來好奇的眼光。她的不安加深了。越過操場，往右面走，又穿過一道走廊，走廊後第三排房子，就是阿珠所指示的了。她緊張得手發冷，手心中全是汗，心臟擂鼓似的敲著胸腔，呼吸急促而不均勻。在走廊上，她看到一面大的穿衣鏡，她走過去，站在鏡子前面。「我一定要先冷靜一下！我必須先鎮定自己！」她想著，在鏡子前面深呼吸了一下。

鏡子上有紅漆漆著的「正心整容」四個字，真巧！以前培人女中也有一面漆著「正心整容」四字的鏡子。江雁容望著鏡子，於是，像忽然挨了一棒，她看到了鏡子裡的自己；長髮披肩，雖然被風吹亂了，仍然鬈曲自如。擦了胭脂的臉龐呈水紅色，嘴唇紅而豐滿。一件綠色的旗袍裹著她成熟的身子，白色的高跟鞋使她顯得亭亭玉立。當然，她並不難看，但她絕不是五年前的她了！直到此刻，她才驚異的發現時間改變人的力量是如此之大！她不再是個穿著白衣黑裙，梳著短髮，一臉稚氣和夢想的瘦小的女孩子，而是個打扮入時的，成熟的，滿臉幽怨的少婦了。她用手摸著面頰，幾乎不敢相信這個事實，在這一剎那，她是那麼懷念那個逝去的小江雁容。

在鏡子前面站了好一會兒，她發現有些學生聚攏了過來，在她身後評頭論足的竊竊私議。她慌忙穿出了走廊，從皮包裡拿出一條小手絹。手絹帶出一串鑰匙，掉在地下，她拾了起來，是家裡的門匙和箱子的鑰匙，是的，家！現在不知道是什麼樣子了？她走的時候沒有鎖門，小偷不知會不會光顧？李立維不知道回去了沒有？他在盛怒之下，跑到什麼地方去了？他總不會自殺吧？不！他不是那樣輕易會自殺的人！她停在第二間房子門口了，她站定了，用手壓住胸口，怎麼在這一刻會想起家和李立維呢？人的思想是多麼複雜和不可思議！望著那個木板的小門，她突然失去了敲門的勇氣。康南康南康南，這麼久思念著的康南，她以為再也見不著的康南，和她就只有這麼一扇門之隔了嗎？但是，她真不敢推開這一扇門，她簡直不敢預測，這一扇門後面迎接著她的是什麼？閉上眼睛，她似乎看到康南打開了門，懷疑的，不信任的望著她，然後，他顫抖的拉住了她的手，她投進了他的懷裡，接著是一陣天旋地轉的快樂、驚喜，和恍如隔世般的愴然情緒。真的，她幾乎眩暈了。張開眼睛，那扇門仍然闔著。深吸了口氣，她舉手敲了門。

她聽到有人走動，然後門開了。她幾乎不敢看，但是她看到了，她立即有一種類似解放的鬆懈情緒。門裡站著的，是羅亞文而不是康南。現在，羅亞文正困惑的望著她，顯然思想還沒有轉過來，竟弄不清楚門口站著的是誰？但，接著，他大大的驚異了。

「是江小姐？」他疑惑的說。

「是的。」她輕輕的說，十分不安。

羅亞文的驚異沒有消除，愣了愣，才說：

「進來坐吧！」

江雁容走了進去，一陣菸酒和腐氣混雜的氣味對她撲鼻而來。她惶惑不安的站在房子中間。真的，這是一間亂得不能再亂的房間。一張竹床上雜亂的堆著棉被、書籍、衣服，還有些花生皮。床腳底下全是空酒瓶，書架上沒有一本放得好好的書。滿地菸蒂菸灰和學生的考卷，書桌上更沒有一寸空隙之地，堆滿了學生的練習本、作文本，和書。還有空酒瓶，一碟發霉了的小菜，和許多說不出名堂來的怪東西。這房間與其說是住人的，不如說是個狗窩更恰當些。江雁容四面掃了一眼，呆呆的站著，不知如何是好。羅亞文費了半天勁，騰出一張椅子來給她坐，一面說：

「江小姐從臺北來？」說著，他敏銳的打量著江雁容和她的旅行袋。

「是的。」江雁容說，侷促的坐了下來。

他們有一段時間的沉默，然後彼此都恢復了一些冷靜，消失了初見的那份緊張。

羅亞文說：

「康南上課去了，作文課，兩節連在一起，要五點鐘才會下課。」

「嗯。」江雁容應了一聲。

「妳來——」羅亞文試探的說：「是看看他嗎？」

怎麼說呢？江雁容語塞的坐著，半天才猶豫的，機械化的說了句：

「是的。」

羅亞文打量著她。然後說：

「我們在報紙上見到過妳的結婚啟事，過得不錯吧？」

又怎麼說呢？江雁容皺了皺眉，咬了咬嘴唇，抬起眼睛望了羅亞文一眼。

羅亞文繼續問：

「有小寶寶了嗎？」

江雁容搖搖頭。「沒有。」

羅亞文沉默了一會兒，江雁容也默默的坐著。然後，羅亞文突然說：

「過得不很愉快嗎？」

江雁容倉惶的看了羅亞文一眼，苦笑了一下。羅亞文深思的注視著她，臉色顯得嚴肅而沉著。

「我能不能問一句，妳這次來的目的是什麼？」他單刀直入的問。

「我——」江雁容慌亂而惶然的說：「我——不知道。」是的，她來做什麼？她怎麼說呢？她覺得自己完全混亂了，糊塗了，她根本就無法分析自己在做什麼。

「妳離婚了？」羅亞文問。

「不，沒有，還沒有。」

「那麼，妳只是拜訪性質，是嗎？」

「我——」江雁容抬起頭來，決心面對現實，把一切告訴羅亞文。「我和我先生鬧翻了，所以我來了。」

羅亞文看著她，臉色更加沉重了。

「江小姐，」他說：「這麼多年，妳的脾氣仍然沒變多少，還是那麼重感情，那麼容易衝動。」他停了一下說：「說實話，江小姐，如果我是妳，我不會走這一趟。」

江雁容茫然的看著他。

「康南不是以前的康南了，」羅亞文嘆口氣說：「他沒有精力去和各種勢力搏鬥，以爭奪妳。目前，妳還是個有夫之婦，對於他，仍然和以前的情況一樣，是可望而不可及的。就算妳是自由之身，今日的康南，也無法和妳結合了。他不是妳以前認得的那個康南了，看看這間屋子，這還是經過我整理了兩小時的局面。一切都和這屋子一樣，妳瞭解嗎？如果說得殘忍一點，他現在是又病又髒，又老又糊塗，整日爛醉如泥，人事不知！」

「是我毀了他！」江雁容輕聲說，低垂了頭。「不過，我可以彌補，有了我，他會恢復的……」

「是嗎？」羅亞文又嘆了口氣。「妳還是那麼天真！他怎麼能有妳呢？妳現在是李太太，他是姓李吧？」

「我可以離婚！」

「妳以為能順利辦妥離婚？就算妳的先生同意離婚，妳的父母會同意妳離婚來嫁康南嗎？恐怕他們又該告康南勾引有夫之婦、妨害家庭的罪了。而且，江小姐，妳和康南也絕不會幸福了，如果妳見了康南，妳就會明白的。幻想中的愛情總比現實美得多。」

江雁容如遭遇了一記當頭棒喝，是的，她不可能辦妥離婚，周圍反對的力量依然存在。

她是永不可能屬於康南的！

「再說，江小姐，妳知道康南在這兒的工作情形嗎？初三教不了教初二，初二教不了，現在教初一，這是他改的作文本，妳看看！」

羅亞文遞了一本作文本過來，江雁容打開一看，上面用紅筆龍飛鳳舞的批了個「閱」字，前面批了一個乙字，全文竟一字未改。江雁容想起以前她們的本子，他的逐段評論，逐字刪改，而今竟一變至此。她的鼻子發酸，眼睛發熱，視線成了一片模糊。

「妳知道，如果他丟了這個工作，他就真的只有討飯了，江小姐，別再給別人攻擊他的資料，他受不起任何風霜和波折了！」

江雁容默默的坐著，羅亞文的分析太清楚太精確，簡直無懈可擊。她茫然若失，不知該如何是好，只覺得心中酸楚，頭腦昏沉。

「妳知道，」羅亞文又說：「就算一切反對的力量都沒有，他也不能做妳的丈夫了，他現在連自己都養不好，他不可能再負擔妳。他又不是真能吃苦的，他離不開菸和酒，僅僅是這兩項的用度，就已超過他的薪水。」

「他不能戒嗎？」江雁容軟弱的問。

「戒？」羅亞文苦笑了笑。「我想是不可能。這幾年來，他相當的自暴自棄。我不離開這兒，也就是因為他，我必須留在這兒照應他。好在，最近他似乎比較好些了，他正在學習著面對現實。江小姐，如果妳還愛他，最好不要再擾亂他了。現在，平靜對他比一切都重要。或者，再過一個時期，他可以振作起來。目前，妳不要打擾他吧！如果我是妳，我就不見他！」

江雁容乞憐似的看著羅亞文。

「不見他？」她疑惑的問。

「是的，」羅亞文肯定的說，江雁容感到他有一種支配人的力量。「妳想想看，見了他對你們又有什麼好處呢？除了重新使他迷亂之外？」

「羅先生，我可以留下來幫助他，」江雁容熱烈的說：「我可以為他做一切的事，使他重新振作起來，我可以幫他改卷子，收拾房間，服侍他……」

「別人會怎麼說呢？」羅亞文冷靜的問：「妳的丈夫會怎麼辦呢？妳父母又會怎麼辦呢？就是本校也不容許妳的存在的，學生會說話，教員會說話，校長也會說話，最後，只是敲掉了他的飯碗，把你們兩個人都陷入絕境而已，妳再想想看，是不是？」

「如果我辦好了離婚……」

「還不是一樣嗎？妳的父母不會輕易放手的，社會輿論不會停止攻擊的，這個世界不會有容納你們的地方。」他又嘆了一口氣。「江小姐，記得五年前我的話嗎？你們只是一對有情人，而不是一對有緣人。如果妳聰明一點，在他下課回來以前離開這兒吧！對妳對他，都是最理智的。妳愛他，別再毀他了！」

江雁容悚然而驚，羅亞文的每一個字，每一句話，都深深的打進她的心中，她覺得背脊發冷，手心裡全是冷汗。是的，她毀康南已經毀得夠深了，她不能再毀他！她茫然四顧，渴望自己能抓到一樣東西，支持她，扶助她。她所依賴的大樹已沒有了，她這小小的藤蔓將何所攀附，何所依歸？

「好，」她軟弱而無力的說：「我離開這兒！」

羅亞文深深的注視她，懇切的說：

「別以為我趕妳走，我是為了你們好，妳懂嗎？我一生貧苦，闖蕩四方，我沒有崇拜過什麼人，但我崇拜康南，他曾經把我從困境裡挽救出來。現在，我要盡我的力量照顧他，相信我，江小姐，我也愛他！」

江雁容淚光模糊，她看看錶，已經四點四十分了，那麼，再有二十分鐘，康南要下課了。她站了起來，提起旅行袋，一剎那間，感到前途茫茫，不知何去何從。羅亞文站在她面前說：

「現在，妳預備到哪裡？」

到哪裡？天地之大，她卻無處可去！

「我有地方去。」她猶豫的說。勉強嚥下了在喉嚨口蠕動著的一個硬塊。

「五點十分有班公路局車子開到鎮上火車站，六點半有火車開臺北，七點十分有火車南下。」羅亞文說。

「謝謝你！」江雁容說，滿懷淒苦的向門口走去，來的時候，她真想不到這樣一面不見的又走了。康南，她的康南，只是她夢中的一個影子罷了。

「江小姐，」羅亞文扶著門，熱誠的說：「妳是我見過的女孩子裡最勇敢的一個！我佩服妳追求感情的意志力！」

江雁容苦笑了一下。

「可是，我得到了什麼？」她淒然的問。

得到了什麼？這不是羅亞文所能回答的了。站在門口，他們又對望了一會兒，羅亞文看看錶，再有十分鐘，康南就要回來了。江雁容嘆了口氣，抬起眼睛來，默默的望了羅亞文一眼，低低的說：

「照顧他！」

「我知道。」

「那麼再見了！」她愁苦的一笑，不勝慘然。「謝謝你的一切，羅先生。」

「再見了！」羅亞文說，目送她的背影孤單單的消失在前面的走廊裡，感到眼睛濕潤了。「一個好女孩！」他想：「太好了！這個世界對不起她！」他關上門，背靠在門上。「可是，這世界也沒錯，是誰錯了呢？」

❖

提著旅行袋，江雁容向校門口的方向走去。那旅行袋似乎變得無比的沉重了。她一步拖一步的走著，腦子裡仍然是混亂而昏沉的，她什麼也不能想，只是機械化的向前邁著步子。忽然，她感到渾身一震，她的目光被一個走過來的人影吸住了。康南，假如他沒有連名字都改變的話，那麼他就是康南了！他捧著一疊作文本，慢吞吞的走著，滿頭花白的頭髮，雜亂的豎在頭上，面容看不清，只看得一臉的鬍子。他的背脊傴僂著，步履蹣跚，骨瘦如柴的手指，抓緊那疊本子。在江雁容前面不遠處，他站住了。一剎那間，江雁容以為他已認出了她。但，不是，他根本沒有往江雁容的方向看，他只是想吸一支菸。他費力的把本子都交在一隻手上，另一隻手伸進口袋裡摸索，摸了半天，帶出一大堆亂七八糟的破紙片，才找出一支又皺又癟的菸來。江雁容可以看出他那孩子般的高興，又摸了半天，摸出了一盒火柴，他十分吃力的燃著火柴，抖顫著去燃那一支菸，好不容易，菸燃著了。但，他手裡那一大疊本子卻散了一地，為了搶救本子，他的菸也掉到了地下，他發出一陣稀奇古怪的詛咒。然後，彎著腰滿地摸索，先把那支菸找到，又塞進了嘴裡，再吃力的收集著散在地下的本子，等他再站起來，江雁容可以聽到他劇烈的喘息聲。重新抓緊了本子，他蹣跚的再走了一、兩步，突然爆發了一陣咳嗽，他站住，讓那陣咳嗽過去。江雁容可以看清他那枯瘦的面貌了，她緊緊的咬住了嘴唇，使自己不至於失聲哭出來，她立即明白了，羅亞文為什麼要她不要見康南。康南已經不在了，她的康南已經死去了！她望著前面那傴僂的老人，這時候，他正用手背抹掉嘴角咳出來的吐沫，又把菸塞回嘴裡，向前繼續而行。經過江雁容面前的時候，他不在意的看了她一眼，她的心狂跳著，竟十分害怕他會認出她來。但是，他沒有認出來，低著頭，他吃力的走開了。她明白，自己的變化也很多，五年，竟可以使一切改變得這麼大！

她一口氣衝出了校門，用手堵住了自己的嘴，靠在學校的圍牆上。

「我的康南！我的康南！」她心中輾轉呼號，淚水奪眶而出。她的康南哪裡去了？她那詩一般的康南！那深邃的、脈脈含情的眼睛，那似笑非笑的嘴角，那微蹙著的眉峰，那瀟灑的風度，和那曠世的才華，這一切，都到哪裡去了？難道都是她的幻想嗎？她的康南在哪裡？難道真的如煙如雲，如夢如影嗎？多可怕的真實！她但願自己沒有來，沒有見到這個康南！她還要她的康南，她夢裡的那個康南！她朝思暮想的康南！

公路局的車子來了，她跟在一大堆學生群裡上了車。心中仍然在劇烈的刺痛著，車子開了，揚起一陣塵霧。康南那傴僂枯瘦的影子像魔鬼般咬噬著她的心靈。她茫然的望著車窗外面，奇怪著這世界是怎麼回事？

「那個綠衣服的女人到學校去過，是誰？」有個學生在問另一個學生。

「不知道！」另一個回答。

「她從哪裡來的？」

「不知道！」

「她要到什麼地方去？」

「不知道！」

車停了，她下了車。是的。「我從何處來，沒有人知道，我往何處去，沒有人明瞭！」

她茫然的提著旅行袋，望著車站上那縱橫交錯的鐵軌。

「嗨！」一個女孩子對她打招呼，是那個水果店的阿珠。「要走了？這麼快！」

「是的！」她輕聲說，是的，要走了！只是不知道要走向何方。她仍然佇立著，望著那通向各處的軌道，晚風吹了過來，拂起了她的長髮。「**我從何處來，沒有人知道，我往何處去，沒有人明瞭！**」她輕輕呢喃，沒有人明瞭，她自己又何嘗明瞭？

暮色，對她四面八方的包圍了過來。

（全書完）

一九六三年春

國家圖書館出版品預行編目資料

窗外 / 瓊瑤著. -- 初版. -- 臺北市：春光出版：家庭傳媒城邦分公司發行, 民107.02
面；　公分. --（瓊瑤經典作品全集）
ISBN 978-986-96000-4-0（精裝）

857.7　　106024599

瓊瑤經典作品全集① 窗外（60周年紀念典藏電影劇照書衣限量精裝版）

作　　者／瓊瑤
企劃選書人／王雪莉
責 任 編 輯／王雪莉、何寧

版權行政暨數位業務專員／陳玉鈴
資深版權專員／許儀盈
行 銷 企 劃／陳姿億
業 務 主 任／范光杰
行銷業務經理／李振東
副 總 編 輯／王雪莉
發 行 人／何飛鵬
法 律 顧 問／元禾法律事務所　王子文律師
出　　版／春光出版
台北市 104 中山區民生東路二段 141 號 8 樓
電話：(02) 2500-7008　傳真：(02) 2502-7676
部落格：http://stareast.pixnet.net/blog E-mail：stareast_service@cite.com.tw
發　　行／英屬蓋曼群島商家庭傳媒股份有限公司城邦分公司
台北市中山區民生東路二段 141 號 11 樓
書虫客服服務專線：(02) 2500-7718 / (02) 2500-7719
24小時傳真服務：(02) 2500-1990 / (02) 2500-1991
服務時間：週一至週五上午9:30～12:00，下午13:30～17:00
郵撥帳號：19863813　戶名：書虫股份有限公司
讀者服務信箱E-mail: service@readingclub.com.tw
歡迎光臨城邦讀書花園 網址：www.cite.com.tw
香港發行所／城邦（香港）出版集團有限公司
香港灣仔駱克道 193 號東超商業中心 1 樓
電話：(852) 2508-6231　　傳真：(852) 2578-9337
E-mail : hkcite@biznetvigator.com
馬新發行所／城邦（馬新）出版集團　Cite(M)Sdn. Bhd
41, Jalan Radin Anum, Bandar Baru Sri Petaling,
57000 Kuala Lumpur, Malaysia.
Tel: (603) 90578822 Fax:(603) 90576622

文 字 校 對／陳珮凌、陳玉鈴
封 面 設 計／蔡佩紋
內 頁 排 版／極翔企業有限公司
印　　刷／高典印刷有限公司

■ 2023 年 5 月 25 日初版
■ 2023 年 6 月 9 日初版 2.5 刷

Printed in Taiwan

售價／499元

城邦讀書花園
www.cite.com.tw

ISBN　978-986-96000-4-0
EAN　471-770-2120-80-1

廣告回函
北區郵政管理登記證
台北廣字第000791號
郵資已付，免貼郵票

104 台北市民生東路二段 141 號 11 樓

英屬蓋曼群島商家庭傳媒股份有限公司

城邦分公司

請沿虛線對折，謝謝！

愛情．生活．心靈

閱讀春光，生命從此神采飛揚

春光出版

書號：OR1001C	書名：瓊瑤經典作品全集①窗外（60周年紀念典藏電影劇照書衣限量精裝版）

請於此處用膠水黏貼

讀者回函卡

謝謝您購買我們出版的書籍！請費心填寫此回函卡，我們將不定期寄上城邦集團最新的出版訊息。

姓名：＿＿＿＿＿＿＿＿＿＿＿＿＿＿＿＿

性別：□男　□女

生日：西元＿＿＿＿＿＿年＿＿＿＿＿＿月＿＿＿＿＿＿日

地址：＿＿＿＿＿＿＿＿＿＿＿＿＿＿＿＿

聯絡電話：＿＿＿＿＿＿＿＿＿＿ 傳真：＿＿＿＿＿＿＿＿＿＿

E-mail：＿＿＿＿＿＿＿＿＿＿＿＿＿＿＿＿

職業：□ 1. 學生 □ 2. 軍公教 □ 3. 服務 □ 4. 金融 □ 5. 製造 □ 6. 資訊

□ 7. 傳播 □ 8. 自由業 □ 9. 農漁牧 □ 10. 家管 □ 11. 退休

□ 12. 其他＿＿＿＿＿＿＿＿＿＿

您從何種方式得知本書消息？

□ 1. 書店 □ 2. 網路 □ 3. 報紙 □ 4. 雜誌 □ 5. 廣播 □ 6. 電視

□ 7. 親友推薦 □ 8. 其他＿＿＿＿＿＿＿＿＿＿

您通常以何種方式購書？

□ 1. 書店 □ 2. 網路 □ 3. 傳真訂購 □ 4. 郵局劃撥 □ 5. 其他＿＿＿＿

您喜歡閱讀哪些類別的書籍？

□ 1. 財經商業 □ 2. 自然科學 □ 3. 歷史 □ 4. 法律 □ 5. 文學

□ 6. 休閒旅遊 □ 7. 小說 □ 8. 人物傳記 □ 9. 生活、勵志

□ 10. 其他＿＿＿＿＿＿＿＿＿＿

請於此處用膠水黏貼